WINTER RENSHAW

**Rixton Falls**

Goals

Winter Renshaw

# RIXTON FALLS

## Goals

Roman

*Ins Deutsche übertragen*
*von Silvia Gleißner*

LYX

LYX in der Bastei Lübbe AG
Dieser Titel ist auch als E-Book erschienen.

MIX
Papier aus verantwortungsvollen Quellen
FSC® C014496
FSC
www.fsc.org

Die Originalausgabe erschien 2016 unter dem Titel »Filthy«.



Textredaktion: Antje Steinhäuser
Umschlaggestaltung: © Andrea Janas, München
unter Verwendung eines Motivs von © depositphotos / nordx
Satz: Greiner & Reichel, Köln
Gesetzt aus der Adobe Caslon
Druck und Verarbeitung: GGP Media GmbH, Pößneck
Printed in Germany
ISBN 978-3-7363-1491-7

1 3 5 7 6 4 2

Sie finden uns im Internet unter lyx-verlag.de
Bitte beachten Sie auch: luebbe.de und lesejury.de

Liebe Leser:innen,

dieses Buch enthält potenziell triggernde Inhalte.
Deshalb findet ihr auf der letzten Seite
eine Triggerwarnung.

Achtung: Diese enthält Spoiler für das gesamte Buch!

Wir wünschen uns für euch alle
das bestmögliche Leseerlebnis.
Euer LYX-Verlag

Für den Bundesstaat Florida.
Ja, ich weiß. Seltsam, ja?
Er ist ein zweites Zuhause für uns,
und als wir hier unsere Ferien verbrachten,
kam mir die Idee für diese Geschichte.
Also, mein sonniges Florida:
die hier ist für dich.

# 1. KAPITEL

## *Delilah*

Ich war nie gut mit ersten Eindrücken. Und in den Sekunden, bevor die Haustür aufgeht, ist mir sehr bewusst, dass das hier für keinen von uns gut ausgehen wird.

Trotzdem bin ich hier.

Ich stehe vor der Tür des Typen, der im Haus neben meiner Großtante wohnt, in einem gepunkteten lindgrünen Schlafanzug, die Arme verschränkt und drauf und dran, den Mistkerl zu beschimpfen, der an einem Mittwoch um zwei Uhr nachts eine Party schmeißt. Ich bin mehr als bereit dafür.

Meine Fäuste brennen, als ich an die schwere Holztür hämmere. Das feuchte Floridaklima bewirkt sein Übriges an meinem unordentlichen dunklen Haar, das mir an den Schultern klebt, und soweit ich weiß, habe ich unten an den Wimpern noch Reste der Wimperntusche von gestern, aber ein Blick in den Spiegel auf dem Weg hierher hatte jetzt nicht gerade oberste Priorität.

Alles, was ich will, ist eine Mütze Schlaf.

Die Tür schwingt auf, und ein Kerl von der Größe eines Linebackers in einem neongrünen Anzughemd mustert mich mit unkoordiniertem Blick.

»Hier für die Party?«, fragt er, und sein Blick wird leerer, als ihm klar wird, dass ich hier stehe und wie eine Verrückte aussehe.

»Bist du Zane?«, frage ich und verschränke fest die Arme.

»Nein, ich bin Ash«, meint er. »Zane ist drinnen.«

Er bedeutet mir, hereinzukommen, und ich zögere kurz, bevor ich eintrete. Ich bin nicht für nichts um zwei Uhr morgens aus dem Bett geklettert.

Der Typ zögert, als wir uns gegenüberstehen, unter einem Kronleuchter in einem großen zweistöckigen Foyer, das besser zu einem Manager passen würde als zu einem jugendlichen Partylöwen. Er stemmt die Hände in die Hüften und atmet in aller Ruhe aus.

»Bist du *sicher*, dass du nicht wegen der Party hier bist?« Er macht schmale Augen.

Ich zeige auf meinen Schlafanzug. »Sehe ich aus, als wäre ich hier, um Party zu machen?«

Ich meine, mal im Ernst.

Er streicht sich über die Brust, hebt dann protestierend die Hand und grinst. »In Ordnung. Wenn du das sagst.«

Ein anderer Typ kommt vorbei. Er trägt ein tannengrünes Polohemd, das im Kontrast zu seinen makellos weißen Shorts steht.

»Was soll das mit all den grünen Sachen?« Ich rümpfe die Nase. Großtante Rue erwähnte mal, dass ihr Nachbar Football spielt. »Ist das eine Teamfarbe oder so?«

Der Typ drückt sich die Hand auf den Mund und unterdrückt ein Lachen. »Warte hier. Ich suche Zane.«

Wird auch höchste Zeit.

Eine Frau in einem hautengen Bandagekleid in der Farbe von Santa Claus' Mantel stolziert vorbei und wirft mir einen Seitenblick zu, bevor sie sich, die Nase hoch erhoben, bei einem Kerl mit riesigen Armen und einem passenden roten Anzughemd einhakt.

Rot und Grün? Im Mai?

»Hi.« Von hinten vibriert eine Männerstimme an meinem Ohr, und ich drehe mich um und sehe einen teuflisch gut aussehenden Mann vor mir, der nach Bier riecht und ein breites Grinsen im Gesicht hat.

Ich weiche zurück, bis ich an die Wand hinter mir pralle, aber er folgt mir. Er stützt die Hand an die Wand über meiner Schulter, hebt eine braune Flasche an seine Lippen und trinkt einen Schluck, ohne dabei den Blick von mir zu wenden.

»Habe dich noch nie gesehen. Bist du gerade erst gekommen?«, fragt er.

»Bist du Zane?«

»Nein.« Er schüttelt den Kopf und fährt mit der Zunge über seine Unterlippe, als glaube er tatsächlich, dass er gleich über mich herfallen könne. »Ich bin Kai Santana.«

Er nennt seinen vollen Namen, als müsse der mir irgendetwas sagen. Seinem Körperbau und der Größe seines Bizeps nach zu urteilen schätze ich, dass er mit Zane Football spielt.

Vielleicht öffnet sein Name ja in bestimmten Kreisen Türen. Und lässt Höschen fallen. Aber genau jetzt ist er lediglich ein weiterer betrunkener Idiot, der glaubt, er könne Casanova Konkurrenz machen.

»Wie ist *dein* Name?« Er beugt sich vor, und sein Aftershave brennt in meinen Lungen.

»Mir ist nicht klar, inwiefern das jetzt relevant ist.«

Kai lacht. »Du kommst wirklich auf eine Party wie *diese*, bist *so* angezogen, und dann spielst du Blümchen-rühr-mich-nicht-an? Ist ja nicht zu glauben.«

»Ich muss mit Zane sprechen.«

Kais Miene wird ernst, und er wirft einen prüfenden Blick über meine Schulter, in einen Raum voll mit gut aussehenden Blondinen, exotischen Brünetten und feurigen Rotschöpfen. Ich folge seinem Blick und sehe nichts als ein Meer aus vor allem Grün, einigem Rot und ein paar Sprenkeln Gelb.

Oh Gott.

Ich bin auf einer Ampelparty.

Und ich bin von Kopf bis Fuß grün angezogen.

»Du willst nicht zu Zane.« Kai wendet sich wieder mir zu und legt eine Hand an meine Wange. Seine Fingerspitzen wandern über mein Kinn, und ich erstarre am ganzen Körper. Er dringt ungeniert in meinen persönlichen Raum ein, tut so, als gehöre der ihm, und mein archaisches Primatenhirn einer Therapeutin in Ausbildung bringt einfach nicht die angemessene Antwort zustande, selbst wenn es um mein Leben ginge. »Du musst wissen: Was immer Zane kann, kann ich besser, Engelsgesicht.«

Ich verziehe die Lippen und reibe sie aneinander, als ich in Kais unausstehlich schöne meerschaumgrüne Augen sehe. Ich wusste nicht einmal, dass Augen so eine Farbe haben können. Ich reiße den Blick von ihm los und lasse ihn demonstrativ über seinen muskulösen, tätowierten Arm gleiten, bevor ich ihn vorsichtig von mir wcgschicbc.

Ich weiche vor ihm zurück, und dem Stirnrunzeln nach zu urteilen, das an Stelle seines selbstzufriedenen Grinsens tritt, kapiert er den Hinweis.

Eine Uhr auf der anderen Seite des Foyers zeigt zwei Uhr fünfzehn. Ich weiß, dass dieses Haus übermäßig groß ist, aber Ash sollte nicht so lange brauchen, um Zane zu finden. Ich sollte besser selbst nach ihm suchen … wenn ich nur wüsste, wie er aussieht.

»Kannst du bitte Zane für mich suchen?« Ich mache den Rücken gerade und zwinge mich zu einem positiven Tonfall.

Kais Miene verfinstert sich. Er ist sauer. Sein mächtiger Brustkorb hebt und senkt sich, als er mich anstarrt, noch einen Schluck Bier trinkt und dann ein Stöhnen von sich gibt.

»Vergiss Zane.« Er schüttelt den Kopf. »Such ihn doch selber. Ich bin nicht sein Laufbursche.«

Ich nehme hier eine Art Streitigkeit wahr, die zu erforschen ich jetzt nicht in der Stimmung bin, also lasse ich ihn ziehen, in Richtung einer Horde schöner Frauen, die alle Grün tragen.

»Entschuldige.« Ein blonder Herkules in einem T-Shirt in der Farbe von Sonnenstrahlen tippt mir auf die Schulter.

Gott sei Dank. Ich war noch nie im Leben so froh, jemanden in Gelb zu sehen.

»Hi.« Ein erleichterter Seufzer kommt über meine Lippen. »Bist du Zane?«

Er lacht kopfschüttelnd. »Nein. Ich habe nur gehört, dass du nach ihm suchst. Ich habe ihn vor einer Minute in der Küche gesehen.«

Herkules hat freundliche Augen und hält sicheren Abstand zu mir. Ich fühle mich sofort wohl in seiner Gegenwart.

Ich schaue mich um und blicke dann wieder ihn an. »Ich war noch nie hier. Kannst du mir zeigen, wohin?«

Er nickt und bedeutet mir, ihm zu folgen. Als wir eine dicht gedrängte Menge erreichen, die die Schwelle zum hinteren Bereich des Hauses blockiert, greift er nach meiner Hand und zieht mich an sich.

Wir schaffen es auf die andere Seite und kommen in eine vollgestellte Küche. Unter zerknüllten Chipstüten und halb leeren Weinflaschen sehe ich hier und da einen weißen Marmortresen durchscheinen.

»Gerade war er noch hier.« Herkules fährt sich mit einer Pranke durch das sandblonde Haar und stößt die Luft aus. »Bin gleich wieder da. Ich sehe mal, ob ich ihn für dich aufspüren kann.«

Die Küche ist überraschend leer, obwohl die hämmernde Musik die Fenster in der Essnische wackeln lässt. Eine Lichterkette beleuchtet eine weitläufige überdachte Terrasse, in der Ferne fläzen sich Mädchen in grünen Bikinis auf Luftmatratzen herum, und ein Typ in gelben Shorts macht eine Arschbombe in den Pool.

Ich gehe auf Zehenspitzen und versuche über die Menge, die die Tür blockiert, hinwegzuspähen. So wie ich mein Glück kenne, hat Ash Zane gefunden und zum Foyer gelotst, aber so weit kann ich sowieso nicht sehen. Ich entscheide zu bleiben, wo ich bin. Herkules wirkt ohnehin zuverlässiger auf mich als die anderen beiden. Ich vertraue darauf, dass er tun wird, was er sagt.

Ein Typ in Smaragdgrün und eine Frau stolpern in die Küche. Ihre Hände wandern in gefährliche Regionen, und ihre Lippen scheinen mit sexuellem Superkleber aneinandergeklebt zu sein.

Niemand ist hier außer uns dreien, und es ist mehr als superpeinlich für mich, aber ich kann jetzt nicht gehen, falls Zane kommt.

»Oh mein Gott, das fühlt sich toooooll an«, keucht das Mädchen. Sie bekommt meine Anwesenheit gar nicht mit. »Oh … oh ja …«

Aus dem Augenwinkel sehe ich seine Hand, die schnelle Bewegungen zwischen ihren Beinen macht, und ihre Finger umschließen locker einen roten Pappbecher. Sie ist einen erderschütternden Orgasmus davon entfernt, ihn fallenzulassen und seinen Inhalt überall zu verschütten.

»Gottverdammt, bist du eng«, keucht der Typ. »Ich habe kaum Platz da unten, Süße. Keine Ahnung, ob mein Schwanz da reinpasst.«

Sie kichert, streckt die Hände nach ihm aus und zieht ihn auf sich.

Meine Wangen werden heiß und meine Beine drohen, auf der Stelle mit mir hier rauszurennen, wenn das hier noch weitergeht. Es fühlt sich falsch an, ein zufälliger Voyeur zu sein.

Ohne jede Vorwarnung zieht der Typ seinen Arm über den Tresen und halb volle Becher und Bierdosen fallen in hohem Bogen herunter, von denen die Hälfte auf mein Oberteil trifft.

Ich atme scharf ein, als kaltes Bier mein Schlafanzugoberteil durchnässt, und stehe wie gelähmt da, während ich zusehen darf, wie die beide nur Zentimeter vor mir zur nächsten Stufe übergehen.

Herkules kommt gerade rechtzeitig für das Nachspiel, als der Typ sein stöhnendes Spielmädchen auf den gerade freigemachten Tresen hebt.

»Hey, hey, hey.« Mein neuer Freund marschiert zu dem Paar. »Nicht hier drin. Macht es woanders.« Er kommt wieder zu mir, holt ein Tuch aus einer Schublade und tupft mein Oberteil ab. »Geht es dir gut?«

»Ja.« Ich nehme ihm das Tuch aus der Hand und trockne mich lieber selbst ab. »Sie waren, ähm, ziemlich beschäftigt mit dem, was sie taten. Ich glaube, sie haben mich hier drin nicht einmal bemerkt.«

»Idioten, alle beide. Die gehören nicht einmal zum Team. Keine Ahnung, wie sie an die Einladung gekommen sind.« Er verdreht die Augen und stößt die Luft aus. »Wie bist du eingeladen worden? Oder bist du mit jemandem hier?«

»Ich bin nicht wegen der Party hier.« So langsam höre ich mich an wie eine kaputte Schallplatte. »Ich wohne den Sommer über nebenan bei meiner Großtante. Ich bin nur hier, um Zane zu bitten, dass er die Musik leiser macht.«

Gott, ich höre mich erbärmlich an. Solche Worte sollten nie über die Lippen einer Person von vierundzwanzig Jahren kommen, aber irgendwer musste hierherkommen, und es hieß entweder Rue oder ich. Und eine kleine alte Dame sollte nicht um zwei Uhr früh auf so eine Party müssen.

Herkules beißt sich auf die Unterlippe und zuckt zusammen. »Oh. Tut mir leid deswegen.«

»Ich bin vor ein paar Stunden gelandet«, sage ich. »Ich war den ganzen Tag unterwegs. Mein Kopf hämmert. Ich schlafe auf einer total harten Matratze mit viel zu flachen Kissen, die voll nach Tante Rues Fliederparfum riechen, und alles, was ich will, ist ein wenig Schlaf, aber alles was ich höre, sind hämmernde Musik und das Geschrei betrunkener Leute.«

Er lacht und mustert mich.

Ich zupfe an meinem Schlafanzugoberteil. »Das Grün ist reiner Zufall.«

»Dann bist du nicht hergekommen, um dich flachlegen zu lassen?« Er legt den Kopf schief, aber seine lächelnden Augen sagen mir, dass er mich nur aufzieht.

»Überhaupt. Nicht.« Ich gebe ihm das biergetränkte Tuch zurück, und er wirft es erstaunlich präzise ohne hinzusehen in das Spülbecken hinter sich. »Ich habe bisher nicht viele Leute in Gelb gesehen heute Abend. Was ist deine Geschichte?«

Er zuckt mit den Schultern. »Ich habe nur gerade eine langfristige Beziehung hinter mir. War nicht sicher, ob heute Abend jemand hier wäre, der es wert wäre, Grün zu tragen.«

»Vorsichtiger Mensch. Daran ist nichts Falsches.«

»So was in der Art.« Herkules blickt mir noch ein wenig länger in die Augen, bevor er ausatmet und dann leicht mit der Hand auf den Tresen neben mir klopft. Er schenkt mir ein bittersüßes Lächeln und tritt einen Schritt zurück. »Okay, also, Zane wird gleich hier sein.«

Damit ist er weg, und ich fühle mich schlecht, weil ich nicht nach seinem Namen gefragt habe. Er war bisher der am wenigsten arschlochmäßige Typ hier, und ich wünschte, ich hätte ihm dafür danken können, dass er mich nicht wie ein Stück Fleisch behandelt hat.

Einmal mehr bin ich allein in der Küche, und ich bin schon halb in Versuchung, mit Aufräumen anzufangen, denn hier zu stehen und Däumchen zu drehen, macht mich mit jeder Minute gereizter.

Mit dem Rücken zur Kücheninsel beobachte ich die Uhr.

Fünf Minuten vergehen.

Dann zehn.

Schließlich sind es zwanzig.

Leute kommen und gehen, marschieren durch und holen sich etwas zu trinken.

Ich gähne und schaue wieder auf die Uhr.

Ich bin Zane de la Cruz noch nicht einmal begegnet, aber schon überzeugt, dass er ein Riesenarsch ist, weil er unter der Woche eine total anstößige Party schmeißt und weil er mich warten lässt, was er, wie ich überzeugt bin, absichtlich tut.

Und die Geschichten.

Oh Gott, die Geschichten.

*Er* ist derjenige, der Tante Rue die ganze Zeit so aufregt. Ich muss es mir jede Woche bei unseren Telefonaten dienstagabends anhören.

Tante Rue behauptet, er hätte nichts als Schwierigkeiten gemacht, seit er in ihre kleine geschlossene Wohnanlage gezogen ist, und als Vorsitzende des Hausbesitzervereins hat sie das Vergnügen, sich jedes Mal mit ihm herumzuplagen, wenn er sich weigert, seine Hecke auf die vereinbarte Höhe zu stutzen, oder als er seine Haustür in Teamfarben gestrichen hatte oder als er an die Tür gegangen war mit nichts als einer Socke über den Geschlechtsteilen und einem Grinsen im Gesicht, als Tante Rue seinen Dreier um drei unterbrach.

Sie sagt, er hält sich an keine Regeln außer seine eigenen, und es sei ein Wunder, dass die Gainesville Cougars ihn noch nicht zum Teufel gejagt haben.

Kein Wunder, dass sie ihn nicht ausstehen kann: Er hat es sich zur persönlichen Mission gemacht, ein Leben in hedonistischem Trotz zu leben.

Ich puste mir eine Haarsträhne aus dem Gesicht und öffne die Arme. Ich kann keine Minute länger hier stehen und nichts tun. Ich stapele rote Pappbecher in andere rote Pappbecher und werfe sie in einen überquellenden Mülleimer am Ende des Tresens. Dann mache ich weiter mit den leeren Chipstüten, knülle sie zusammen und werfe sie ebenfalls weg.

Den Rest der Fläche füllen diverse Teller und Besteck. Ich stelle sie ordentlich aufeinander, stelle sie auf die linke Seite des Spülbeckens, bevor ich in den Schränken nach einer Flasche Haushaltsreiniger gegen die Flecken auf dem Tresen suche.

Zuletzt kümmere ich mich um das Chaos auf dem Boden und wische mit einem sauberen Tuch all das verschüttete Bier und den Wein auf. Lauter Pfützen bedecken dank der irren Exhibitionisten den dunklen Holzboden.

Ein Mann räuspert sich. »Mir wurde gesagt, dass das Hausmädchen erst morgen Mittag kommt.«

Ich blicke auf, und mein Blick fällt auf eine Beule in der Größe von Texas, die sich unter eng anliegenden, sonnengebleichten olivgrünen Chinos verbirgt.

Eine gebräunte Hand streckt sich, Handfläche nach oben, mir entgegen.

Ich schlucke den Kloß in meiner Kehle hinunter, lege meine Hand in seine und gestatte ihm, mich auf die Füße hochzuziehen. Meine Lungen verlangen nach Luft, während ich mein Gleichgewicht zu finden versuche und ein wundervoller waldiger Duft sich um mich herum ausbreitet.

Der Mann strotzt nur so vor Sexappeal. Er muss nicht mehr tun als nur hier stehen und mich so ansehen, wie er es gerade tut, und schon werden mir die Knie weich.

Niemand, und damit meine ich *niemand*, hat je so etwas mit mir gemacht.

Tatsächlich bin ich einigermaßen verlegen, und meine Wangen verraten das überdeutlich.

Mein Blick landet auf einem makellosen weißen Hemd, das eng genug anliegt, um einen Waschbrettbauch zu zeigen, und gleitet dann hoch zur blanken Haut eines sonnengebräunten Brustkorbs, betont durch einen V-Ausschnitt, den nur jemand, der so aussieht, außerhalb einer Studentenverbindung tragen kann.

Ich räuspere mich und reiße mich zusammen, straffe die Schultern und stemme die Hände in die Hüften. Vielleicht sollte ich auch meine Libido in Ketten legen. Und das Ende einbetonieren.

»Ich bin Zane«, meint er mit einem neugierigen Grinsen, das ein tiefes Grübchen an seiner rechten Wange zum Vorschein bringt. »Du wolltest was von mir?«

Mir rasen Gedanken durch den Kopf, die nie über meine Lippen finden, und ich mühe mich ab, einen verständlichen Satz zustandezubringen in der Gegenwart eines Mannes, der aussieht wie … *so eben*.

Sein Kiefer ist perfekt geformt mit einem Grübchen am Kinn, seine vollen Lippen sind an den Mundwinkeln hochgezogen, und seine Augen in der Farbe von Ahornsirup sind auf meine fixiert. Zane stemmt eine Hand in die Hüfte und lässt die andere lässig auf dem Rand des Küchentresens liegen, während er stirnrunzelnd auf meine Antwort wartet.

Ich ringe um Fassung und nehme mir einen Moment Zeit, durchzuatmen und mir ins Gedächtnis zu rufen, dass Zucker wesentlich weiter kommt als Essig.

»Kommst du häufiger auf anderer Leute Partys und fängst an, deren Küche zu putzen?« Er unterdrückt ein Lachen. »Oder bist du von irgendwo entflohen? Sollte ich die Behörden anrufen? Sucht jemand nach dir?«

Pfeif auf Zucker.

Der Typ kriegt einen Mundvoll Essig.

Ich mache den Mund auf und spüre, wie sich das Gift meiner Worte sammelt, aufsteigt und dabei in meiner Kehle brennt.

»Entspann dich, Schönheit.« Seine Hände umfassen meine Schultern, umhüllen sie regelrecht. Der Mann hat echt große … *Hände*. Und er hat mich *Schönheit* genannt. Auch wenn ich zu meinem Glück klug genug bin, um zu wissen, dass er das wahrscheinlich nicht ernst meint, und ich werde mir davon ganz sicher nicht meine Entschlossenheit rauben lassen. »Ich ziehe dich nur auf. Aber im Ernst, du musst meine Küche nicht putzen. Dafür bezahle ich Leute.«

Sein widerspenstiges dunkles Haar ist zu einem Kunstwerk auf seinem Kopf zurechtgezupft und betont seine bronzefarbene Haut, den natürlich sinnlichen Blick und sein Lächeln mit weißen Zähnen. Aus seinem Shirtkragen lugt ein Tattoo, und schwarze Zeichnungen bedecken seine muskulösen, von Adern durchzogenen Unterarme.

»Ich bin nur hergekommen, um dich zu bitten, dass du hier ein wenig leiser machst.« Ich verschränke die Arme und weiche einen Schritt zurück. »Ich versuche nebenan zu schlafen, und das ist bei all dem Lärm ziemlich schwierig. Würde es dir etwas ausmachen, deine Gäste zu bitten, dass sie drinnen weiterfeiern?«

Wir werfen beide einen Blick nach draußen, wo eine Gruppe Typen mit Mädchen im Bikini auf den Schultern einen Strandball über das Volleyballnetz über dem Pool werfen. Ihr Lachen dringt bis in die Küche, getragen von einer Brise hämmernder Musik.

»Du bist Rues Nichte?«, fragt er.

»Großnichte. Ja.«

»Ah.« Sein Blick gleitet über mich, von Kopf bis Fuß, ganz langsam. Seine Schultern heben und senken sich und seine Augen werden schmal. »Delilah, richtig?«

Meine Fingerspitzen heben sich an mein Schlüsselbein, um instinktiv mit einer Halskette dort zu spielen, die nicht da ist.

»Woher kennst du meinen Namen?«, frage ich.

»Hat Rue mir gesagt«, antwortet er stirnrunzelnd, als sollte die Antwort offensichtlich sein.

Ich verdrehe die Augen und versuche nicht zu lachen über die Dinge, die in meiner Vorstellung ungefiltert über die Lippen dieser fünfundsiebzigjährigen Frau kommen.

»Aber sie hat mir nicht erzählt, warum du hier bist.« Seine vollen Lippen machen einen Schmollmund, als er die Hände in die Taschen schiebt. »Sie hat mir nur gesagt, dass ich mich unbedingt von dir fernhalten soll.«

Das klingt ganz genau nach Rue.

»Sie hat mir gesagt, dass keine Nichte von ihr sich je mit einem dreckigen Footballspieler abgeben würde«, fährt er fort, doch das Zwinkern in seinen warmen Augen verrät mir, dass er eher belustigt als beleidigt ist.

»Das muss ich Rue lassen, sie nimmt kein Blatt vor den Mund.« Meine undurchdringliche Abwehr löst sich mit Warpgeschwindigkeit auf. Ich muss zurück auf Spur. Ich lege so viel Professionalität in meine Stimme, wie ich zu dieser unchristlichen Stunde aufbringen kann, und fahre fort: »Auf jeden Fall, wenn du die Party einfach nach drinnen verlegen könntest, wüsste ich das zu schätzen.«

Er steht da, starrt mich mit dieser eindringlichen Miene in seinem lächerlich gutaussehenden Gesicht an und macht damit den Moment peinlicher, als er sein muss.

»O…kay.« Ich nicke und schaue zur Tür. Zum Glück sind

die Massen woandershin gezogen, und ich kann von hier aus die Haustür sehen. Ich mache einen Schritt und noch einen, den Blick auf den Türknauf fixiert. Ich kann schon fast das kühle Metall an meiner Handfläche spüren.

»Warte.«

Ich drehe mich um, sehe, dass Zane mir folgt und bleibe stehen, um ihn anzusehen, als ich das Foyer erreiche.

»Ich werde sie nicht bitten, reinzugehen«, sagt er.

»Wie bitte?« Verwirrt lege ich den Kopf schief.

»Ich werde sie nicht bitten, reinzugehen«, erklärt er noch nachdrücklicher als beim ersten Mal.

»Wieso nicht?«

»Weil du zu jung bist, um hier die verdammte Spaßpolizei zu spielen«, sagt er. »Und ich würde dir einen schlechten Dienst erweisen, wenn ich auf der Stelle tue, was du sagst, denn dann könntest du tatsächlich anfangen zu glauben, du wärst das Zentrum des Universums.«

Einen Moment lang sehe ich Rot, schnappe nach Luft und sammele meine Gedanken. »Ich halte mich *nicht* für das Zentrum des Universums, und ich denke keinesfalls, dass es zu viel verlangt ist, um ein wenig menschlichen Anstand zu bitten. Du lebst in einer Wohnanlage. Mit Nachbarn. Es ist mitten in der Woche, und andere Leute schlafen. Du kannst nicht einfach deinen Garten in einen Puff-Schrägstrich-Club verwandeln und dann beleidigt spielen, wenn jemand dich höflich bittet, einen Gang runterzuschalten.«

Zane schenkt mir ein unglaubliches halbes Grinsen und kommt näher. Mein Kopf passt genau unter sein Kinn, aber ich werde mich von seiner Größe nicht einschüchtern lassen.

Oh, nein, nein, nein.

Ich kann es mit dem Blödmann aufnehmen, wenn ich muss.

»Erstens ist das hier kein Puff, sondern eine Ampelparty«, erklärt er in sachlichem Tonfall.

»Bist du nicht ein bisschen zu alt für eine Ampelparty?«, frage ich. »Oder gehörst du zu einer Art Studentenverbindung für Erwachsene?«

Er ignoriert mich. »Zweitens macht ein bisschen Musik noch keinen Club, und drittens hast du mich nicht höflich gebeten, einen Gang runterzuschalten. Du wolltest, dass ich meine ganze Party verlege, und das in ziemlich forderndem Ton.«

»Das ist *deine* Interpretation«, sage ich. Mir ist sehr bewusst, dass jedes einzelne Wort aus meinem Mund mir gerade keinen Gefallen tut, aber ich weigere mich, hier zu stehen und mich von diesem Abercrombie-Athleten dazu bringen zu lassen, mit eingezogenem Schwanz von dannen zu ziehen.

»Wolltest du sonst noch was, Delilah? Ich muss mich um meine Gäste kümmern, also …«

Ich balle die Fäuste. Er hat Glück, dass ich kein gewalttätiger Mensch bin, denn ein fester Haken an sein kantiges Kinn würde sich jetzt echt gut anfühlen.

»Ich schätze, wir sind hier fertig«, sage ich.

Es ist überdeutlich, dass er meiner Forderung nicht nachgeben wird, also schätze ich, meine Sache hier ist erledigt.

Ich greife nach dem Türknauf, ziehe die Tür auf, werfe ihm noch einen finsteren Blick zu und schlage die Tür hinter mir zu. Ich hielt es nicht für zu viel verlangt, um ein wenig Höflichkeit zu bitten. Ein klein wenig Anstand. Und wenn er denkt, ich hätte das gefordert, dann leidet er an Wahnvorstellungen. Ich war nichts als professionell und würdevoll.

Und ich hatte recht vorhin.

Zane de la Cruz *ist* ein Riesenarsch.

# 2. KAPITEL

## Zane

Coach Roberts dachte tatsächlich, wenn ich in eine geschlossene Wohnanlage in einem Vorort von Gainesville ziehe, wo der Altersdurchschnitt der Bewohner bei sechsundsiebzig Jahren liegt, würde mich das vielleicht ruhiger machen. Er dachte, es würde mir meine »wilde Natur« austreiben.

Stattdessen fühle ich mich seitdem nur noch wie ein Tiger, der unruhig in seinem Käfig hin und her läuft, unbedingt raus – und nicht gefesselt, herumkommandiert und ständig gesagt bekommen will, was er tun soll.

Meine Nachbarn im Norden sind Clarice und Don Chapman. Sie sind nach ihrer Pensionierung aus Big Sky, Montana, hergezogen. Mitte sechzig. Clarice liegt gern draußen an ihrem Pool, in Badeanzügen mit dezentem Blumenmuster und dick beschmiert mit Sonnencreme, Lichtschutzfaktor 50, und meckert Don an, weil er die Hecken noch nicht auf die von der Eigentümergemeinschaft genehmigte Höhe gestutzt hat. Warum sie dafür nicht jemanden anheuern, so wie der Rest der Nachbarschaft, begreife ich nicht. Bis Don damit fertig ist, hat er einen Sonnenbrand und schlechte Laune, und dann wirft er die Heckenschere beiseite und winkt Clarice zu, während er reingeht, um ihr eine eiskalte Limonade zu holen.

Wenn ein Leben als verheirateter Mensch so aussieht, dann auf jeden Fall ohne mich.

Auf jeden Fall, wenn die Chapmans in ihrem kleinen grünen

Golfwagen zusammen durch die Straße kurven, lächeln sie immer und winken, als wären wir hier alle Freunde, aber ich habe gehört, was sie über mich reden.

Die Grundstücke hier sind riesig, aber allesamt bis zum Gehtnichtmehr landschaftlich gestaltet. Stimmen tragen weit. Aus Fenstern heraus. Durch Hecken. Böschungsmauern. Über Zäune.

Ich weiß, was sie von mir denken – vor allem diese unverschämte alte Rue Rosewood von nebenan. Sie ist fünfundsiebzig, hat zu allem eine Meinung und keine Angst, dafür zu sorgen, dass auch jeder innerhalb von fünf Meilen Umkreis in Laguna Palms ihre Meinung kennt.

Außerdem ist sie Vorsitzende des Hausbesitzervereins, und sie nimmt ihre Rolle sehr ernst.

Zu ernst meiner Meinung nach.

Die Frau beobachtet mich wie ein Habicht und sieht immer, wann ich komme und wann ich gehe. Schaut immer mal vorbei mit »freundlichen« Erinnerungen in Form schriftlicher Verwarnungen, die sie mit Klebeband an meiner Tür anbringt.

Woher sollte ich denn wissen, dass die Mülltonne nicht von der Straße aus sichtbar sein darf, und zwar von Dienstag bis Sonntag? Dass bei der Gartengestaltung nur weißer oder grauer Stein verwendet werden darf? Dass rückwärts in die Einfahrt fahren nicht gestattet ist, weil die Zulassungsplakette vom Gehweg aus sichtbar sein muss? Dass wir vorgeschriebene Farben für die Weihnachtsbeleuchtung haben, die im Übrigen mit unseren Hausnummern übereinstimmen?

Ich werde nie vergessen, wie sie in meinem ersten Dezember in Laguna Palms vor meiner Tür stand. Sie war zuckersüß, hatte einen Teller Zuckerplätzchen mit Schneemanndeko dabei. Und dann verlangte sie, dass ich die blinkende blaue Lichterkette von meinem Dach abmontiere und augenblicklich durch eine rote ersetzen soll.

Und hier war ich nun und versuchte nur, mich einzufügen. Ein guter Nachbar zu sein. Ich mag Weihnachten nicht mal besonders.

Aber trotz der Tatsache, dass Rue Rosewood seit dem Tag unserer ersten Begegnung die größte Nervensäge hier war, habe ich irgendwie eine Schwäche für sie. Sie erinnert mich an meine *abuela* Magdalena, die Großmutter, die mich aufgezogen hat, seit ich neun Jahre alt war. Wir haben sie vor ein paar Jahren verloren, aber es vergeht kein Tag, an dem ich sie nicht vermisse. Oder die verrückten Sachen, die sie die Hälfte der Zeit von sich gegeben hat.

Ich nehme mir Rues Beleidigungen nie zu Herzen, denn wenn sie auch nur ein bisschen ist, wie Magdalena war, kommen diese Beleidigungen alle aus etwas Gutem heraus, und irgendwo unter der harten Schale ist eine ganze Menge harmloser Plüsch.

Ich tauche aus dem übermäßig gechlorten Wasser des Gemeinschaftspools von Laguna Palms auf, hole eine Lunge voll Luft und tauche wieder ein. Meine Arme und Beine treiben mich zum Ende des Pools. Als ich die Wand erreiche, tauche ich auf und reibe mir mit der Hand übers Gesicht, um das Wasser aus den Augen zu bekommen, während meine Atemzüge regelmäßiger werden.

»Ernsthaft?«, dringt eine Frauenstimme an meine wassergefüllten Ohren.

Ich schüttele den Kopf, versuche, die Ohren wieder freizubekommen, und mein Blick fällt auf pink manikürte Zehennägel, die auf einem Liegestuhl vor mir ruhen.

»Hast du nicht deinen eigenen Pool?«, fragt sie, klappt ihr Buch zu und legt es beiseite.

Ich gehe zur Leiter und steige aus dem Wasser. Ich bin tropfnass und nicht darauf gefasst, als sie mir von dem Stuhl neben sich ein Handtuch zuwirft.

»Mein Pool ist … heute außer Betrieb.« Ich beschließe, es dabei zu belassen und nicht detailliert über die darin schwebenden Klumpen von orangefarbenem Erbrochenem zu berichten, die ein mysteriöser Gast heute früh da hinterlassen hat. »Ich bezahle meine Vereinsgebühren. Ich darf hier schwimmen.«

Ich trockne mich ab, versuche halbherzig, mein Haar in Ordnung zu bringen und hoffe, sie denkt nicht, ich würde das ihretwegen tun.

Ich meine, klar, Delilah ist heiß.

Sie ist *mehr als* heiß.

Sie ist, als hätten eine Meerjungfrau und ein Bademodenmodel in der Sports Illustrated ein Kind zusammen … heiß. Und ich bin nicht mal sicher, ob ihr das klar ist.

Volle Lippen. Kurven wie ein Stundenglas. Dunkle, sinnliche Augen. Langes, dunkles Haar, das ihr ins Gesicht fällt.

Aber nach der Saison, die ich letztes Jahr hatte, wäre ich fast aus dem Team geworfen worden, weil ich im Fernsehen zwölfmal zu oft das F-Wort gesagt und weil ich feststellen musste, dass mein Ruf als Playboy allmählich die harte Arbeit, die ich in meine athletischen Fähigkeiten gesteckt habe, zu überschatten drohte. Daher habe ich eine Notfallrückbesinnung gemacht auf alles, was zur Karriere gehört.

Keine Mädchen.

Weniger Alkohol.

Null Sperenzchen.

Befehl vom Coach – oder ich werde aus meinem wahnsinnig lukrativen Vertrag entlassen.

Ich würde Millionen an künftigen Einnahmen verlieren.

Die Party gestern war eine Ausnahme. Ein paar Spieler und ich hatten beschlossen, zusammen etwas auf die Beine zu stellen für unseren Kumpel Weston, der am Boden zerstört ist, seit mit seiner Langzeitfreundin Schluss ist. Wir erteilten ihm strikte Anweisung, von Kopf bis Fuß in Grün zu erscheinen, und dann hatte der Trottel den Nerv, auf *seiner* Ampelparty in verdammtem Gelb aufzutauchen.

*Gelb!*

»Na gut.« Delilah zuckt mit den Schultern, nimmt wieder ihr Buch und vergräbt die Nase zwischen den Seiten. Einen Moment später lässt sie es auf ihren Schoß sinken, schirmt die Augen vor der Sonne ab und schaut zu mir. »Hat dir schon mal jemand gesagt, dass Starren unhöflich ist?«

»Ich starre nicht. Ich habe nachgedacht. Und du bist nur zufällig in meiner Blickrichtung.«

Sie blättert um. »Dann starr in eine andere Richtung.«

»Was, wenn ich nicht will? Wenn ich nun mal nach Norden starren will?« Gott verdammt. Ich habe doch mehr Biss als so was.

Ich glotze weiter und versuche, das Mysterium vor mir zu enträtseln. Ein perfekter, glänzender Dutt ruht auf ihrem Kopf. Nicht ein Haar fehl am Platz. Sie richtet ihre riesige Sonnenbrille, schiebt sie die pfeilgerade Nase hinauf und lehnt sich zurück, holt eine rote Lakritzschnur aus einer kleinen Tüte neben sich und steckt sich das eine Ende in den Mundwinkel.

Oh, was würde ich alles dafür geben, jetzt diese Lakritzschnur zu sein, eingeklemmt zwischen diesen perfekt vollen Lippen.

Und dann fällt mein Blick auf den Rest von ihr.

Ihre kurvige Sanduhrfigur steckt in einem dezenten schwarzen Badeanzug.

Langweilig.

»Du solltest dich wirklich etwas mehr bedecken.« Ich werfe mir das Handtuch über die Schulter und tue so, als wäre ich angewidert.

Sie nimmt die Sonnenbrille ab und sieht mich mit offenem Mund an.

»Ich meine, also wirklich. Das ist eine Familienanlage hier, und du liegst da in *so etwas*?« Ich deute auf sie. »Ich glaube nicht, dass Myrtle Rickers sehr erfreut sein wird über die Blicke, die du von Mr Rickers auf dich ziehen wirst, wenn sie herkommen in …« Ich werfe einen Blick auf die Uhr an der Wand des Poolhauses. »Oh, in etwa fünfzehn Minuten.«

Delilah blickt an sich herab, und ich unterdrücke ein Lachen. Ich kann ihr schon ansehen, dass sie mich richtig hassen wird, bis der Sommer vorbei ist.

Oder vielleicht hasst sie mich auch jetzt schon.

Ich bin sicher, dass ich gestern Abend nicht den besten Eindruck gemacht habe, aber sie hat mir keine Wahl gelassen. Wenn sie sich wie ein Kleinkind benimmt, wird sie auch wie eins behandelt.

»Ich mache nur Spaß«, sage ich. »Aber du siehst echt aus, als hätten eine Gouvernante und ein Pastor der Amischen ein Kind gekriegt.«

»Du bist ein Arsch.« Sie versteckt das Gesicht hinter ihrem Buch.

»Weißt du, du passt wirklich gut hier rein«, sage ich. »Du hasst Lärm. Und Partys. Und Spaß. Du gehst früh ins Bett. Und du trägst Badesachen, die auf eine Beerdigung passen würden. Du kannst nicht viel älter sein als, was, vierundzwanzig? Fünfundzwanzig? Aber im Grunde bist du schon eine alte Rentnerin. Bitte sag mir, dass du wenigstens ein rebellisches Jahr auf dem College hattest, denn sonst bin ich wirklich total enttäuscht von dir.«

Delilah gibt ein ärgerliches Seufzen von sich und versteckt sich weiter hinter diesem Buch, das dicker ist, als Poollektüre in den meisten Fällen sein sollte. Bei näherem Hinsehen entpuppt es sich als ein kleines Fachbuch. Ich gehe zu ihr hin und bücke mich, um den Titel zu lesen.

»*Wenn Ehen scheitern*?«, lese ich den Titel vor. »Was zur *Hölle* liest du denn da?«

Sie klatscht das Buch auf ihren Schoß und sieht mich mit schmalen Lippen an. »Ich bin auf der Graduiertenschule.«

»Und studierst ... Ehen?« Ich ziehe die Nase kraus.

»Ich mache meinen Master of Social Work«, sagt sie. »Ich werde zugelassene Sozialarbeiterin und möchte mich auf Ehe- und Familienberatung spezialisieren.«

»Okay«, sage ich. »Aber jetzt hast du Sommerferien, ja? Solltest du dann nicht Nora Roberts oder so was lesen?«

»Beeindruckend.« Sie schirmt die Augen vor der Sonne ab. »Ich bin schockiert, dass du tatsächlich eine Schriftstellerin nennen kannst. Also fix, nenne mir noch ein paar.«

Ich ziehe die Zähne über meine Unterlippe, unterdrücke ein spöttisches Grinsen und weiß ganz genau, dass ich dafür büßen muss. »Danielle Steele. Jackie Collins.«

»Ich will es gar nicht wissen.«

»Gut.« Denn ich bin nicht gerade in der Stimmung, zu erklären, dass ich, als ich mit neun Jahren zu meiner Großmutter zog, noch nicht lesen konnte. Sie brachte mir das Lesen bei, und ich war schnell in der Lage, Romane zu lesen, aber alles, was sie herumliegen hatte, waren kitschige Liebesromane. Ich habe sie alle im Laufe eines Sommers verschlungen. Keine Reue. »Wollte ich dir sowieso nicht erzählen.«

»Musst du jetzt nicht irgendwo sein?« Sie richtet das Handtuch unter sich, sodass es den Liegestuhl bedeckt. »Du spielst doch Football, richtig? Trainiert ihr nicht im Sommer?«

»Das Training beginnt erst Ende Juli.«

»Also dann … hängst du nur herum oder tust du irgendwas?«

»Ich mache Sport. Halte mich in Form. Ich bleibe gut beschäftigt.« Ich ziehe mir das Handtuch von der Schulter und lege es mir um den Nacken, um die brennende Sonne abzuhalten. »Solltest du nicht irgendwas für Rue erledigen, statt am Pool zu liegen wie eine Faulenzerin, die glaubt, sie hätte Sommerferien?«

Sie verdreht die Augen. »Rue ist gerade bei einem Bunco-Lunch. Und morgen treffen wir uns mit ihrem Immobilienmakler. Glaub mir, ich werde diesen Sommer gut beschäftigt sein. Du wirst nicht viel von mir sehen.«

»Ist das eine Drohung oder ein Versprechen?«

Ihr Blick gleitet tiefer und landet auf der feuchten Beule meiner Badeshorts. Sie kann so tun, als würde sie mich hassen, so sehr sie will, aber das hat mir gerade alles verraten, was ich wissen muss. Unter der verklemmten Fassade gibt es noch eine ganz andere Delilah.

Zu schade für sie, dass dies mein Zölibat-Sommer ist.

Und verdammt. Auch zu schade für mich.

»Shit«, sage ich mit einem sarkastischen Funkeln im Auge. »Und ich hatte mich schon darauf gefreut, den ganzen Sommer lang vom Mädchen nebenan gebabysittet zu werden. Wer überwacht denn jetzt meinen Zeitplan und sorgt dafür, dass meine Partys nicht zu laut sind?«

Sie brummelt etwas vor sich hin, schwingt die Beine vom Liegestuhl und sammelt ihre Sachen ein.

»Du gehst jetzt?« Ich ziehe die linke Augenbraue hoch. »Himmel, Delilah, bist du echt so verklemmt? Ich dachte, wir albern ein wenig herum. Veräppeln uns gegenseitig.«

Ihre Arme laufen über mit Handtüchern, Büchern, Sonnenbrille und Sonnencreme, während sie einen Strohhut auf dem

Kopf balanciert. Lose dunkle Strähnen umrahmen ihr Gesicht, als unsere Blicke sich treffen.

»Ich bin nicht verklemmt.« Sie drückt die Sachen auf ihrem Arm an sich. »Ich habe gestern Nacht nicht geschlafen, ich bin erschöpft von der Reise und ich habe eine ellenlange To-do-Liste für diese Woche. Ist es zu viel verlangt, dich zu bitten, dass du aufhörst, mich als Gouvernante zu bezeichnen und dich über meine Lektüre lustig zu machen, wenn ich versuche, am Pool zu entspannen?«

»Bleib.« Ich deute auf ihren Liegestuhl. »Ich wollte sowieso gerade gehen.«

Sie erstarrt und beobachtet mich, unsicher, was sie als Nächstes tun soll.

»Aber nur damit du es weißt, Schönheit, wahrscheinlich solltest du nicht austeilen, wenn du nicht auch einstecken kannst«, verpasse ich ihr noch eine letzte Stichelei, weil ich es eben nicht lassen kann und weil ich ihr unbedingt den Anflug eines Lächelns entlocken will, bevor ich gehe.

»Oh, ich kann schon einstecken.«

»Offensichtlich nicht. Schau dich an. Du bist eingeschnappt und willst jetzt mit einem Armvoll Zeugs davonstampfen, weil ich dich mit deinem bescheuerten Badeanzug aus den Fünfzigerjahren aufgezogen habe.«

Sie lässt ihre Sachen auf den leeren Liegestuhl fallen. »Und schon geht es wieder los.«

»Ich mache nur Spaß.«

»Tja nun, das ist nicht lustig. Es ist unhöflich.«

»Du bist zu empfindlich, Schönheit. Sei einfach mal locker.«

»Hör auf, mich jedes Mal Schönheit zu nennen, wenn du dich selbst in die Bredouille gebracht hast«, schimpft sie. »Das läuft nicht bei mir, und es ist unhöflich anzunehmen, dass alle

Frauen sich ihrem wahrgenommenen Äußeren nach ansprechen lassen wollen.«

»Unhöflich ist, wenn du um zwei Uhr nachts an jemandes Tür hämmerst, einen behandelst, als wäre man ein Teenager, und verlangst, dass man alles dichtmacht, damit du deinen kostbaren Schönheitsschlaf bekommst.«

»Wollen wir ernsthaft wieder damit anfangen?« Sie gibt etwas von sich, dass sich wie eine Mischung aus Stöhnen, Knurren und Seufzen anhört und sammelt wieder ihre Sachen ein. »Tut mir leid, dass ich nicht bitte oder danke gesagt oder dir die Füße geküsst habe. Ich bin sicher, du bist keine Unterhaltung mit Frauen gewohnt, die sich dabei nicht auf die Lippe beißen, an ihren Haaren herumspielen, zwinkern und kichern. Wahrscheinlich bin ich die einzige Frau auf der Welt, die vor dir stehen kann, ohne sich dir an den Hals zu werfen und vielleicht weißt du deshalb nicht, wie du mit mir umgehen sollst. Ich weiß nicht …«

Sie will noch weiter schwadronieren, aber ich falle ihr ins Wort.

»Damit setzt du voraus, dass alle Frauen, mit denen ich rede, geistlose und notgeile Flittchen sind.« Ich kratze mich am Kopf und sehe ihrem Irrlichtern zu. »Siehst du, das ist eine Beleidigung. Du ziehst mich nicht mal nur auf. Ist das nicht ein wenig heuchlerisch?«

»Genug.« Sie beendet das Gespräch mit einer erhobenen Hand und einem Tonfall, scharf genug, um an diesem milden Nachmittag durch die schwere, feuchte Luft von Florida zu schneiden.

Sie lässt die Hand wieder sinken, unsere Blicke begegnen sich, und ihre Lippen öffnen sich, als wollte sie gleich etwas sagen. Aber stattdessen schiebt sie die Füße in biedere schwarze Flip-Flops und wendet sich zum Gehen.

Irgendwie fühle ich mich schlecht.

Irgendwie.

Sie muss ein wenig lockerer werden und sich nicht benehmen, als wäre sie eine Zwanzigirgendwas-Neunzigjährige. Ein kleines Wortgefecht könnte ihr guttun. Sie ein bisschen aus ihrem Schneckenhaus holen.

Ich blicke mich um und bemerke, dass langsam immer mehr Liegestühle besetzt sind, und links von mir sind die Tratschtanten von Laguna Palms allesamt auf mich fixiert, mit schmalen Lippen und missbilligenden Blicken, verborgen hinter Sonnenbrillen.

Ich nicke ihnen zu, als ich an ihnen vorbeigehe, um meine Sachen zu holen.

»Das ist nicht der Weg zum Herzen einer jungen Dame, Zane«, meint Ethel French in tadelndem Tonfall.

Ich bleibe stehen und wende mich an Ethel und ihre Bande Tratschgroupies. »Ich will ihr Herz gar nicht.«

»Oh, sicher nicht.« Ihre Lippen verziehen sich zu einem koketten Grinsen. »Wir sehen doch, wie Sie sie ansehen.«

»Da sehen Sie etwas, wo gar nichts ist.«

»Sie ist eine schöne Frau. Und Sie ein attraktiver Mann.« Ethel zuckt mit den Schultern. »Wir leben schon lange genug, um zu erkennen, wenn ein Junge auf ein Mädchen steht. Es ist wirklich ganz einfach. Wenn ein junger Mann herzlos gegenüber einer jungen Dame ist, dann in Wirklichkeit deshalb, weil er sie mag. Denn oft genug ist das Gegenteil wahr.«

»Das ist ja eine nette Theorie, aber glauben Sie mir, hier nicht zutreffend.« Ich mache einen kleinen Salut und gehe weiter.

Nicht zutreffend. Ganz und gar nicht.

Außerdem hätte Rue mich an den Eiern, wenn ich auch nur daran denken würde, ihrer Nichte nahezukommen. Das hat sie selbst gesagt und dabei mit ihrer Gartenschere herumgefuchtelt, als wir vor ein paar Wochen über den Zaun hinweg geplaudert haben. Und wenn es etwas gibt, das ich über Rue gelernt habe, seit ich hierhergezogen bin, dann das, dass sie niemals leere Drohungen ausspricht.

Mit dem Hausbesitzerverein kann ich mich anlegen, so viel ich will, aber ihrer Großnichte nahezukommen wäre *wahrscheinlich* nicht in meinem besten Interesse.

Andererseits – wann war ich je mit einer Regel konfrontiert, die ich nicht zu meinen Gunsten beugen konnte … nur ein klein wenig?

# 3. KAPITEL

## Delilah

»Wann kommt Taylor noch mal?«, frage ich Tante Rue am Freitagmorgen. Die alte Dame hat schon ihre vierte Tasse Kaffee intus und staubt gerade Porzellangeschirr im Schrank ab, mit einer Rolle Papierhandtücher und einer unter den linken Arm geklemmten Flasche Glasreiniger. »Ich habe die Fenster gestern geputzt, weißt du noch?«

»Oh, Liebes, der Glasreiniger ist für die Spiegelwand hinter dem Porzellan.« Ihre Lippen sind rubinrot geschminkt, und sie kratzt sich an der Stirn unter dem weißen Golfmützenschirm, den sie nur selten ablegt. Inzwischen ist das Ding fast ein Teil von ihr.

»Ich glaube nicht, dass sie jeden Quadratzentimeter deines Hauses inspizieren wird, Tante Rue. Ein bisschen Staub auf den Regalen wird den gewünschten Preis nicht gleich um ein paar Tausender senken. Wir haben noch jede Menge Zeit für eine gründliche Reinigung. Ich werde ihr mein ganzes Wochenende widmen.«

»*Er*.«

»Wie bitte?«

»Taylor ist ein *Er*.«

»Oh. Okay. Auf jeden Fall wird *er* deinen Geschirrschrank nicht so genau inspizieren. Vertrau mir. Wann wird er hier sein?«

Sie zieht den Ärmel ihres pastellpfirsichfarbenen Trainingsanzugs zurück und wirft einen Blick auf ihre Uhr. »Jede verdammte Minute, genau dann.«

Ich lege den Arm um ihre knochigen Schultern und lege meine Hände auf ihre, damit sie einen Moment lang zur Ruhe kommt. Sie lebt seit über zwanzig Jahren in diesem Haus in Laguna Palms. Dieses Haus ist ihr Leben. Aber mittlerweile wird es ihr zu viel, und sie will in eine kleinere, ebenerdige Luxuseigentumswohnung umziehen, um nicht zu riskieren, dass sie sich eines Tages auf einer ihrer rutschigen Holztreppen die Hüfte bricht. Ich schaudere bei dem Gedanken, Rue einmal zwangsweise in einer Einrichtung mit betreutem Wohnen unterbringen zu müssen.

»Es wird alles gutgehen«, sage ich. »Und du wirst die Wohnung in Palm Springs lieben. Dieses Haus hat dir gute Dienste geleistet, aber jetzt ist es Zeit, weiterzuziehen.«

»Du besuchst mich aber trotzdem jeden Sommer, oder?«

»Immer.«

Ich lasse sie los und höre in dem Moment die Türklingel.

»Ich mache auf«, rufe ich, fahre mit den Handflächen über meine Seiten und streiche mir das Haar von den Schultern. Ich ziehe die Tür auf und trete einen Schritt zurück, bereit, Tante Rues Immobilienmakler hereinzubitten.

Doch stattdessen sehe ich eine Vision gebräunter, definierter Muskeln, finsterer Tattoos und ein köstlich verruchtes halbes Grinsen vor mir, das nur Zane de la Cruz gehören kann.

Hastig trete ich vor die Tür, ziehe sie hinter mir zu und flüstere: »Was machst du denn hier?«

Sein Grinsen schwindet, als unsere Blicke sich begegnen, und er zieht einen Strauß Narzissen hinter dem Rücken vor.

»Blumen?« Ich stemme eine Hand in die Hüfte. »Bist du verrückt?«

»Wollte mich nur entschuldigen für den Tag neulich am Pool.« Er hält mir den Strauß hin, und ich nehme das hübsche Arrangement entgegen. »Ich glaube, Gelb steht für Tut-mir-leid oder so was.«

Ich widerstehe dem Drang, ihm zu erklären, dass gelbe *Rosen* für Es-tut-mir-leid stehen. Narzissen symbolisieren Neuanfang. Für dieses Wissen kann ich meiner Mutter Bliss danken. Die Frau kennt die richtige Blume für jeden Anlass.

»Danke.« Ich werfe einen Blick über seine Schulter auf die Einfahrt und halte Ausschau nach dem Makler.

»Jedenfalls, ich weiß, dass wir auf dem falschen Fuß angefangen haben.« Er legt sich die Hand um den Nacken, als unsere Blicke sich treffen, und sein Mund öffnet sich auf eine Weise, die mein Herz unerlaubterweise einen Satz machen lässt. »Ich bin nicht immer ein Mistkerl. Nur wenn ich will.«

»Delilah?«, höre ich Tante Rues gedämpfte Stimme durch die Tür. »Wer ist da draußen?«

»Du musst jetzt gehen«, sage ich, bevor ich mich zur Tür umdrehe und antworte: »Nur eine Minute, Tante Rue.«

Tante Rue hat bei mehreren Gelegenheiten absolut klargemacht, dass sie nichts übrig hat für den *»schmutzigen Footballspieler von nebenan«*. Sie behauptet, er habe einen schmutzigen Verstand und ein schmutziges Mundwerk.

Nur, so häufig wie sie von ihm spricht, habe ich da so langsam meine Zweifel. Ich würde fast sagen, sie ist an der Grenze zur Besessenheit von ihm, und nachdem ich offiziell seine abstoßend attraktive Visage gesehen und seine Neigung, Dinge auf seine Art zu tun, registriert habe, kann ich vollkommen einsehen, wie sie darauf kommt.

Das sanfte Brummen von Reifen auf Asphalt lenkt meine Aufmerksamkeit auf die Einfahrt, wo ein schwarzer Bentley sachte zum Stehen kommt und ein Mann mit sandblondem

Haar in einem grauen Anzug eine Aktentasche vom Rücksitz nimmt. Die Wagentür geht mit einem hochwertigen Klick zu, bevor er auf den Gehweg tritt.

»Du musst jetzt gehen«, sage ich wieder zu Zane. Ich werfe einen Blick auf Taylor und begrüße ihn mit Winken und einem freundlichen Lächeln.

Zane hüpft von der Treppe nach unten und marschiert über Rues manikürten Rasen zurück zu seinem Haus. Sie würde ihn umbringen. Sie würde ihn buchstäblich umbringen, wenn sie das sehen würde.

»Hi, ich bin Delilah. Freut mich, Sie zu treffen.« Ich strecke die Hand aus, als Taylor die Treppe erreicht. »Ich bin Rues Großnichte und werde ihr beim Verkauf, dem Umzug und allem, was dazugehört, helfen.«

»Freut mich sehr, Sie kennenzulernen, Delilah«, antwortet er und nimmt meine Hand in seine beiden Hände. Sein Lächeln ist warm und sein Blick aus blauen Augen eindringlich. »Ich bin Taylor Forbes.«

Er riecht nach Geld.

Buchstäblich nach Geld. Sauber und scharf wie Kupfer und gestärkte Baumwolle.

Als hätte er sich wie Dagobert Duck in einem Haufen Geld gewälzt und dann unter einem Wasserfall aus Hundert-Dollar-Noten geduscht.

Und er sieht genau wie ein Typ aus, der Häuser mit Millionenwert verkauft. Hübsch, beinahe. Professionell gestylt. Zu viel Selbstsicherheit in seinem Gang.

Ich taxiere ihn wie jeden anderen, eine alte Gewohnheit von mir. Er wirkt wie ein Mann, der sich nie mit weniger als Perfektion zufriedengeben würde, und selbst dann kann ich mir vorstellen, dass Perfektion manchmal nicht seinen Ansprüchen genügt.

Kein Staubkörnchen auf seinem Anzug und eine makellose Frisur. Die Sonne spiegelt sich in seinem Wagen, der offenbar frisch gewaschen und poliert ist.

»Kommen Sie herein.« Ich nehme meine Hand von seiner, greife nach der Tür und spüre ihn dabei dicht hinter mir.

»Tante Rue, Taylor ist da«, rufe ich und lege den Narzissenstrauß auf einen Konsolentisch in der Nähe.

»Im Wohnzimmer, Liebes«, ruft sie.

Taylor sieht sich im geräumigen Foyer um, zieht die polierten Schuhe aus und folgt mir ins nächste Zimmer.

»Hi, mein Lieber.« Tante Rue steht auf, geht zu Taylor und umfasst sein Gesicht, als wäre er ein Kind. »Wie geht es dir? Ich habe mit deiner Großmutter nicht mehr gesprochen, seit sie nach Phoenix gezogen ist, die alte Verräterin. Konnte die feuchte Luft hier nicht ertragen, vermute ich. Wie gefällt es ihr im Südwesten?«

»Sie liebt es«, antwortet er. »Sie wohnt jetzt in Sedona. Ich fliege ein paarmal im Jahr zu Besuch hin. Wunderschön da.«

»Geht es ihr gut? Kommt sie zurecht?«, fragt Rue.

»Oh ja.« Taylor nickt und nimmt auf dem Sofa gegenüber Platz.

»Ich höre nicht mehr viel von ihr, seit Irvin gestorben ist.« Rue drückt sich die Hände auf die Brust. Mit fünfundsiebzig Jahren immer noch unverheiratet, aber nun an einem Punkt im Leben angekommen, an dem ihre Freundinnen reihum zu Witwen werden. »Wir vermissen sie sehr. Ich wünschte, sie würde wiederkommen und uns besuchen. Sag ihr, dass wir sie vermissen, ja?«

»Natürlich.« Taylors ozeanblaue Augen richten sich auf mich, und er richtet den Knoten seiner dünnen schwarzen Krawatte. »Wollen wir zum Geschäftlichen kommen?«

»Ja.« Ich klatsche in die Hände und setze mich neben Rue, begierig darauf, das Ganze zu beginnen.

»Taylor, du bist meiner Großnichte noch nicht begegnet, nicht wahr?« Rue legt die Hand auf mein Knie.

»Wir haben uns draußen getroffen«, sage ich.

»Gut, denn ihr beide werdet diesen Sommer *sehr* eng zusammenarbeiten«, meint Rue. Ich höre einen Hauch Aufregung in ihrem Tonfall, der etwas vollkommen anderes andeutet. Sie wird sich schmerzlich irren, wenn ich ihr mitteile, dass Taylor nicht gerade mein Typ ist. Nicht mal annähernd. *Niemals.* »Delilah wird deine hauptsächliche Kontaktperson sein. Wenn du eine Besichtigung hast, gib ihr Bescheid. Sie wird das Haus in Ordnung bringen und die Nachricht an mich weitergeben. Wenn du einen Tag der offenen Tür veranstalten willst, arbeite mit ihr. Ich will nur von dir hören, wenn es ein Angebot gibt. Ein *gutes* Angebot.«

»Verstanden.« Taylor ist immer noch auf mich konzentriert. »Delilah, ich werde Ihre Nummer brauchen.«

Ich rattere die zehn Ziffern herunter und er schickt mir eine Textnachricht zur Bestätigung.

»Also, was jetzt?«, fragt Rue.

»Wenn es dir nichts ausmacht, sehe ich mich um. Mache ein paar Notizen. Danach fahre ich zurück ins Büro und gehe ein paar Immobilienvergleiche durch. Bis morgen oder so sollte ich einen Listenpreis für dich haben. Danach unterzeichnest du den Vertrag, und wir stellen es online.« Sein Tonfall schnellt in die Höhe, und er klatscht einmal und reibt sich die sehr manikürten Hände.

Er wirkt übertrieben aufgeregt dabei, aber ich vermute, das ist etwas Gutes. Der Mann lebt offenbar fürs Immobiliengeschäft, und genau so jemand sollte Rues protzigen Kasten verkaufen.

»Unbedingt.« Rue steht auf und winkt auffordernd, dass er sich umsehen kann. »Ich bin in der Küche, falls du mich brauchst. Ich habe da einen Bonsai, der zugeschnitten werden muss. Delilah, würde es dir etwas ausmachen, Taylor herumzuführen?«

Rue huscht davon, und ihre Hüften wackeln bei jedem schnellen Schritt. Die Frau hat eindeutig keine Definition für kürzertreten, nie gehabt. In den Achtzigerjahren kam sie mit der Erfindung eines Oberschenkelstraffers unerwartet zu Reichtum, und seitdem gab es bei ihr nichts als Arbeit, Arbeit, Arbeit und weiter, weiter, weiter. Selbst wenn sie es versuchen würde, könnte sie nicht stillstehen.

»Ich schätze, wir fangen im Foyer an und arbeiten uns dann durch …« Ich führe Taylor aus dem Wohnzimmer, schaue auf dem Weg aus dem Esszimmerfenster und sehe Zane, der in seiner Einfahrt mit ein paar anderen Typen Körbe wirft.

Ich schätze, er ist nicht der Einzige, der nicht fähig ist, eine Minute lang zu entspannen. Taylor bleibt neben mir stehen und folgt meinem Blick.

»Wussten Sie schon, dass Zane de la Cruz nebenan wohnt?«, frage ich Taylor und deute hin.

»Wusste ich.«

»Kennen Sie ihn persönlich?«, frage ich, denn sie sind beide im gleichen Alter, und Gainesville ist nicht gerade eine große Stadt. Wenn es eine Ähnlichkeit mit Rixton Falls gibt, dann die, dass jeder jeden kennt. »Sind Sie Freunde?«

»Ich kenne ihn nicht persönlich, nein.« Taylor winkt ab und stolziert weiter, als hätte er keine Lust, diese Unterhaltung fortzuführen. »Hier kennt jeder jeden. Ich weiß *von* ihm. Und er *von* mir. Aber persönliche Freunde? Kaum.«

Sein Lachen ist steif und überhöflich, als finde er es unterhaltsam, dass ich annehmen könnte, sie seien Freunde.

Ich belasse es dabei und führe ihn einen Flur entlang, der zum Zimmer meiner Tante führt. Dort beginne ich die Tour, führe ihn durch die Gästezimmer und das förmliche Esszimmer. Ich beobachte seine Reaktion, als ich ihm Tante Rues Zimmer zum Geschenkeverpacken zeige, und führe ihn dann zu dem übergroßen Einbauschrank, in dem sie ihre Sammlung aus Porzellanpuppen und Baccarat-Kristall aufbewahrt.

Als wir auf die hintere Terrasse kommen, tritt Taylor die Stufen hinunter und geht die Umrisse des Außenbereichs ab, spricht dabei in sein Handy und macht sich Notizen. Ich folge ihm in ein paar Schritten Abstand, und als wir die Seite des Hauses erreichen, sehe ich wieder Zane und seine Freunde.

Er hält inne, klemmt sich den Basketball unter den Arm und winkt mir lächelnd zu.

Er ist freundlich, der Mistkerl.

»Ist Taylor schon gegangen?« Tante Rue hat den Narzissenstrauß unter einem Arm und stöbert in den Schränken unter dem Küchenbecken. Sie bringt eine kleine Vase zum Vorschein und lächelt liebevoll. »So feinfühlig von ihm, Blumen mitzubringen. Ein guter Junge, dieser Taylor. Kommt aus gutem Hause.«

Ich knabbere an meiner Unterlippe herum, stütze die Ellbogen auf den Küchentresen und atme tief durch.

»Die Blumen sind von Zane.« Ich mache mich auf ihre Antwort gefasst.

Tante Rue stellt die Blumen in die Vase und drückt sich die Hand auf den offenstehenden Mund. »Also, wieso um alles in der Welt sollte er dir Blumen bringen, Delilah? Ich dachte, du wolltest neulich Nacht hinüber, um ihn zum Schweigen zu bringen, nicht um ihn von den Füßen zu holen.«

Ich versuche, nicht zu lachen bei der Vorstellung, dass *ich ihn* von den Füßen hole, und hebe protestierend die Hände. »Keine Ahnung. Ich habe nicht … wir haben nicht … da läuft nichts.«

Sie hebt eine geballte Faust an den Mund und dreht sich um, um aus dem Küchenfenster zu schauen. Das mit dem direkten Blick in Zanes Wohnzimmer.

»Ich ärgere mich nicht über dich, Liebes. Es liegt an *ihm*«, sagt sie mit einem Anflug von Abscheu. »Ich habe ihm gesagt, dass er sich von dir fernhalten soll.«

Ich gehe zögernd einen Schritt auf sie zu und lege ihr die Hand an den Rücken. »Ich weiß, du meinst es gut, aber ich bin jetzt erwachsen. So läuft es heute nicht mehr.«

Sie schnappt sich ein Geschirrtuch und klopft es auf dem Granittresen aus, bevor sie ein paar unsichtbare Flecken wegpoliert und dabei vor sich hinbrummelt.

»Er ist schmutzig, Delilah. Nicht gut. Er ist unter deiner Würde.« Sie schüttelt den Kopf. »Er wird dir nur das Herz brechen.« Sie richtet sich auf und wedelt mit dem Tuch vor meinem Gesicht herum. »Und wenn er das tut, bringe ich ihn um.«

Ich lache.

»Das weiß er auch«, fährt sie fort, bevor sie sich mit dem Tuch wieder dem Spülbecken zuwendet. Sie blickt sich um auf der Suche nach noch etwas zu säubern, polieren oder waschen, aber hier ist es geradezu lachhaft sauber. »Das ist nicht lustig. Ich meine es ernst, Delilah. Halte dich fern von ihm.«

»Ach, komm.« Ich mache eine wegwerfende Handbewegung. »Findest du nicht, dass du ein wenig übertreibst?«

»Du weißt ja nicht einmal die Hälfte von dem, was ich weiß.« Ihre Stimme wird zu einem Flüstern. »Dieser Junge bedeutet nichts als Probleme. Er ist … er ist wie dieser Beaverjunge. Justin Beaver.«

Ich unterdrücke ein Kichern. »Du meinst Justin Bieber?«

»Genau.« Sie wackelt mit dem Zeigefinger. »Gib einem Jungen einen Haufen Geld, und er fängt an, sich verrückt zu benehmen, weil er glaubt, er könne tun und sagen, was er will, ohne sich auch nur ein einziges Mal den Konsequenzen stellen zu müssen.«

»Mit allem gebührendem Respekt, Tante Rue, Zane ist weit entfernt von einem Kind.« Ich kann nicht glauben, dass ich für ihn Partei ergreife. »Ich bin mir ziemlich sicher, dass er älter ist als ich.«

»Alter ist nur eine Zahl, Delilah. Wenn ich ihn ein Kind nenne, dann weil er sich wie eines benimmt.« Sie verdreht die Augen. »Dieser Kerl nimmt jede Regel, die ihm das Leben je auferlegt hat, und wirft sie aus dem Fenster. Ich bin noch nie jemandem begegnet, der so respektlos ist. Und arrogant. Und dann die Frauen. So viele Frauen, die dort ein und aus gehen, Tag und Nacht.«

Sie fächelt sich Luft zu, als wäre es urplötzlich zu warm hier drin.

»Ich denke, er tut das, was jeder in seiner Lage tun würde. Er ist jung, attraktiv und dazu erfolgreich und stinkreich«, antworte ich schulterzuckend.

»Das ist genau das Problem.« Sie hebt eine geballte Faust. »Er hat sich nicht unter Kontrolle. Er tut, was immer er will, wann immer er will, ohne Rücksicht auf irgendwen anders. Er ist ein Elefant im Porzellanladen.«

»Falscher Vergleich.«

»Kind im Süßigkeitenladen.«

»Hm, näher dran.« Ich grinse. Es fühlt sich immer noch merkwürdig an, ihn in Schutz zu nehmen, aber ich amüsiere mich großartig dabei, zuzusehen, wie Rue ganz aus der Fassung gerät, wenn sie von ihm spricht. »Tante Rue, du stehst auf ihn, oder?«

Ihre Miene wird traurig. »Absolut nicht, Delilah. Ich bin eine fünfundsiebzigjährige Frau. Ich sehe Männer nicht so. Nicht mehr.«

»Ach, komm schon.« Ich lege den Kopf schief.

Diese Frau war in ihren jüngeren Tagen ein echtes Playgirl, komplett mit einem Penthouse in L.A. und einem Bankkonto so groß wie Alaska. Männer träumten von einem Date mit ihr. Frauen wollten wie sie sein. Die Frau hatte nicht nur ein, sondern gleich *zwei* kleine Notizbücher mit Ex-Freunden und dazu eine ganze Sammlung von Verlobungsringen, sicher verstaut in einem Bankfach an einem geheimen Ort. Die Welt lag ihr zu Füßen, und sie war niemandem Rechenschaft schuldig.

Die beiden haben mehr Gemeinsamkeiten als Unterschiede, obwohl ich es mir verkneifen werde, das in näherer Zukunft zu erwähnen.

Tante Rues Handy auf dem Tresen summt, und auf dem Bildschirm leuchtet eine Textnachricht auf. Ich nehme es, gebe es ihr, und ihre Schultern scheinen herabzusinken, als sie die Nachricht liest.

»Oh, du meine Güte.« Sie nimmt ihren Golfkappenschirm ab und fährt sich durch das zerzauste Haar. »Das habe ich ganz vergessen. Ich habe eine Verabredung zum Essen heute Abend.«

»Mit …?«

Sie dreht sich zu mir um und spitzt die Lippen, während ihre Mundwinkel hochgehen. »Sein Name ist gerade nicht wichtig. Ich muss unter die Dusche hüpfen. Wir essen um vier Uhr dreißig.«

»*Sein* Name?«

Sie verdreht die Augen und weigert sich, aufgeregt zu sein, aber ich sehe es in ihren babyblauen Augen. Sie mag fünfundsiebzig Jahre alt sein, aber sie ist nicht tot. Ihr altes Herz hat noch eine Menge Laufzeit in petto.

»So viel zu ›keine Männer mehr anschauen‹, hm?«, ziehe ich sie auf.

»Oh, sei still, du.«

»Bleib nicht zu lange weg.« Ich zwinkere ihr zu und genieße die Tatsache, dass ihre kleine Tirade gegen Zane vorerst ein Ende gefunden hat.

Ihn in Schutz zu nehmen fühlte sich unglaublich unnatürlich an, obwohl ich annehme, ich kann ein wenig nachsichtig mit ihm sein, angesichts der wundervollen Blumen und der Entschuldigung, die er mir vorhin eigenhändig übergeben hat.

Vielleicht ist er ja kein *Riesen*arsch, sondern nur ein *normal*großer.

Ich gehe zurück in mein Gästezimmer und komme dabei am Badezimmer vorbei, wo mein »Gouvernanten«-Badeanzug an einem Handtuchhalter hängt.

Ich ziehe ihn herunter und werfe ihn in den Mülleimer.

Ich kann das Teil nicht mehr ansehen, ohne dabei an ihn zu denken. Er ist überall. Unter meiner Haut. Dringt in meine Gedanken. Seine samtweiche Stimme spielt in meinem Kopf wie ein Ohrwurm. Ich kann nicht mal aus dem Fenster schauen, ohne ihn zu sehen.

Der Mann stellt meine Geduld auf eine ziemlich harte Probe, und dabei kenne ich ihn kaum.

Auf jeden Fall muss Tante Rue sich keine Sorgen machen. Blumen hin oder her, er wird sich nicht in mein Herz einschleichen. Oder in mein Höschen. Und ich will verdammt sein, wenn ich mir diesen Sommer von jemandem wie Zane de la Cruz das Herz brechen lasse.

Oder jemals.

# 4. KAPITEL

## *Zane*

Das »Zu Verkaufen«-Schild in Rues Garten hat den widerwärtigsten Farbton von Kotzorange, den ich je gesehen habe. Darauf gedruckt ist ein Foto von Taylor Forbes, grinsend, mit verschränkten Armen und seinem Namen in großen weißen Buchstaben.

Unter einem düsteren Abendhimmel leuchten zwei solarzellenbetriebene Scheinwerfer und beleuchten grell seine Präsenz.

*Orange Grove Luxury Realty.*

Sein verdammter Name ist größer als alles andere auf diesem Ding. Der Kerl läuft herum, als wäre er ein Promi hier, und ich muss mich jedes Mal mit aller Gewalt im Zaum halten, wenn ich seine selbstgefällige Visage sehe.

Noch schlimmer ist, dass er dank einiger Gefälligkeiten der Familie auch noch zum offiziellen Immobilienmakler der Gainesville Cougars geworden ist. Aber ich will verdammt sein, wenn ich seine Dienste je in Anspruch nehme.

Sein Bentley taucht gefühlt fast jeden zweiten Tag auf den Straßen von Laguna Palms auf. Er kommt und geht, wie es ihm beliebt. Bedient sich überall. Macht sich breit. Erhebt Ansprüche. Erst letztes Jahr hat die Genossenschaft dafür gestimmt, ihm eine Eintrittskarte mit Zugang zu allem zu geben, weil er doch so viele Häuser hier verkauft.

Es ist zwei Tage her, dass ich die Blumen abgegeben und

mich bei Delilah entschuldigt habe wie ein Kind, das einen Baseball in eine Fensterscheibe geschlagen hat.

Ich mache es mir nicht zur Gewohnheit, mich zu entschuldigen, und ich bin auch nicht besonders gut darin, aber nach dem Vorfall am Pool schien es das Richtige zu sein.

Ich verarsche Leute.

So bin ich eben.

Aber es war nie meine Absicht, ihre Gefühle zu verletzen.

Ich setze mich ins Wohnzimmer und schaue aus dem Fenster zu Rues Einfahrt hinüber. Kaum Kommen und Gehen in der Richtung, zumindest nicht, soweit ich bisher gesehen habe. Und ich hatte meine Augen mehr dort drüben, als ich wahrscheinlich sollte.

Der Coach will, dass ich mir mehr Gedanken mache. Meinen Verstand beruhige. In Stille herumsitze, ohne TV, ohne Telefon und ohne Lärm. Er denkt, es würde mir helfen, mich zu fokussieren und die Ruhe zu behalten. Ich halte das ja für einen Haufen Mist, aber ich bin bereit, einen Versuch zu wagen, wenn es hilft, meine Karriere wieder auf Kurs zu bringen.

In den letzten Jahren habe ich eine Menge Schaden angerichtet. Viele Fehler gemacht. Dinge getan, auf die ich nicht stolz bin.

Mein Weckruf kam in aller Frühe an einem Sonntagnachmittag, nach einer Sauftour am Wochenende. Der Coach rief an und sagte mir, dass er und der Eigentümer ein Treffen meinetwegen hatten. Sie machten sich Sorgen, dass ich den Ruf der Gainesville Cougars ruinieren würde, und da das Team noch so neu sei und Millionen Dollars ins Marketing gepumpt würden, dächten sie darüber nach, mich vorzeitig aus meinem Vertrag zu entlassen.

Das arrogante Arschloch in mir schnaubte nur und sagte

ihm, dass ich gleich am nächsten Tag woanders unterschreiben kann, wenn ich will. Würde nur einen Anruf bei meinem Agenten kosten. Doch der Coach seufzte nach einer kurzen Pause und sagte mir, dass kein Team mit halbwegs Verstand eine Belastung wie mich verpflichten würde. Ich sagte es damals nicht, aber ich wusste, dass er recht hatte.

Diese Stille geht mir unter die Haut. Lässt mich zu viel nachdenken. Sogar das Ticken der Uhr im Foyer bringt mich zum Zähneknirschen.

Ich stehe vom Sofa auf, gehe zur Hintertür und hole meine Laufschuhe heraus. Ein paar kurze Dehnübungen, eine Minute auf der Stelle joggen, und dann zur Tür hinaus.

Ich laufe um den Block, komme an Rues Haus vorbei und zwinge mich, stur geradeaus zu starren und nicht zu den Fenstern zu schauen, ob ich dort Licht sehe. Ich jogge den Hügel hoch, vorbei an Mrs Donovans Orangenbäumen und weiter, bis ich Harry Rittmers preisgekrönte Pfingstrosen lange hinter mir gelassen habe.

Ich bin verdammt noch mal zu jung, um hier zu leben.

Ich laufe um die Ecke, und das Erste, was ich einen halben Block weiter sehe, sind neonpinke Joggingshorts. Ein dunkler Pferdeschwanz wippt mit ihren gleichmäßigen Schritten auf und ab. Ich laufe schneller, hole sie einen Moment später ein und tippe sie einmal kurz an die Schulter.

Mit roten Wangen dreht sie sich zu mir um, und ihre Miene wird ausdruckslos, während sie Ohrstöpsel abnimmt und langsam zum Stehen kommt.

»Das sollte besser wichtig sein«, keucht sie, schaut auf ihre Uhr und legt sich dann zwei Finger an den Hals. Dunkle Haarsträhnen kleben ihr im Gesicht, und ihre Lippen sind ebenso gerötet wie ihr Gesicht, aber sie ist heiß ohne Ende, und mein altes Ich hätte kein Problem damit, sie aus den verschwitzten

Kleidungsschichten zu schälen und gleich jetzt und gleich hier, hinter den Pfingstrosen, Spaß mit ihr zu haben.

»Habe nichts mehr gehört seit neulich«, keuche ich. »Habe auch nicht viel von dir gesehen.«

Sie runzelt die Stirn. »Ich war beschäftigt.«

»Ich empfand meine Entschuldigung neulich etwas überhastet«, erkläre ich und deute auf eine schmiedeeiserne Parkbank unter einem Baum hinter ihr.

Sie schaut noch mal auf die Uhr und nimmt die Finger vom Hals. Ihre Schultern sinken herab, und sie macht einige zögernde Schritte auf die Bank zu.

Das blecherne Piepsen eines Golfmobils lenkt unsere Aufmerksamkeit auf sich, und ich werfe einen Blick zur Straße und sehe Ethel French vorbeifahren. Sie grinst von einem Ohr zum anderen und hält entschieden die Daumen hoch, aber ich schüttele verneinend den Kopf.

»Was hat das zu bedeuten?«, fragt Delilah.

»Das ist Ethel«, erkläre ich. »Sie hat uns neulich am Pool gesehen. Und jetzt glaubt sie, wir mögen uns.«

Delilah streckt die Zungenspitze heraus und rümpft die Nase.

»Genau das habe ich ihr auch gesagt«, sage ich und bleibe neben ihr stehen. »Auf jeden Fall wollte ich dir nur sagen, dass es mir leid tut, falls ich irgendwie … blöd rüberkam. Ich habe einiges hinter mir und versuche gerade, einiges zu verändern. Neunundneunzig Prozent der Zeit bin ich umgeben von einem Haufen zu groß geratener Blödmänner mit vulgärem Mundwerk, und keiner von uns ist groß in der Lage zu denken, bevor wir reden. Wir färben irgendwie aufeinander ab …«

»Zane. Ist schon in Ordnung.«

Unsere Blicke treffen sich, und uns stockt beiden der Atem. Oder vielleicht bin auch nur ich derjenige, der zu atmen vergisst. Delilah hat eine Art von Schönheit an sich, die man für gesetzwidrig erklären sollte. Natürlich. Angeboren. Innerlich und äußerlich. Sie erinnert mich an die Abschlussballkönigin einer Kleinstadt, die nie recht herausgefunden hat, was sie mit ihrer Schönheit anfangen soll.

Aber mal das Äußerliche beiseite. Ihre Frechheit. Ihre Lebhaftigkeit. Das packt mich. Sie will nichts mit mir zu tun haben. Sie wirft sich mir nicht an den Hals. Soweit ich weiß, findet sie mich widerlich.

Und eben deshalb kann ich nicht aufhören, an sie zu denken.

Oder mich von ihr fernhalten.

»Neulich habe ich dich bei Tante Rue in Schutz genommen«, erzählt sie.

Ich lege den Kopf schief. »Ah ja?«

»Sie hat dich ein Kind genannt.«

Ich lache. »Das klingt ganz nach Rue.«

»Sie hält dich für einen schmutzigen Footballspieler. Und glaube mir, wenn ich sage, dass ich nicht geneigt bin, ihr zu widersprechen. Ich habe Geschichten gehört. Nackt die Haustür öffnen? Auf deinen Rasen urinieren? Sex bei offenen Fensterläden? Wirklich?«

»Ich will nicht leugnen, dass ich all das getan habe.« Ich streiche mir übers Kinn. »Aber seit einer Weile nicht mehr. Nicht seit dem Ende der Saison.«

»Okay, ich weiß nicht, wann die Footballsaison endet, aber gut für dich, wenn du ein paar Dinge in deinem Leben änderst.« Delilah hebt die Arme über die Schultern und dehnt sich noch einmal, während sie auf den Gehweg vor uns blickt.

»Du klingst wie eine Therapeutin.«

»D… danke?«

»Das ist kein Kompliment.«

Sie öffnet den Mund, aber erst kommt nichts heraus.

»Wovon sprichst du?«

»*Gut für dich, wenn du ein paar Dinge in deinem Leben änderst*«, äffe ich ihre Worte und ihren Tonfall nach. »Du musst nicht herablassend werden.«

Sie drückt sich die Hand aufs Herz. »Ich entschuldige mich aufrichtig. So wollte ich nicht klingen.«

Sie kommt näher, will nach meiner Hand greifen, hält aber auf halbem Weg inne. Und das ist eine gute Idee, denn ich bin nicht sicher, ob ich gerade ihre Berührung fühlen und nicht doch ein wenig mehr wollen könnte, trotz der Tatsache, dass sie mich verdammte Wände hochgehen lässt.

Delilah wendet sich wieder an mich. »Weißt du, Tante Rue war nicht sehr erfreut darüber, dass du mir Blumen gebracht hast. Es hat *mich* beinahe in Teufels Küche gebracht.«

»Ist ja nicht so, als wären es Rosen gewesen.«

»Trotzdem, Zane. Es sieht ziemlich schlecht aus, wenn sie dich gebeten hat, dich von mir fernzuhalten, und dann tauchst du mit Blumen vor ihrer Tür auf.« Delilah lacht durch die Nase, und ich fange an zu denken, dass das Verhältnis zwischen uns vielleicht *doch* cool werden könnte. »Auf jeden Fall habe ich ihr gesagt, dass sie nicht anderen Leuten sagen kann, dass sie sich von mir fernhalten sollen. So funktioniert das nicht.«

»Ich bringe dir nie mehr Blumen, solange ich lebe. Versprochen.«

Sie fängt an, auf der Stelle zu joggen. »Kluger Mann.«

»Und das war es? Du gehst?«, frage ich.

Ihre Augen werden groß. »Ja. Ich dachte, wir wären hier fertig. Wolltest du noch etwas?«

Ich lehnte mich zurück, stütze den Arm auf die Rückenlehne und schiebe die Lippen vor. »Nicht wirklich. Wir hatten eine nette Unterhaltung, und dann stehst du einfach so auf und willst gehen. Wirkte einfach irgendwie … abrupt.«

»Hätte ich um Erlaubnis fragen sollen?« Ihre Augen lodern auf, und ihr Tonfall ist sarkastisch. »Ich meine, ich würde wirklich gerne zu Ende joggen, bevor die Sonne untergegangen ist.«

»Ich glaube nicht, dass dich in *den* Shorts jemand übersieht.«

Sie verdreht die Augen. »Du hast eine ungesunde Fixierung auf meine Garderobe.«

»Ich nenne es lieber ein Auge fürs Detail.«

Delilah beugt ein Knie und hakt die Hand um den Schuh, um die Kniesehne zu dehnen. Auf einem Fuß balancierend sagt sie: »Sieh mal, ich weiß die Blumen und die Entschuldigung zu schätzen, aber ich denke, es ist das Beste, wenn wir uns für den Rest des Sommers aus dem Weg zu gehen versuchen.«

»Ist das dein Ernst?« Ich lache, denn es muss doch ein Witz sein.

Oder etwa nicht?

Sie reckt die Fäuste in die Luft und antwortet: »Ich kenne dich kaum, Zane, und schon hast du die unheimliche Gabe, mir unter die Haut zu kriechen und einen Teil von mir zum Vorschein zu bringen, den ich absolut nicht ausstehen kann. Das kann nichts Gutes sein, richtig? Da musst du mir doch zustimmen.«

Wäre nicht das erste Mal, dass mir das jemand sagt.

»Klingt nach einem persönlichen Problem«, meine ich.

»Dann übernimmst du also keinerlei Verantwortung dafür, dass du dich bei jeder Gelegenheit wie ein Arsch benimmst und ein unglaublich nervtötendes Individuum bist?« Sie verzieht das Gesicht. »Ich will nur einen netten, angenehmen und entspannenden Sommer. Ich habe eine Menge um die Ohren. Und ich will mich nicht noch zusätzlich dazu mit diesem unnötigen Drama herumschlagen. Ich kann mir auch nicht vorstellen, dass du das willst.«

»Drama? Oh, Schönheit, *das* ist kein Drama.« Ich stehe auf und gehe auf sie zu. »Das ist gar nichts. Das ist Kinderkram. Das bin ich, wenn ich das Mädchen von nebenan aufziehe. Und vor ein paar Minuten war das ich, der versucht hat, Wiedergutmachung zu leisten, was offenbar nicht gut genug war, denn du kannst offensichtlich gar nicht schnell genug vor mir abhauen, und jetzt erklärst du mir im Grunde genommen, dass ich dir die nächsten drei Monate nicht mehr unter die Augen kommen soll.«

»Leg mir keine Worte in den Mund.«

»Aber das ist doch die Kernaussage, oder?«

Sie schweigt ein paar Sekunden lang, die Arme in die Hüften gestemmt. »Ja.«

»Und wer ist jetzt das Arschloch?«

Ich bleibe nicht hier und warte eine Antwort ab.

Ich jogge los in die andere Richtung und mit einem fetten Grinsen im Gesicht, denn ich weiß genau, was ich tue.

Das hier ist ein Spiel, und ich werde gewinnen.

Das ist es, was ich tue …

# 5. KAPITEL

## *Delilah*

»Wir sind da, Süße. Das Gebäude gleich hier an der Ecke.« Tante Rue klickt ihren Gurt auf, ebenso die drei Damen auf dem Rücksitz, und winkt hektisch zu einem großen weißen Gebäude mit Glastüren und hellblauen Sonnendächern. Es ist Dienstagnachmittag.

»Wann soll ich euch abholen?« Ich fahre in eine Parklücke und stelle ihren Lexus auf Parken, während Rues Mannschaft aussteigt und zu dem Spa an der Ecke schlendert.

Ich lasse das Beifahrerfenster herunter, und Rue lehnt sich für letzte Instruktionen herein. »Wir werden den größten Teil des Nachmittags hier sein, und danach gibt es Abendessen und Drinks. Mal sehen, wie viel Gladys heute trinkt, aber heute Abend gibt es eine Polkaparty in dem Piroggenrestaurant in der Callahan Street. Ich rufe dich an, wenn wir abgeholt werden wollen.«

»In Ordnung. Viel Spaß. Und haltet euch von Problemen fern.«

Tante Rue winkt und marschiert mit ihrer Herde ins Gebäude. Als sie mir erzählte, dass zu dem Tag im Spa auch eine ordentliche Dosis Champagner gehört, bestand ich darauf, alle zu fahren. Es ist das Mindeste, was ich tun kann. Sie bezahlt mich diesen Sommer großzügig für meine Zeit und meine Hilfe, und es fühlt sich beinahe nach *zu* viel an. Also gebe ich liebend gern die Chauffeurin, wenn nötig.

Als ich losfahre, knurrt mein Magen, und ich sehe ein gemütliches Straßencafé unter schattigen Bäumen.

Während ich parke und hineingehe, wird es rasch voll. Ich stelle mich an, gebe meine Bestellung auf und warte am Ende des Tresens darauf, dass meine Nummer aufgerufen wird.

Als ich mein Tablett entgegennehme, sehe ich mich nach einem leeren Tisch um – und finde keinen.

Typisch mein Glück.

»Hey, dich kenne ich doch.«

Ich folge der Männerstimme zu einem Tisch für zwei Personen rechts von mir und muss lächeln, als ich ihn erkenne.

Herkules.

»Na hallo.« Ich gehe hin, und er bedeutet mir, Platz zu nehmen.

»Zur Mittagszeit ist das hier ein richtiger Zoo. Ich glaube, wir haben uns beide die schlechtestmögliche Zeit ausgesucht, um herzukommen.«

Ich setze mich und wickele mein Besteck aus. »Tut mir leid, ich habe an dem Abend deinen Namen gar nicht mitbekommen.«

»Weston«, antwortet er. »Und du?«

»Delilah.«

»Hast du Zane noch gefunden?«

»Habe ich.« Ich runzele die Stirn und steche die Gabel in meinen Salat. »Danke für deine Hilfe dabei. Offenbar war Zane an dem Abend sehr gefragt.«

»Na ja.« Weston grinst. »Man muss nur wissen, wo man suchen muss.«

»Seid ihr gute Freunde?«

»Wir sind beide Cougars.« Er zupft an dem T-Shirt um seinen kräftigen Oberkörper. Darauf steht Gainesville in dunkelblauen und goldenen Buchstaben, und ich nehme an, der Rest steht auf der Rückseite.

»Also seid ihr Freunde, oder seid ihr nur … Cougars?«

Er lacht durch die Nase. »Beides.«

»Also, ich bin neugierig«, sage ich. »Was ist aus deinem gelben Shirt an dem Wochenende geworden?«

Er setzt sich auf, mit großen Augen und geröteten Wangen. Diesen sanften Riesen so bescheiden zu sehen ist nichts Geringeres als liebenswert.

»Mein gelbes Shirt … blieb mir am Leib. Falls es das ist, was du wissen willst.« Er lacht. »An dem Abend habe ich definitiv die richtige Entscheidung getroffen.«

»Oh?« Ich trinke einen Schluck Bio-Eistee mit Hibiskussirup. »Willst du dich mit deiner Ex wieder versöhnen?«

Seine Miene wird ernst. »Nein. Gar nicht.«

Ich zucke mit den Schultern und stochere in den Salatblättern herum auf der Suche nach den besten. »In Ordnung. Dachte nur, ich frage mal. Ich mache eine Ausbildung zur Therapeutin, also gehört das irgendwie zu meinen Tätigkeiten. Bitte entschuldige, wenn ich aufdringlich bin. Ab jetzt würde ich liebend gern darüber sprechen, dass mein Mund sich gerade wie ein Blumengarten anfühlt …«

Er lacht.

Ich blicke auf und schenke ihm ein zartes Lächeln, das er prompt erwidert. Weston wirkt nett, aber hinter seinen blauen Augen versteckt sich etwas Wachsames. Ich möchte wetten, dass er ein Typ ist, der jedermann auf Armlänge von sich fernhält.

Und Weston hat wahrhaft eindrucksvolle Armmuskeln.

»Nein.« Er schiebt sich den letzten Bissen seines Sandwichs in den Mund und wischt sich die Finger an einer braunen Recyclingserviette ab. »Ist schon okay. Ich war seit der Highschool mit Elle zusammen. Zehn Jahre, schätze ich. Wir haben uns einfach zu zwei völlig verschiedenen Menschen entwickelt. Sie wollte nach Hause, nach Tennessee, um näher bei ihrer Familie zu sein. Und dann wollte sie heiraten und einen Stall voll Kinder. Meine Karriere kam gerade so richtig ins Laufen. Keiner von uns wollte den anderen dazu zwingen, seine Träume zu opfern. Also war eine Trennung die einzige humane Lösung.«

»Wow.« Ich stütze einen Ellbogen auf den Tisch und lasse das Kinn auf der Hand ruhen. »Das ist wirklich süß. Und imponierend. Du weißt, wie viel Glück du hast. Eine Trennung nach einem ganzen Jahrzehnt zusammen kann manchmal hässlich sein. Nichts für zarte Gemüter.«

»Ja.« Seine Kinnmuskeln zucken, während er auf seinen leeren Teller starrt. »Ich schätze, du hast recht.«

»Liebst du sie noch?«

»Eindeutig. Wir sind zusammen aufgewachsen. Wir sind immer noch Freunde. Reden noch jeden Tag miteinander.«

»Du wirst sie also einfach auf ewig lieben?«

Er schweigt und dreht eine zerknitterte Strohhalmhülle zwischen den Fingern herum.

»Eines Tages wird sie es hinter sich lassen. Sie wird heiraten und ihre Babys bekommen. Und das nicht mit dir.« Ich widerstehe dem Drang, meine Hand auf seine zu legen, als ich sehe, wie seine Lippen sich anspannen. »Ich will damit nur sagen, dass du zuerst an dich selbst denken musst. Und vielleicht solltest du darüber nachdenken, in sehr naher Zukunft wieder unter Leute zu gehen.«

Er legt die Hülle hin und lehnt sich zurück, mit verschränkten Armen und angespanntem Kinn. »Ja. Du hast recht.«

»Aber du hast Glück, jemanden so lange geliebt zu haben«, meine ich. »Meine längste Beziehung dauerte elf Monate. Wir schafften nicht einmal ein Jahr, ohne uns beinahe gegenseitig umzubringen.« Ich beuge mich vor und runzele die Stirn. »Weißt du, jetzt da ich so darüber nachdenke, erinnert mich Zane sehr an meinen Ex. Eingebildetes Gesicht. Klugscheißer. *Zu* gutaussehend.«

»Lass Zane nicht wissen, dass du ihn attraktiv findest.« Westons Mundwinkel zucken. »Wenn sein Schädel noch größer wird, explodiert er irgendwann.«

»Ich bin sicher, dass ihm das voll bewusst ist.« Ich verdrehe die Augen. »Vielleicht finde ich ihn deshalb so schrecklich.«

»Du magst Zane nicht?« Westons Gesichtsausdruck ist eine Mischung aus Verwirrung und Belustigung. »Ich bin mir ziemlich sicher, dass du die einzige Frau bist, die ich je kennengelernt habe, die das sagt. Weißt du, hier in der Gegend ist das schon fast Blasphemie.«

»Sagen wir einfach, wir haben uns auf seiner Party nicht sehr gut verstanden, und von da an ging es irgendwie bergab. Wir können keine zivilisierte Unterhaltung führen. Einer von uns biegt immer falsch ab, und dann wird es schnell hässlich.«

»Zane hat so die Neigung, manchmal eine ganz eigene Art von Stinktier zu sein«, meint Weston. »Aber alles in allem hat er ein gutes Herz. Seine Vergangenheit war ziemlich krumm, aber er macht Fortschritte. Er reißt sich den Arsch auf, um Dinge zu verändern.«

»Erzähl das meiner Tante. Sie ist überzeugt davon, dass er das schwarze Schaf der Familie ist.« Ich nippe wieder an meinem Tee und ziehe die Augenbrauen hoch. »Du hältst ihn für einen guten Menschen?«

»Ja.« Weston zögert nicht, und seine Mundwinkel heben sich. »Sein Mundwerk bringt ihn von Zeit zu Zeit in Schwierigkeiten, aber so ist Zane eben.«

Ich denke an die Narzissen in der Kristallvase auf meinem Nachttisch. Rue wollte sie letztes Wochenende wegwerfen, aber das ließ ich nicht zu. Stattdessen habe ich sie aus ihrem Blickfeld entfernt, und seitdem scheint sie sie vergessen zu haben.

Meine Mutter hätte einen Herzanfall, wenn sie wüsste, dass ich zugelassen hätte, so perfekte Frühlingsschönheiten wegzuwerfen.

Mein Handy auf meinem Schoß summt, und ich hebe einen Finger, als ich sehe, dass es Taylor ist.

»Tut mir leid, da muss ich rangehen«, sage ich.

Weston nickt.

»Taylor, hi«, grüße ich. »Was gibt es?«

»Wir haben eine Besichtigung«, dröhnt seine übermäßig aufgeregte Stimme aus dem Handy. »In einer Stunde. Ist das Haus bereit?«

Ich stehe auf, denn mein Gehirn beschwört augenblicklich eine Vision meines ungemachten Bettes und des Bergs aus schmutziger Wäsche im Badezimmer herauf. Ich wollte sie ja früher aufsammeln, aber dann musste ich mich beeilen, um Rue und ihre Mannschaft rechtzeitig zu ihrem Termin im Spa zu bringen.

»Ähm«, sage ich mit einem kurzen Blick zu Weston. »Nein. Gib mir eine halbe Stunde. Ich muss nur noch sicherstellen, dass alles in Ordnung ist.«

»Beeil dich«, antwortet er. »Normalerweise gebe ich immer vierundzwanzig Stunden vorher Bescheid, aber der Agent sagte, seine Käufer seien nur bis fünf Uhr in der Stadt, und sie seien sehr interessiert.«

»Verstanden.« Ich lege auf und nehme mein Tablett. »Tut mir leid, ich muss gehen. Meine Tante hat einen Besichtigungstermin, und ich muss zurück zum Haus.«

Weston lächelt. »Kein Problem. Wir sehen uns.«

Ich fahre in Rues Einfahrt, trete auf die Bremse und mache hastig den Motor aus, bevor ich meine Tasche packe und ins Haus gehe.

In der Küche bleibe ich stehen, reiße eine Packung Fertigteig-Plätzchen auf und schiebe sie in den Ofen. Sie sollten in fünfzehn Minuten fertig sein, und in diesem Artikel, den ich im Internet gelesen habe, stand, dass der Geruch von frisch Gebackenem beim Hausverkauf hilfreich sei.

Während die Plätzchen backen, haste ich in mein Zimmer und ziehe die Tagesdecke über das Bett, schüttele die Kissen auf und werfe meine Schmutzwäsche in einen Wäschekorb. Als ich fertig damit bin, alles zu prüfen, piept der Timer am Ofen.

Seit ich das Café verlassen habe, gehe ich im Geiste immer wieder meine Unterhaltung mit Weston durch. Er ist ein netter Kerl. Beinahe zu nett. Er wirkt wie jemand, der im Zweifel für jeden Angeklagten entscheidet. Aber wenn er Zane kennt und sagt, dass der ein netter Typ ist …

… dann *vielleicht*?

Ich lasse die Plätzchen ein paar Minuten lang abkühlen und arrangiere sie dann auf einem Teller auf dem Tresen. Ich kritzele eine Notiz, dass die Käufer sich bedienen mögen, und packe dann den Rest davon in eine von Rues Tupperdosen.

Bewaffnet mit Plätzchen und friedlichen Absichten schließe ich das Haus ab und gehe nach nebenan.

Vielleicht bin ich ja verrückt.

Vielleicht wird er mich für verrückt halten.

Aber es fühlt sich an, als wäre es das Richtige.

# 6. KAPITEL

## Zane

»Irgendwas Neues bei dir, Zane?«, dringt die Stimme vom Coach aus den Lautsprechern, als ich von einer zweistündigen Sitzung mit meinem Trainer nach Hause fahre.

»Nichts.« Ich umklammere das Lenkrad. Ich weiß genau, was er damit fragen will. »Gar nichts.«

»Du hältst deine Nase sauber?« Seine Stimme ist gedämpft, und nach dem Geräusch von lachenden Kindern im Hintergrund zu urteilen schätze ich, er hängt gerade auf der Veranda in seinem Garten ab, während seine vier Jungs sich gegenseitig mit Arschbomben zu übertreffen versuchen.

»Du wüsstest es, wenn nicht.«

»Gut, gut.«

»Dein Drang, mich babyzusitten, ist besorgniserregend.«

Er lacht. »Ich babysitte dich nicht, Zane. Ich passe auf dich auf. Und ich will sichergehen, dass du nicht irgendwo anders hingehst.«

»Wäre nicht meine Entscheidung. Haben die Eigentümer in letzter Zeit etwas gesagt?«

»Sie halten sich bedeckt«, antwortete er. »Haben in dem Meeting letzte Woche nicht von dir gesprochen, was das erste Mal seit Monaten war.«

»Gut. Ich führe das Leben eines Heiligen.« Ich schnaube und verschweige dabei absichtlich den unschuldigen Krawall, den ich bekanntermaßen beim Hausbesitzerverein von Laguna Palms verursacht habe. Ist alles nur Spaß. Diese Leute brauchen ein Leben. Sie brauchen etwas mehr Unterhaltung als Treffen zum Eisessen und Shuffleboardspiele. »Ich kann immer noch nicht glauben, dass du mich dazu gebracht hast, in eine verdammte Rentnergemeinde zu ziehen. Ich habe keine Ahnung, wie du das geschafft hast.«

»Tja nun. Wenn Geld spricht, hören die Leute zu.«

»Egal.« Ich streiche mit der Hand über das Lenkrad, fahre durch das Sicherheitstor und direkt in meine Straße. Vor mir sehe ich Delilah mit etwas in den Händen über meinen Gehweg schlendern. »Coach, ich rufe zurück.«

Ich parke in der Einfahrt, steige aus meinem Truck, und sie bleibt mit großen Rehaugen stehen.

»Was hast du da?«, frage ich, schiebe die Hände hinten in meine Hosentaschen und treffe sie auf halbem Wege auf dem Gehweg vor dem Haus.

»Ich will einen Waffenstillstand ausrufen«, sagt sie und drückt mir eine kleine Plastikdose in die Hände. Sie ist warm, und als ich den Deckel öffne, dringt mir der Duft von frisch gebackenen Chocolate-Chip-Cookies in die Nase. »Wäre nicht nötig gewesen, dass du mir Plätzchen bringst, Schönheit, aber ich nehme sie.«

Ich stecke mir einen in den Mund und finde es toll, als sie mir sehnsüchtig dabei zusieht, wie ich mir geschmolzene Schokolade von den Fingern lecke. Ich wette, sie weiß gar nicht, dass sie so ein Gesicht macht, mit geöffneten Lippen, feucht von ihrer Zunge, die darüberfährt.

»Willst du reinkommen?«, biete ich ihr an.

Sie blickt über meine Schulter zu Rues Einfahrt. »Gern. Wenn es dir nichts ausmacht. Rue hat eine Besichtigung, also kann ich mich dort gerade nicht aufhalten.«

Sobald wir im Haus sind, komplimentiere ich sie ins Wohnzimmer und ziehe meine Schuhe aus. Dann schäle ich mich aus meinem Tanktop, werfe es mir über die Schulter und lasse den Hosenbund meiner Shorts schnalzen.

»Ich gehe kurz duschen«, sage ich und stelle die Dose mit den Plätzchen auf den Beistelltisch. »Bin eben erst mit Training fertig. Aber fühl dich wie zu Hause, in Ordnung?«

Als ich zwanzig Minuten später fertig geduscht habe, dringt ihre Stimme durch den Flur.

»Also, woher kennst du ihn noch mal?«, fragt sie.

Die Feuchtigkeit auf meiner Haut verflüchtigt sich rasch in der kühlen, klimatisierten Umgebung, aber verdammt, meine unteren Körperregionen werden ganz heiß und prickelig bei dem Gedanken, dass Delilah Rosewood mich tatsächlich aufsucht.

Denn sehen wir der Wahrheit ins Auge: Sie will mich.

Sie ist hierhergekommen und tut so, als hätte sie einfach so mal beschlossen, mir Plätzchen vorbeizubringen, aber ich weiß, was es ist. Delilah ist nicht die Erste und wird wahrscheinlich nicht die Letzte sein. Alles, was sie brauchte, war eine Ausrede, um eine Minute lang in meine Welt zu treten, und sobald ich um diese Ecke komme, wird sie erwarten, dass ich die Führung übernehme. Den ersten Schritt mache. Dass ich mich auf sie stürze.

Ich weiß genau, wie das läuft. Wir werden plaudern. Flirten. Uns mit Blicken ausziehen.

Und dann wird sie mit den Fingern über ihren Hals streichen und zwischen ihre perfekt runden Brüste wandern, und sie wird mir ein widerstrebendes Lächeln schenken, mit der Zunge über ihre Unterlippe fahren und darauf warten, dass ich rangehe.

Zu schade für sie, dass es dazu nicht kommen wird.

Nicht dass ich nicht will.

Aber es wird einen Heidenspaß machen, zuzusehen, wie sie sich windet und so tun will, als würde sie mich hassen, wenn doch alles an ihr brennt wie die Lunte eines Kirschbomben-Feuerwerkskörpers zum vierten Juli, wann immer wir uns in derselben Gegend aufhalten.

Ich sehe es daran, wie ihre Augen glitzern, wenn sie meinem Blick begegnen. Daran, wie sie die Schenkel zusammenpresst. Daran, wie ihre Hände zittern, wenn ich in ihren persönlichen Bereich eindringe, als gehöre er mir.

Sie kann sagen, was sie will, aber ihre Körpersprache legt ungehemmt die Karten auf den Tisch.

»Oh, dann kennst du ihn also schon eine Weile?«, höre ich wieder Delilahs Stimme. Sie telefoniert wohl gerade.

Ich prüfe meine Erscheinung in einem Spiegel im Flur, kämme mein Haar mit den Fingern in die richtige Position, prüfe meinen Atem am Handrücken und marschiere dann ins Wohnzimmer wie ein Mann, dem alles egal ist.

Und dann bleibe ich stehen. Wie angewurzelt. Erstarrt.

Denn Delilah telefoniert gar nicht.

Sie sitzt meiner gottverdammten Stalkerin gegenüber wie bei einem Interview, und die beiden plaudern miteinander wie ein zwitscherndes Finkenpärchen.

Ich werfe einen Blick auf das heillose Chaos namens Carissa und mache mich gefasst auf den bevorstehenden Haken in die Eingeweide, der mir schon vertraut ist.

»Was ist los, Zane?« Carissa lacht, als wären wir alte Freunde, hebt eins von Delilahs Plätzchen an ihre Lippen und knabbert daran. »Du siehst aus, als hättest du gerade einen Geist gesehen.«

Meine Lippen formen eine harte Linie, als ich zwischen beiden hin und her blicke.

»Du sollst nicht hier sein«, sage ich dann. »Das weißt du, Carissa.«

Sie wendet sich schulterzuckend an Delilah. »Ich war gerade in der Gegend, um meine Großeltern zu besuchen, und da fuhr ich zufällig hier vorbei und sah, wie mein *allerliebster* Typ eine hübsche Frau in sein Haus lässt. Ich dachte, ich halte mal an und sage Hallo. Wollte nur freundlich sein. Das wolltest du doch, Zane? Dass wir freundlich sind?«

Carissa hat mich drei Jahre lang gestalkt. Sie tauchte bei jedem öffentlichen und viel zu vielen privaten Anlässen auf, um mitzuzählen. Als ich ihr zum ersten Mal begegnete, nach einem großen Spiel, machte sie auf Sportreporterin und wartete vor meiner Umkleide. Komplett mit Presseausweis und Tonbandgerät. Sie wirkte glaubwürdig und war total sexy.

Als sie mich vom Team wegzog und einen Flur entlang in einen privaten Konferenzraum lockte, unter dem Vorwand, dass sie ein kurzes Interview mit mir führen wolle, wirkte nichts ungewöhnlich – bis sie die Tür zusperrte, auf die Knie fiel und keine Zeit verlor, meinen Schwanz zwischen ihre hübschen roten Lippen zu nehmen.

Der arrogante Vierundzwanzigjährige in mir hielt das für ziemlich heiß. Ich kam mit voller Ladung in ihren Kirschmund, und sie schluckte jeden Tropfen. Danach sammelte sie sich grazil, stand wieder auf und gab mir eine Notiz mit ihrer Telefonnummer, bevor sie verschwand.

Aber ich habe sie nie angerufen, denn Mädchen wie sie gibt es wie Sand am Meer, und ich habe kein schlechtes Gefühl, wenn ich das sage, denn die tun sich das selbst an. Sie werfen sich uns an den Hals, richten sich so her, dass sie billig aussehen, schrauben ihre Werte nach unten und spreizen die Beine, weil ihr einziges Ziel im Leben darin besteht, Sportlerfrau zu sein.

Zeig mir ein Mädchen, das Football hasst und trotzdem verrückt nach mir ist, und ich heirate sie auf der Stelle. So einer muss ich erst noch begegnen. Bis jetzt nicht mal annähernd.

Ganz zu schweigen davon, dass es unmöglich ist, eine Frau zu respektieren, die null Respekt vor sich selbst hat.

»Carissa, du musst gehen.« Ich verschränke meine Arme und beiße die Zähne zusammen.

»Meint er das ernst?« Delilah zeigt auf mich und lacht.

Carissa steht auf, kommt auf mich zu und fährt mit der Hand über meine Schulter. »Immer so dramatisch, der Junge. Deshalb liebe ich ihn ja *soooo* sehr.«

Ihre Liebeserklärung lässt mir Übelkeit in die Kehle steigen, und sie lässt die Hand absichtlich liegen.

»Geh.« Mein Befehl ist ein schroffes Knurren. »Sofort.«

»Sei nicht unhöflich, Zane.« Delilah winkt Carissa, dass sie zurückkommen soll und klopft auf den Sitz neben ihr. »Sie kann bleiben. Oder noch besser, ich kann euch allein lassen, damit ihr Versäumtes nachholen könnt. Carissa sagte, ihr beide hättet euch nahegestanden, dann aber den Kontakt zueinander verloren?«

Ich lache in mich hinein. Carissa kann ein Bild malen, in dem sie nicht wie die totale Psychotikerin aussieht.

Mit fester Hand geleite ich Carissa zur Tür und hinaus auf die Stufen, um mich persönlich zu vergewissern, dass sie außerhalb meiner Festung steht.

»Mach so einen Scheiß nie wieder«, sage ich und ziehe die Tür zu.

Carissa schmollt. Ihre riesigen, olivgrünen Augen sind umrahmt von glänzendem, pechschwarzem Haar. Die Frau ist schön, keine Frage, aber innerlich ist sie derart irre, dass das die Schönheit komplett auslöscht.

»Wer ist sie, Zane?« In ihrem Tonfall liegt eine Wehmut, die da nicht hingehört, und sie starrt mich an, als wäre ich das Beste auf der Welt. Ihre Fixierung auf mich ist krank, aber ich habe schon vor Jahren aufgehört, es verstehen zu wollen. An Carissa hat nie etwas recht viel Sinn ergeben.

Sie ist lediglich eine verzogene Prinzessin, die nie gelernt hat, was »Nein« bedeutet.

»Geht dich nichts an«, spucke ich aus.

Ihre bittersüße Miene wandelt sich zu etwas Finstererem, und sie stampft mit dem Fuß auf. Sie weiß verdammt gut, womit sie mich in der Hand hat, und ich weiß verdammt gut, dass sie nicht davor zurückschreckt, es einzusetzen.

Ihr Vater ist alleiniger Eigentümer der Gainesville Cougars. Zu erklären, dass sein kostbares kleines Mädchen eine irre Stalkerin ist, wäre Karriereselbstmord, und das öffentlich zuzugeben, würde nichts bewirken, außer dass ich zur Lachnummer der Umkleide würde.

»Sie wohnt hier bei ihrer Familie«, sage ich. »Den Sommer über.«

»Zane.« Sie legt sich die Hand aufs Herz. »Du schläfst schon mit ihr, oder?«

»Nein.«

»Aber du willst es.«

»Mein Privatleben geht dich nichts an, Carissa«, sage ich. »Und fürs Protokoll, Delilah hasst mich, also reg dich nicht künstlich auf über etwas, das wahrscheinlich sowieso nicht passieren wird.«

Da bitte. Hoffentlich reicht das, um sie zu vertreiben. Das Letzte, was ich brauche, ist, dass sie Rues Nichte terrorisiert und in die irre Geschichte mit hineinzieht.

Carissa lacht und verschränkt die schlaksigen Arme unter ihren falschen Brüsten. »So begriffsstutzig kannst du doch nicht sein, oder? Sie hat dir Plätzchen gebracht. Sei kein Dummkopf. Sie ist total auf Sex aus.«

»Auf jeden Fall denke ich, wir sind hier fertig, also …« Ich scheuche sie weg und werfe einen Blick auf den Audi, der an der Straße parkt.

»Zane.« Sie seufzt und streckt die Hand nach mir aus, aber ich ziehe den Arm weg. »Es ist nicht fair, dass du mich so sehr hasst.«

Ich weigere mich, nur eine Minute lang auf diese bescheuerte Verzögerungstaktik einzugehen.

»Muss ich eine einstweilige Verfügung beantragen?« Ich weiß, dass das eine leere Drohung von mir ist, aber es ist die einzige Karte, die ich noch ausspielen kann.

»Das würdest du nie tun.« Sie lässt es auf der Stelle darauf ankommen.

»Ich werde, wenn ich muss.« Ich gehe einen Schritt auf sie zu und beuge mich vor, was ihr ein Lächeln entlockt, und vielleicht sollte ich das auch besser lassen. Es ist, als würde man einem Kleinkind mit Tobsuchtsanfall Aufmerksamkeit schenken. Ich belohne sie für schlechtes Benehmen. Aber sie muss es ein letztes Mal von mir hören. Und sie muss zuhören. »Du hast dich gut verhalten, Carissa. Du hast dich ferngehalten, bist auf Distanz geblieben, so wie ich dich gebeten hatte. Wieso bist du heute hier?«

Sie streicht sich eine dunkle Haarsträhne über die Schulter und leckt sich über die Lippen. »Habe ich dir doch schon gesagt. Ich fuhr gerade vorbei und sah dich mit einem Mädchen hier reingehen. Ich war neugierig. Du kannst mir nicht verübeln, dass ich mir meinen Ersatz näher ansehen will.«

»Du wurdest nicht ersetzt, Carissa. Ich *hatte* dich nie. Ich *wollte* dich nie. Du warst *nie* meine Freundin, die ich ersetzen muss.«

»Tut mir leid. Ich meinte *Mirabelles* Ersatz.«

Und einfach so zieht sie mir den Boden unter den Füßen weg. Meine Atemzüge werden schwer, und mein Körper geht in Kampfmodus.

»Nimm nie wieder«, zische ich wütend, »in meiner Gegenwart ihren Namen in den Mund.«

Bis der rote Nebel vor meinen Augen verflogen ist, habe ich ihr die Tür vor der Nase zugeschlagen und stehe jetzt mitten in meinem Foyer.

»Alles okay da draußen?«, dringt Delilahs Stimme aus dem Wohnzimmer.

»Ja.« ich stemme die Hände in die Hüften, hole tief Luft und reiße mich zusammen, denn ich will verdammt sein, wenn ich mir von jemandem wie Carissa in die Suppe spucken lasse, während genau jetzt Delilah Rosewood in meinem Wohnzimmer sitzt.

»Worum ging es denn da gerade?«, fragt sie, als ich zurückkomme.

Ich setze mich neben sie und strecke die Arme über die Rückenlehne. Es braucht alles, was ich habe, um so zu tun, als würden nicht gerade fünfzig Tonnen Sprengstoff durch meine Adern toben. Aber ich sehe Delilahs ausdrucksvolle dunkle Augen, betrachte ihre kühle, gesammelte Haltung, und etwas daran beschert mir einen Anflug von Frieden.

»Das«, erkläre ich, »war meine Stalkerin.«

Delilah lacht. »Du hast eine Stalkerin? Im Sinne von Stalkerin im echten Leben?«

Ich atme aus und verdrehe die Augen. »Ja. Ist *urkomisch*.«

»Sie ist so liebenswürdig. Das kann doch gar nicht sein.« Delilah will gar nicht aufhören zu kichern. Na welche Freude, dass mein persönliches Drama jemand anderem billige Unterhaltung bietet.

»Ein Mädchen wird von einem Kerl gestalkt, und es kommt in den Fünf-Uhr-Nachrichten. Ein Kerl wird von der Tochter des Teameigentümers gestalkt, und er soll es einfach für sich behalten oder damit angeben, als wäre es ein gottverdammter Übergangsritus.«

»Wenn du sagst, sie hat dich *gestalkt* …«

»Ist dem Team von Stadt zu Stadt gefolgt, hat vor der Umkleide herumgelungert, Presseausweise gefälscht, um an Orte zu kommen, an denen sie nicht sein sollte, hat sich in Hotelzimmer eingeschlichen, ihren Daddy überredet, ihr Tickets mit unbegrenztem Zugang zu Teampartys und Veranstaltungen zu beschaffen, hat sich im Gebüsch vor meinem Haus versteckt, hat mir gruselige Liebesbriefe geschickt, sich in mein Zuhause geschlichen, als ich nicht da war, hat eine Atombombe in mein Privatleben abgeworfen … muss ich noch mehr erzählen?«

»Verdammt.« Delilahs Lächeln ist längst verschwunden.

»Sie ist total durchgeknallt. Ich bin überrascht, dass sie dir nicht heimlich eine Haarlocke abgeschnitten hat, als du nicht hingesehen hast.«

»*Jetzt* bist du aber dramatisch.« Delilah schnalzt mit der Zunge. »Sie wirkte ganz nett, weißt du, obwohl ich das alles nicht wusste. Wir haben uns darüber unterhalten, wie ihr euch zum ersten Mal begegnet seid.«

Ich verschlucke mich fast an meiner Spucke.

»Sie sagte, sie habe als Praktikantin für eine Zeitung gearbeitet und sollte ein Interview mit dir führen«, erzählt Delilah.

»Tja, nein. Das ist eine Lüge. Alles, was diese Frau *sagt*, ist eine Lüge. Glaube kein Wort von dem, was sie dir heute erzählt hat.«

»Du weißt nicht einmal, worüber wir alles gesprochen haben.« Delilah klopft mir scherzhaft auf die Brust.

»Ich muss es nicht wissen. Carissa ist eine Lügnerin. Sie lügt immer.« Ich konstatiere schulterzuckend die Tatsachen. »Und ich werde nur noch eins sagen, bevor wir das hinter uns lassen, denn ich werde nicht hier sitzen und über die Frau reden, die mir das Leben in den letzten drei verdammten Jahren zur Hölle gemacht hat.«

»Okay, gut. Was willst du sagen?«

»Wenn du das nächste Mal bei mir bist, öffne *nicht* die Tür und lass irgendwelche Leute herein.«

»Findest du das nicht ein wenig zu viel gemutmaßt?«

Ich kratze mich am Kopf. »Was mutmaße ich denn?«

»Dass ich hier zum regulären Inventar werde.« Sie stützt den Ellbogen auf die Armlehne des Sofas und rutscht etwas weg.

»Weil du erst seit ein paar Tagen hier bist, und schon kannst du dich nicht von mir fernhalten.«

Sie verdreht die Augen und versucht nicht zu lächeln. »Schmeichele dir nicht selbst, *de la Cruz*. Ich bin nur mit Plätzchen als Friedensangebot hergekommen, nicht weil ich nicht genug davon bekommen kann, überall in Laguna Palms über dich zu stolpern.«

*De la Cruz.*

Langsam wird sie warm mit mir.

»Tu nicht so, als würde dir das nicht gefallen«, ziehe ich sie auf.

Sie kneift die Augen zusammen und rümpft die Nase. Sie ist furchtbar schlecht darin, so zu tun, als wäre sie wütend auf mich, aber ich belasse es dabei, weil sie mit diesem verzogenen Gesicht so verdammt süß aussieht.

»Irgendwie freue ich mich darauf … wenn ich ehrlich bin«, sage ich.

Unsere Blicke treffen sich.

Ihre Miene wird weicher, und ihre Lippen bewegen sich, aber es kommt nichts heraus.

Bumm.

So macht man das.

»Ich will nur, dass wir miteinander auskommen.« Ihre Forderung kommt jetzt sanfter rüber. »Ich will meinen Sommer nicht damit verbringen, mir fünfzigtausend Möglichkeiten ausdenken zu müssen, um dir aus dem Weg zu gehen, wann immer ich vor die Tür gehe.«

»Dann lass es einfach. Geh mir nicht aus dem Weg. Akzeptiere es als das, was es ist.«

Sie stützt das Kinn auf ihre Hand und mustert mich. »Wage ich es zu fragen, was du denkst, was *es* ist?«

»Muss ich das wirklich sagen? Ist es nicht offensichtlich?«

Delilah atmet hörbar aus. »Offensichtlich ist es das nicht, sonst würde ich nicht fragen.«

»Du willst Sex mit mir.« Ich kann nicht anders als von einem Ohr zum anderen zu grinsen wie ein arrogantes Arschloch, weil ich weiß, dass ich den Nagel auf den Kopf getroffen habe.

Es wird passieren.

Gleich wird sie sich über die Lippen lecken, erröten und so tun, als wäre sie ganz unentschlossen, und dann mache ich sie klar.

Pfeif auf die Anweisungen vom Coach.

Ich kann die Regeln brechen, nur dieses eine Mal.

Nur für sie.

»Fahr zur Hölle.« Delilah richtet sich auf, schleudert mir ein Sofakissen ins Gesicht und stürmt zur Tür. Die schlägt zu, und ich sehe vom Sofa im Wohnzimmer aus zu, wie sie zurück zu Rues Haus marschiert.

# 7. KAPITEL

## *Delilah*

Mein Herz hämmert in den Ohren und übertönt meine Gedanken, während meine Füße mich mit schnellen, entschlossenen Schritten über den Gehweg tragen. Gut, dass der Agent und die Käufer schon weg sind, denn ich muss in Rues Haus und mir eine Minute Zeit nehmen, um zu verstehen, wieso ich so total verängstigt da rausgestürmt bin, wenn Zane doch lediglich die Wahrheit ausgesprochen hat.

Ich *will* Sex mit ihm.

Unbedingt.

Ich will so unbedingt Sex mit Zane de la Cruz, dass es mir *Angst* macht.

Und es war mir nicht einmal klar, bis er es einfach so gesagt hat.

Mein Körper: »*Ja! Tu es, genau hier und jetzt! Und wenn du schon dabei bist, versohl mir noch den Hintern und zieh an meinen Haaren.*« Und mein Kopf: »*Auf keinen Fall! Der Typ ist ein Arsch, also sieh zu, dass du hier rauskommst, wenn du nicht noch eine von Zane de la Cruz' vielen Eroberungen werden willst.*«

Meine Verteidigungsmechanismen übernahmen die Regie, und ich rannte weg, und jetzt stehe ich vor Rues Tür, gebe ein ums andere Mal den Sicherheitscode ein und bekomme immer nur ein rotes Licht statt ein grünes.

Er ist die Antithese der Sorte Mann, zu der ich mich für gewöhnlich hingezogen fühle, und ich weiß, dass er mir in zwei

Sekunden das Herz brechen kann, sollte ich irgendeine Form von physischer Situation zu gegenseitigem Nutzen, die er vielleicht gern hätte, auch nur in Erwägung ziehen.

Und dann Rue.

Verdammt.

Rue wäre so was von sauer auf mich. Und sie würde ihm buchstäblich die Eier absäbeln. Und das ist einfach etwas, wofür ich nicht verantwortlich sein will.

Ich versuche es ein letztes Mal mit dem Code, jetzt langsamer, drücke fester auf die Tasten und warte nach jeder Ziffer ein volles *One-Mississippi* lang.

Grünes Licht.

Gott sei Dank.

Ich werde empfangen von einem Schwall kalter Luft, einem stillen Haus und lauten Gedanken.

Ich gehe in mein Zimmer, lasse mich auf das Bett fallen und nehme mir ein Buch in dem schwachen Versuch, mich von dem, was eben passiert ist, abzulenken. Meine Augen sind wie Laserstrahlen auf die Worte gerichtet, und meine Fingerspitzen streifen über das dicke Papier, aber es hilft nichts, denn mein Kopf ist immer noch nebenan und spielt eine Instantwiederholung meines Gesprächs mit Zane ab.

Ich schlage das Buch zu, schiebe es beiseite und tausche es stattdessen gegen ein Kissen.

Vielleicht sollte ich ein Nickerchen machen.

Wenn ich schlafe, kann ich nicht über ihn nachdenken.

Und wenn ich nicht über ihn nachdenken kann, werde ich nicht darüber nachdenken, wie es wohl wäre, mit ihm zu schlafen.

Ich wende eine Methode an, die ich im letzten Herbst in einem Pflichtkurs zu Lerntechniken für Masterstudenten gelernt habe. Ich beruhige meinen Verstand mit einfachen Atemübungen und versuche mir dabei meinen Verstand als eine weiße Leinwand vorzustellen. Alle Gedanken, die hereinschweben, werden von einer leichten Brise davongetragen.

Im Geiste wiederhole ich mein Mantra: *Sei ruhig. Sei präsent.*

Und es funktioniert …

… eine Minute lang.

Sein selbstgefälliges Grinsen und seine Grübchen tauchen vor meinem geistigen Auge auf, und ich kann nicht aufhören, mir vorzustellen, wie seine weißen Zähne mit seinen Muskeln unter gebräunter Haut und seinen honiggoldenen Augen zusammenspielen.

Er ist ein sexy *Schnittchen*. Er bringt mich dazu, dass ich mir das Haar aus meinem perfekt eingedrehten Dutt ziehen, mir die Kleider vom Leib reißen und mich ihm anbieten will wie ein notgeiles Flittchen, das alle Vorsicht zum Fenster hinauswirft, sobald es sich im Wohnzimmer einer NFL-Legende wiederfindet und der Typ sie mit den Augen auszieht.

*Whoa, langsam, Schwester*. Ich erhasche einen Blick auf mein Bild im Spiegel gegenüber meinem Bett, und ich erkenne mich kaum wieder. Mein Brustkorb hebt und senkt sich schnell, meine Lippen sind ganz geschwollen, weil ich so heftig daran herumgekaut habe, und mein Haar fällt mir in Strähnen ums Gesicht.

Und dann mein Körper. Mein Körper ist … entflammt.

Jetzt begreife ich es. Ich begreife, wieso Mädchen sich diesen Typen an den Hals werfen. All die Muskeln und das Testosteron. Man kann es auf den Punkt bringen mit grundlegender menschlicher Natur und Genetik. Ganz einfach ausgedrückt sind wir Geschöpfe, die zur Fortpflanzung geboren sind, und Männer wie Zane – Männer, die gesund und attraktiv sind – neigen dazu, einen Hormonrausch in unseren archaischen Primatenhirnen auszulösen, vor allem dann, wenn der Zyklus einer Frau sich dem Höhepunkt nähert, denn gute Gesundheit repräsentiert Fruchtbarkeit.

Ich rolle mich auf den Rücken und lächele.

Na bitte.

Ich habe gerade den ganzen Unsinn mit schlichter Wissenschaft erklärt.

Ich bin nicht verrückt. Ich bin nur eine Frau, die ihren irrsinnig wilden Hormonen ausgeliefert ist. Mein Körper ist darauf programmiert, auf jeden Mann, der aussieht wie Zane, so zu reagieren.

Das Bild seiner nassen Schwimmshorts, die sich um seine beachtliche Beule schmiegt, letzte Woche am Pool, kommt mir in den Sinn, und ich frage mich unwillkürlich, wie groß er wohl da unten ist. Ganz offensichtlich hat er beachtlich was in der Hose …

Ich lasse eine Hand an den Bund meiner Leggings gleiten und kneife fest die Augen zu, beiße mir auf die Lippe und tue etwas, das ich noch nie getan habe – tagträumen von jemandem, den ich tatsächlich *kenne*.

Bei allen anderen Malen ist es für gewöhnlich irgendein erfundener sexy Typ, der in diesem Universum ganz eindeutig nicht existiert, der aber wundersamerweise all meine körperlichen und zerebralen Bedürfnisse befriedigt, denn das größte Sexualorgan einer Frau ist immer noch das Hirn.

Ich lasse einen Finger zwischen meine feuchten Schamlippen gleiten, tiefer nach unten und schiebe ihn tiefer in mich mit einer Verzweiflung, die ich noch nie zuvor empfand. Meine Oberschenkel zittern, meine Klit schwillt an, und die Bewegung meiner Hände, vor und zurück, lässt meinen ganzen Körper zum Leben erwachen.

Ein wundervolles Gefühl – doch immer noch nicht genug.

Ich rutsche in die Mitte des Bettes, konzentriere mich auf

meine beschäftigten Finger, klemme die Unterlippe zwischen meine Zähne und komme dem Ziel mit jeder rauschhaften Sekunde näher.

*Bei … nahe … ange-*

Da höre ich es im Flur unten klingeln und erstarre. Wie von der Tarantel gestochen springe ich vom Bett, ziehe meine Shorts hoch, streiche mein Shirt glatt und eile schnurstracks zur Tür.

»Hi Zane.« Er steht vor Rues Tür, und ich werde rot. So was von. Meine Wangen brennen heißer als die Mittagssonne in Florida.

Er streckt mir die Hand entgegen, in der er mein Handy hält. »Das hast du bei mir vergessen.«

»Oh. Danke, dass du es hergebracht hast. Das weiß ich wirklich zu schätzen.« Noch förmlicher kann ich gar nicht mehr werden, oder?

Auf dem Display erscheint eine Textnachricht von Tante Rue.

WIRD SPÄT HEUTE ABEND. DIE MÄDELS UND ICH NEHMEN EIN UBER NACH HAUSE. WARTE NICHT AUF MICH!

Ich schüttele den Kopf und drücke die Nachricht weg. Tante Rues Gesellschaftsleben ist aufregender als meins, und ich weiß nicht, ob ich darüber lachen oder etwas dagegen unternehmen soll.

»Was ist so lustig?« Zane studiert mein Lächeln, als wäre es etwas Seltenes und Faszinierendes.

»Nichts.« Ich verstecke mein Handy hinter dem Rücken. »Tante Rue wird heute Abend lange wegbleiben, Polka tanzen mit ihren Freundinnen. Ich fand das nur amüsant.«

»Amüsant, weil sie fünfundsiebzig ist, oder amüsant, weil du nur ein Drittel so alt bist und zu Hause bleibst und nichts tust, während sie ausgeht und Spaß hat?«

»Es ist Dienstagabend«, schnaube ich. »Zieh mich nicht auf, weil ich an einem Dienstagabend zu Hause bleibe.«

»Heute ist Dienstag? Ich merke mir das nie außerhalb der Saison.« Er kratzt sich an der linken Schläfe.

»Soll mich das beeindrucken?«

Seine Mundwinkel gehen nach oben. »Ich könnte eine Menge Dinge tun, um dich zu beeindrucken, Delilah, *wenn* ich denn wollte. Aber ich glaube nicht, dass du damit umgehen könntest, also erspare ich dir das.«

»Oh bitte.« Ich verdrehe die Augen.

»Wieso bist du so rot im Gesicht?« Er hebt eine Hand an meine Wange, aber ich schlage sie weg. »Bist du krank?«

Mir bleibt der Mund offen stehen, und ich weiß nicht, was ich antworten soll. Ich bin eine lausige Lügnerin. Schon immer.

»Was hast du gerade gemacht, als ich geklopft habe?«, fragt er.

»Du hast geklingelt.«

»Nein, davor habe ich geklopft. Mehrmals. Und ich wusste, dass du zu Hause bist, also habe ich weiter geklopft. Und dann, nachdem ich geklingelt habe, kommst du hier rausgestürmt und siehst ganz erhitzt aus.«

»Es ist warm drinnen«, lüge ich. Schrecklich. »Ich denke, die Klimaanlage ist defekt.«

Er späht über meine Schulter zur halb offenen Haustür, aus der kalte Luft herauswallt und uns auf der obersten Treppenstufe einhüllt.

»Du bist eine lausige Lügnerin, Delilah.« Er geht an mir vorbei und tritt in Rues Haus.

»Was machst du da?« Ich folge ihm. »Du kannst nicht einfach hier reinkommen. Wenn irgendwer Rue erzählt, dass du in ihrem Haus warst, bekommt sie einen Wutanfall.«

»Keine Sorge wegen Rue. Sie kommt erst spät nach Hause, weißt du noch? Niemand hat mich hereinkommen sehen. Alles gut.« Er geht in die Küche und zieht die versteckt liegende Tür zur Speisekammer neben dem Kühlschrank auf.

»Was machst du da?«, frage ich. »Und wieso kennst du dich in Rues Küche aus?«

»Als das Clubhaus umgestaltet wurde, hielt Rue alle Treffen des Hausbesitzervereins hier ab«, antwortet er. »Und bevor sie beschloss, alles an mir zu hassen, kam ich immer mal herüber und half ihr, Sachen im Haus zu reparieren. Dinge herunterholen, an die sie nicht rankam. Vorhänge aufhängen. Möbel verrücken. Solche Sachen. Ich kenne jeden Quadratzentimeter in diesem Haus.«

»Oh. Das wusste ich nicht.« Ich sehe zu, wie er eine Packung Kekse mit einem handgeschriebenen Etikett herausholt, das ich nicht entziffern kann. »Rue *hasst* dich nicht. Was sind das für welche?«

»*Pastissets*«, antwortet er mit spanischem Akzent und steckt sich einen in den Mund, kaut und leckt sich dann Puderzucker von den Fingern. »Plätzchen aus Spanien. Meine Großmutter machte sie früher immer, als ich ein Kind war, und Rue hat immer welche in ihrer Speisekammer. Sie bestellt sie bei einer europäischen Bäckerei in New York City. Sie zahlt eine schöne Stange Geld dafür, sie frisch geliefert zu bekommen. Willst du auch eins?«

Ich schüttele den Kopf. »Wieso bestellst du dir nicht selbst welche?«

»Tue ich ja. Wir bekommen beide jeden Monatsersten eine Lieferung. Ich habe meine nur schon aufgegessen.« Er schenkt mir ein jungenhaftes Grinsen und legt die Packung zurück. »Du verpasst etwas.«

»Du solltest gehen«, sage ich.

»Wieso? Hast du ganz plötzlich noch ein heißes Date?«, schnaubt er, und ich bemerke einen Anflug Puderzucker an seiner Wange und bin halb in Versuchung, ihn abzulecken.

Aber das würde ich natürlich nie tun.

»Ich habe Dinge zu erledigen«, sage ich.

»Die da wären?«

»Mach dir darüber keine Gedanken.« Ich runzele die Stirn und zeige in Richtung Flur. »Ich bin sicher, du musst noch irgendwohin und irgendwen nerven, also …«

»Tatsächlich habe ich heute Abend absolut nichts vor.« Er hebt die Hand an den Hinterkopf und geht gemächlich zur Tür.

Ich verdrehe die Augen, als er es nicht sehen kann. »Ich bin sicher, du wirst einen Weg finden, diese Leere zu füllen.«

»Willst du ein wenig abhängen?« Seine Frage wirkt ernst gemeint, nachdem er kein Grinsen im Gesicht und kein Zwinkern in den Augen hat.

Ich zeige auf mich. »Ob *ich* … ob ich abhängen will? Heute Abend? Mit *dir*?«

»Okay, lass mich das anders formulieren«, meint er und kommt einen Schritt auf mich zu. »Du hängst heute Abend mit mir ab.«

Ich lache. »Netter Versuch, de la Cruz. Ich fürchte, so funktioniere ich nicht.«

Irgendwo in meiner Mitte rührt sich etwas, etwas Flammendes, und meine Lippen ringen um eine Chance, sich zu einem ganz breiten Grinsen zu verziehen.

In diesem Augenblick erkenne ich mich selbst nicht wieder. Wer ist diese Frau, die sich von einem professionellen Charmebolzen becircen lässt?

»Hör auf, so verdammt stur zu sein.« Seine Stimme ist jetzt tiefer und sein Blick so eindringlich, dass ich den Blick nicht abwenden kann. Und vielleicht will ich ja auch gar nicht. »Wir können uns einen Film ansehen. Vielleicht Pizza bestellen. Mist, ich habe keine Ahnung. Was würdest du gern machen?«

Ich lege den Kopf schief und betrachte sein Gesicht. »Wieso willst du mit mir abhängen?«

»Sieh mal, ich fühle mich schlecht wegen vorhin. Ich wollte nicht, dass du dich unwohl fühlst. Und ich habe auf keinen Fall erwartet, dass du so wegrennst.« Er lacht kurz auf. »Ich schätze, ich dachte, dass ein Mädchen wie du es gewohnt wäre, dass Männer hinter ihr her sind. Dachte mir, das passiert oft. Ich glaube, ich habe noch nie eine Frau so erschreckt, dass sie die Flucht ergreift.«

»Ich war nicht erschreckt«, widerspreche ich. Und seine Schmeichelei wirkt.

Irgendwie.

Verdammter Kerl.

»Okay, erschreckt, sauer gemacht, was auch immer.« Er hebt eine Hand.

»Da, wo ich herkomme, verhalten Männer sich nicht so. Kein Mann in Rixton Falls würde einer Frau einfach so ins Gesicht sagen, dass er denkt, dass sie Sex mit ihm will.«

»Das liegt im Staat New York, richtig?«, fragt er.

Ich nicke.

»Dann möchte ich dir in diesem Punkt gern widersprechen. Ich kenne eine ganze Menge Mistkerle aus dem Norden.«

»Die kommen wahrscheinlich aus der Stadt. Kleinstädte im Hinterland sind etwas weniger … fortschrittlich, wenn es um solche Dinge geht.«

»Das erklärt eine Menge.« Zane hebt den Daumen an sein Kinn und starrt mich an. »Du bist ein Kleinstadtmädchen. Ich bin ein Großstadtjunge. Wir sprechen verschiedene Sprachen. Vielleicht ist das unser Problem.«

Ich lache. »Ich glaube nicht, dass das unser Problem ist. Ganz und gar nicht. Aber es ist niedlich.«

Er zieht die Nase kraus. »Niedlich? Oh Gott. Nenn mich bloß nie so. Himmel, Delilah, ich komme aus Chicago. Bin auf den Straßen der Southside aufgewachsen. Männer sind nicht niedlich. Wenn du mich weiter so nennst, nimmst du mir meine ganze Authentizität. Für die habe ich hart gearbeitet.«

»Authentizität? Ja, ich denke nicht, dass du die in Laguna Palms brauchen wirst. Deine Authentizität zählt hier nichts.« Ich knuffe ihn leicht in den Arm. »Übrigens gehe ich in Chicago auf die Graduiertenschule.«

»Hat Rue mir erzählt.«

Natürlich hat sie das.

Zane konzentriert sich auf mich, und sein Lächeln schwindet. »Scheint so, als würden wir immer, wenn wir einen Schritt nach vorn machen, danach fünf zurückgehen.«

Ich lache. »Ja.«

»Wieso glaubst du, dass das so ist, Doc? Analysiere das.«

Ich hebe einen Finger und kann dem Drang, ihn zu korrigieren, nicht widerstehen. »Ich werde amtlich zugelassene Sozialpädagogin sein, keine Psychologin. Oder Psychiaterin. Und keine Ärztin.«

Zane verdreht die honigfarbenen Augen. »Wen interessiert das? Beantworte einfach die verdammte Frage. Wieso ist es so verdammt schwer für uns, länger als fünf Minuten miteinander auszukommen?«

Er ist so nahe, dass ich sein Cologne riechen kann. Sinnlich. Moosig. Berauschend.

Es lässt mich daran denken, wie seine Haut wohl schmecken mag, wie sich wohl seine Körperwärme an mir anfühlen mag, wie es sich wohl anfühlen würde, unter ihm zu liegen, in Laken verheddert und seine Hände in meinem Haar.

Ich schüttele den Kopf und reiße mich aus meinen Gedanken. »Weil wir verschiedene Ziele haben.«

»Ah ja? Was ist meins?«

»Das Mädchen von nebenan flachzulegen.«

»Und deins?«

»Nicht von dem Jungen von nebenan flachgelegt zu werden.«

Zanes Hand findet meine Taille, und er zieht mich an sich. Mein Herz hämmert so schnell, dass ich überzeugt bin, dass es gleich aus meinem Brustkorb platzt.

»Wäre es denn das Schlimmste, was dir diesen Sommer passieren kann?« Sein minziger Atem streift über meine Lippen. »Das Lager mit mir zu teilen?«

»*Das Lager mit dir teilen*? Was denn, bist du plötzlich zum Aristokraten mutiert?«

»Okay, gut. Wäre *mit mir schlafen* das Schlimmste, was dir diesen Sommer passieren kann?«

»Möglich.«

»Das ist aber schade.« Er legt den Kopf schief. »Denn ich glaube, es wäre ziemlich unglaublich.«

Meine Lippen sind leicht geöffnet und flehen ihn wortlos nahezu an, mich zu küssen, trotz meiner sturen Weigerung. Inzwischen liegen seine beiden Hände an meiner Taille, und mein Körper drückt sich an ihn, und das mitten in Großtante Rues Foyer.

»Es ist ein Sommer, an den *ich* mich mein Leben lang erinnern würde. Das ist mal verdammt sicher«, fährt er fort.

Sie hätte auf der Stelle einen Herzanfall, wenn sie uns jetzt hier stehen sähe, mit seinen *schmutzigen* Pranken kurz davor, an Stellen zu wandern, an die sie wahrscheinlich nicht gehören.

Als wir so hier stehen, lässt mich das alles vergessen, was ich an Zane nicht ausstehen kann. Meine Logik ist getrübt, und alle Signale gehen verloren im Visier des Hormonrausches, der in mir passiert.

Ich will ihn in mir.

An mir.

Ich will diesen animalischen Austausch von sexueller Energie – die Sorte, die ich immer nur in Büchern gelesen und in Filmen gesehen habe.

Ich blicke in seine dunklen Augen und fühle alles auf einmal. Ich will das Zentrum seines Universums sein. Ich will das Einzige sein, das er sieht. Ich will ihn nicht teilen. Ich bin buchstäblich krank vor Lust und Endorphinen, und mein Herz fühlt sich an, als wäre es in Spitzen und Rüschen eingewickelt – und das alles nur, weil dieser lachhaft gutaussehende Sportler sich an mich heranmacht.

Was zur Hölle stimmt nicht mit mir?

Ich schüttele den Kopf und versuche, den Nebel zu lichten, damit ich wieder geradeaus gucken kann.

»Ich glaube, es ist keine gute Idee …«, fange ich an, »… wenn wir es in Rues Haus tun.«

Zanes Mund verzieht sich zu einem Siegesgrinsen, und ich akzeptiere die Tatsache, dass ich mein Schicksal besiegelt habe. Ich habe den Erlaubniszettel unterschrieben. Ich werde es tun. Vielleicht werde ich es bereuen, vielleicht auch nicht, aber ich halte es nicht länger aus, in dem Tauziehen zwischen meinem Körper und meinem Verstand gefangen zu sein, denn es war klar, wer von beiden die Schlacht gewinnen würde.

Es war nur eine Frage der Zeit.

Ich öffne den Mund, um etwas zu sagen, und finde mich an eine Wand gedrückt wieder, und seine weichen Lippen tanzen mit meinen, und seine Finger wandern an meinen Nacken.

Ich bin schwerelos.

Reines Licht.

Lebendig.

Ich stehe hier und erkenne meine eigenen Gedanken oder Gefühle nicht wieder. Ich bin jemand völlig anderes.

Ich berühre ihn, berühre ihn wirklich zum ersten Mal. Seine Haut fühlt sich unter meinen Fingerspitzen wie Kaschmir auf Stahl an. Hart und weich zugleich, und seine Muskeln spielen, als er sich bückt und mich in seine Arme hebt. Er hebt mich auf, als würde ich gar nichts wiegen, und erst jetzt, da wir uns so nahe sind, erkenne ich vollständig, wie groß Zane ist.

»Du wirst es nicht bereuen«, flüstert er an meinem Nacken, und seine Lippen wandern an mein Schlüsselbein.

Ich hoffe, dass er recht hat.

# 8. KAPITEL

## *Zane*

Wir rennen wie der Teufel durch Rues Hintertür hinaus, über Hecken und durch das Tor zu meinem Garten. Ich kriege sie kaum ins Haus, ohne dem Drang zu widerstehen, ihr genau hier und jetzt die Kleider vom Leib zu reißen.

Und ich würde es tun. Ich würde sie bis zur Besinnungslosigkeit vögeln, auf der Veranda oder unter dem künstlichen Wasserfall, wenn da nicht all die verdammt neugierigen Nachbarn mit ihren Feldstechern zur »Vogelbeobachtung« wären. Wir wissen doch alle, dass sie damit keine Vögel beobachten.

Zum Glück ist die Sonne schon untergegangen, und wir sind geschützt von Dämmerlicht, das Delilahs Haut in warme Pink- und Orangetöne taucht, die sich mit der Röte auf ihren weichen Wangen mischen.

Gott, sie ist so was von schön.

»Hier rein.« Ich ziehe sie an mich, als wir im Haus sind, und meine Finger zerren an ihrem Shirt und schnippen dann den Verschluss ihres BHs auf. Ihre Hände liegen an meiner Taille und ziehen in fiebriger Hast Reißverschlüsse auf und öffnen Knöpfe.

Als unsere Sachen auf einem Berg zu unseren Füßen liegen, lege ich eine Hand an ihren Rücken, ziehe sie an mich, und meine freie Hand gleitet zwischen ihre Beine, wo sie schon feucht für mich ist. Ich schiebe einen Finger in sie, gefolgt von einem zweiten, und ihre Hüften zucken.

Ich beuge mich vor, nehme eine harte Brustwarze in den Mund und umkreise sie mit der Zunge, während meine Finger hinaus- und wieder hineingleiten.

»Mmm«, stöhnt sie.

Mein Schwanz pocht und wird immer größer, als ihr Duft meine Lungen füllt. Ich will diesen süßen Moschusduft auf meiner Zunge schmecken. Ich gehe auf die Knie, umfasse ihren perfekten Hintern mit meinen Händen und zwinge sie auf diese Weise, breitbeiniger zu stehen.

Sie nimmt meine Zunge auf, und ihre Finger winden sich in mein Haar. Ihr Stöhnen wird lauter, schneller, und ihre Feuchte bedeckt meine Zunge, als ich ihre Klitoris umkreise und die Zunge auf und ab streichen lasse.

Nach einigen Minuten zittern ihr die Beine, und ich weiß, dass sie kurz davor ist, aber ich will verdammt sein, wenn ich so hart gearbeitet und so weit gekommen bin, ohne dann das Vergnügen zu haben, ihr Gesicht zu sehen, wenn sie mit mir in sich kommt.

»Komm mit«, sage ich, stehe auf und nehme ihre Hand. Ohne nachzudenken führe ich sie in mein Schlafzimmer.

Aber es ist zu spät, um noch umzukehren.

Alle anderen Mädchen, mit denen ich seit Mirabelle Sex hatte, haben nur mein Gästezimmer von innen gesehen – nie mein persönliches Schlafzimmer. Es fühlte sich nie richtig an.

Andererseits ist Delilah auch ganz anders als diese anderen Mädchen.

Ich bringe sie zu meinem Bett, sie legt sich mitten darauf, und ich schiebe mich zwischen ihre gespreizten Beine, lasse zwei Finger zwischen ihre prallen Schamlippen gleiten und lasse sie danach kosten, was ich getan habe. Ihre Zunge fährt über meine Finger, bevor ich sie wegziehe, und sie leckt sich langsam über die Lippen, die sich zu einem Lächeln verziehen.

Wer hätte gedacht, dass Delilah Stock-im-Hintern-Rosewood eine ungezügelte Ader hat?

Oh, Moment. Stimmt ja. Ich.

»Koste, wie verdammt süß du bist«, sage ich. »Ich könnte dich die ganze Nacht lang vernaschen.«

Sie hebt ein langes Bein an meine Schulter und versteckt ein Lächeln an ihrer Schulter.

»Bin gleich wieder da«, sage ich und steige vom Bett.

»Du bist sanfter mit mir, als ich gedacht hätte«, meint sie nachdenklich, als ich mit einem Kondom in der Hand aus dem Gästezimmer komme. »Irgendwie hatte ich erwartet, dass du wie ein Wilder über mich herfällst.«

Ich bleibe stehen und muss kichern. »Soll ich?«

»Irgendwie hatte ich mich darauf gefreut. Ja.«

»Und ich habe mich darauf gefreut, mir so richtig Zeit mit dir zu lassen«, antworte ich.

»Tja, de la Cruz, und schon wieder kollidieren unsere Ziele. Wer geht aus dieser Runde als Sieger hervor?«

Mein Mundwinkel geht hoch, und ich gehe einen Schritt auf das Bett zu. »Du weißt, ich verliere nie, richtig?«

»Normalerweise bin ich ja ganz für Kompromisse. Die sind in den meisten Komplikationen des Lebens eine gesunde Lösung.« Sie richtet sich auf, stützt sich auf die Ellbogen und überkreuzt die Beine an den Knien, als wäre es damit gelaufen. Doch ihre Augen sagen etwas anderes.

Sie nimmt mich auf den Arm.

Sie streckt die Hände nach mir aus und zieht mich zu sich heran. Ich senke mich auf die Knie, bleibe am Bettrand, und ihre Hände umfassen fest meinen Hintern.

»Du bist doch angeblich dieser *schmutzige Footballspieler*. Ich hatte erwartet, dass Sex mit dir zumindest ein bisschen schmutzig wäre.«

»Ist das wirklich das, was du willst, Delilah?« Sie muss nur ein Wort sagen, und ich liefere ihr, was sie will. Aber wenn ich erst anfange, dann gibt es kein Aufhören mehr. Nicht bei ihr. Sobald ihre Muskeln fest meinen Schwanz umschließen, werde ich mich nicht mehr beherrschen können.

Ihr Blick fällt auf meine Hand, und ich massiere energisch meinen Schaft, während ich zusehe, wie ihre Lippen ein total sexy Grinsen formen. Normalerweise gebe ich mich ja nicht so leicht geschlagen, aber die Art, wie sie mich genau jetzt ansieht, macht mich so total heiß, dass ich nicht geradeaus denken kann.

»Gott, so wie du mich ansiehst, macht mich das ganz verrückt.« Meine Stimme ist ein halblautes Stöhnen, das von einem Ort in mir kommt, von dessen Existenz ich gar nichts wusste. Ich *will* diese Frau. Ich muss sie haben. Jetzt. »Geh auf Hände und Knie, Delilah. Heute Abend spielen wir nach meinen Regeln. Heute Nacht gibt es kein Aufhören. Du willst schmutzigen Sex? Du kannst damit anfangen, indem du meine schmutzige kleine Hure spielst.«

Ihre Augen lächeln, und sie rollt sich auf den Bauch und stemmt sich auf Hände und Knie hoch. Sie ist ein gutes Mädchen, und ich wollte sie eigentlich nicht so rannehmen müssen, aber wenn es das ist, was sie will, dann ist es das, was sie bekommt.

Wenn sie mich noch mal so ansieht, schmelze ich total dahin. Ich bin sowieso schon wie Knetmasse in ihren Händen, aber das wird sie nie erfahren.

Ich packe ihren pfirsichförmigen Hintern, hebe ihre Hüften an, bis sie auf gleicher Höhe zu meinen sind, und dann verpasse ich ihr einen harten Klaps.

»Oh!«, ruft sie aus.

Ich strecke die Hand nach ihrem Nacken aus, umfasse ihn und drehe ihren Kopf zur Seite, damit ich ihr Gesicht sehen kann. Sie leckt sich lächelnd über die Lippen, und ihre Atemzüge werden mit jeder Sekunde lauter.

»Spreiz die Beine, Delilah, und warte wie ein braves Mädchen.«

Sie nickt wortlos und spreizt die Knie, während ich das Folienpäckchen zwischen den Fingern drehe und an den Mund hebe. Ich reiße es mit den Zähnen auf, hole das Kondom heraus und ziehe es über. Dann lasse ich meine Finger in ihren feuchten Schoß gleiten, und sie gleiten mühelos in sie.

»Du bist so feucht«, flüstere ich. »Willst du mich, Baby?«

»Mm, hm.« Inzwischen keucht sie, und ihr Hintern wackelt ein wenig – eine wortlose Bitte.

»Willst du meine schmutzige kleine Sexpuppe sein?«

Sie nickt.

»Ich wusste vom ersten Moment an, als ich dich sah, dass an dir mehr dran ist als eine verklemmte Zicke, die nur nach den Regeln spielt.« Ich packe meinen Schwanz, bringe ihn in Position und umfasse die Rundung ihrer Hüfte. »Und vom ersten Moment an, als ich dich sah, wusste ich, dass ich dich haben muss, Delilah.«

Mit einem harten Stoß dringe ich tief in sie, und das Wimmern, das über ihre Lippen dringt, als ich ganz in ihr bin, stößt mich fast direkt in den Abgrund.

Aber ich kämpfe dagegen an, lasse meine Hüften auf ihre prallen und konzentriere mich auf das Zusammentreffen von Haut an Haut, als ich sie im Schutz der Nacht in dem Bett vögele, das ich seit Jahren nicht mehr mit einer Frau geteilt habe.

Mit beiden Händen an ihrem Hintern dirigiere ich sie nach hinten, immer härter, meinen Stößen entgegen, und sorge verdammt dafür, dass sie jeden Zentimeter von mir aufnimmt.

»Bitte hör nicht auf, Zane …«, ruft sie, und ihre Stimme ist ein angestrengtes Flüstern, umhüllt von Verzweiflung.

»Tue ich nicht, Baby.«

Ihr Körper umschließt mich, ihr Gesicht drückt sich in mein Kissen, und ihre zarten Finger krallen sich in die Laken.

»Ich bin kurz davor«, keucht sie nur ein paar Minuten später.

Ich halte mitten im Stoß inne, greife mit der Hand in ihr dunkles Haar und ziehe ihr Gesicht zu mir.

Ich flüstere ihr ins Ohr: »Du darfst nicht kommen, bis ich sage, dass du darfst, Delilah. Verstehst du? Wenn ich mit deinem heißen Körper fertig bin, wirst du es erfahren.«

Ich lasse ihr Haar los, streiche mit den Fingerspitzen über ihren Hals, und sie schluckt und nickt dann.

»Ich werde dich vögeln, so lange und so hart, wie ich will«, sage ich. »Heute Nacht gehörst du mir.«

»Mmm«, stöhnt sie, und ich lasse ihr Gesicht zurück aufs Kissen sinken.

Ich beuge mich über sie, umfasse ihre Brüste, und ihre harten Brustwarzen reiben über meine Handflächen, während ich sie weiter nehme.

»So hat mich noch nie jemand genommen«, flüstert sie. Ihre Worte klingen erstickt im Kissen. Sie dreht den Kopf zur Seite, um noch etwas zu sagen, aber ich bringe sie zum Schweigen.

Ich ziehe mich aus ihrem feuchten Schoß zurück, schiebe sie zur Seite, lege mich mitten aufs Bett und ziehe sie dann auf mich.

»Reite mich, Delilah.« Ich packe ihre Handgelenke, als sie rittlings über mich kommt, und ihre Wangen schimmern warm, sogar im Dunkeln.

»Ich … ich war noch nie oben.« Ihr verlegenes Lächeln wird größtenteils von ihrem Haar verborgen, als sie sich auf mich senkt.

»Hör auf, dich zu entschuldigen, Delilah. Tu, weswegen du hier bist«, befehle ich und hebe die Hand an ihren Nacken.

Mein Daumen drückt sich direkt unter ihr Kinn. »Du wolltest Sex mit mir. Schmutzigen Sex. Dann sei jetzt ein braves Mädchen und tu, was man dir sagt.«

Ihr Körper umschließt mich, warm und feucht, und der Duft ihrer Erregung füllt meine Lungen und macht mich härter denn je.

»Ich will diese wunderschönen Brüste hüpfen sehen«, sage ich und umfasse ihren Hintern. »Wiege dich vor und zurück, Delilah. Tu alles, was sich gut anfühlt. Überlass deinem Körper die Führung.«

Sie nickt widerstrebend, als wäre mein Blick ihr unangenehm. Aber das ist mir gleich. Sie ist wunderschön so. Ganz verletzbar und entblößt. Ihre sicheren kleinen Regeln über den Haufen geworfen.

»Bereite dir Vergnügen mit mir. Ich will dein Gesicht sehen, wenn du auf mir kommst. Na komm, ich weiß, dass du es kannst.«

Sie zieht die Zähne über die Unterlippe und stützt sich mit den Händen auf meinen Brustkorb. Ihre Hüften wiegen sich, und ich packe sie ganz fest. Als sie im Gleichgewicht ist, hebt sie die Hände an ihre Brüste und drückt sie, während sie auf und ab wippt, ihre Knie stützend links und rechts von mir.

Sie wirft den Kopf nach hinten, lässt ihr Haar über Rücken und Schultern fallen und stöhnt dabei immer lauter.

»Berühre dich selbst.« Ich greife nach ihrer Hand und führe ihre Finger an ihre pralle Klitoris. »Zeig mir das schmutzige Mädchen.«

Delilahs Finger zupfen und spielen daran, reiben darüber, während sie auf meinem Schwanz auf und ab wippt. Ich setze mich auf, nehme eine Brust in den Mund und schramme mit den Zähnen über ihre empfindliche Brustwarze, bevor ich mit den Händen an ihren Seiten auf und ab wandere und an ihren Hüften anhalte.

Ich umfasse ihren Hintern und begegne ihren Bewegungen, Stoß für Stoß, während ich spüre, wie sich der Orgasmus in mir aufbaut, und ich weiß, dass ich mich nicht mehr lange dagegen wehren kann.

Ich drücke meine Lippen auf ihren weichen Hals und arbeite mich weiter hoch, bis an ihr Ohr. Ihr warmer Atem keucht in mein Ohr und mischt sich mit ihrem süßen Duft, der in der Luft liegt.

»Komm auf mir, Baby«, befehle ich.

Sie vergräbt ihr Gesicht an meinem Hals und wimmert, während ihre Hüften immer schneller kreisen. Ihre Nägel kratzen über meine Schultern, als ihr der Atem stockt, und mein Schwanz explodiert förmlich mitten in dieser Magie, die da gerade passiert ist, was auch immer das für eine war.

Und einfach so ist es vorbei.

Und einfach so könnte ich es noch mal tun, und noch mal und noch mal, mit dieser Frau. Die ganze Nacht lang.

Sie sinkt auf meinem Schoß in sich zusammen, und ich bin immer noch tief in ihr.

»Heilige Scheiße.« Ihr warmer Atem trifft meine Schulter und macht mir überall Gänsehaut. »Das hat noch nie jemand mit mir gemacht.«

Sie hebt den Kopf, und ihr Blick findet meinen in der Dunkelheit.

»So heiß war ich noch nie.« Sie grinst breit und streicht sich das Haar aus dem Gesicht. »Und ich bin noch nie zuvor beim Sex gekommen. Und all die schmutzigen Dinge, die du zu mir gesagt hast, Zane … normalerweise würde ich dir dafür eine kleben, aber sie haben mich richtig heiß auf dich gemacht.«

Ich lehne mich zurück und ziehe sie auf mich. Sie rutscht neben mich und schmiegt sich in meinen Arm. Ich bin nicht so der Typ zum Kuscheln, aber ich mag es, wie unsere Haut aneinanderklebt in der Nachwirkung von dem, was gerade passiert ist.

Delilah rollt sich auf den Rücken. Ihre Brüste sind immer noch voll und prall, und ihre Hand ruht auf ihrem Bauch, der sich mit jedem Atemzug schwer hebt und senkt.

Und dann lacht sie.

»Was ist so lustig?«

»Das hier«, meint sie und dreht sich zu mir.

»Das ist lustig für dich?«

»Es ist lustig, dass wir genau hier gelandet sind. Vor zwei Wochen konnte ich dich kaum ansehen, ohne wütend zu werden«, sagt sie. »Und jetzt bin ich hier. Nackt in deinem Bett. Und erhole mich gerade von dem irrsten Orgasmus, den ich im ganzen Leben hatte.«

»Ich finde das gar nicht lustig«, meine ich. »Ich finde das ziemlich fantastisch.«

Ich steige aus dem Bett und gehe ins Badezimmer, um mich zu säubern. Als ich zurückkomme, hat sie sich in meine Laken gewickelt.

»Mir war kalt«, meint sie mit einem verschmitzten Grinsen.

Und ich lächele zurück, denn sie sieht so sexy damit aus, wenn sie nichts anhat als ein Lächeln und weiße Laken.

Ich bin drauf und dran, ihr die vom Körper zu ziehen und noch einmal ganz von vorn anzufangen, als es an der Tür klingelt. Wenn einfach so unerwartet Leute um diese Zeit bei einem vorbeischauen, bedeutet das nie etwas Gutes.

»Wer ist das?« Sie runzelt die Stirn.

»Gute Frage.« Ich gehe zum Fenster und schaue hinaus. Von diesem Teil des Hauses aus kann ich die zweite Hälfte der

Einfahrt sehen, und von hier aus sehe ich genug, um genau zu wissen, wer es ist. »Shit.«

»Was? Was ist?«

»Bleib hier«, sage ich. »Und keinen Laut.«

Ich schnappe mir eine Jeans und ein Shirt aus einer Kommode und ziehe sie an, bevor ich zur Haustür renne.

# 9. KAPITEL

## Delilah

Verdammt.

Für wen hält er sich? Erst vögelt er mich wie eine *Sexpuppe*, und dann sagt er mir, ich soll leise sein, sobald jemand vor seiner Tür steht?

Was verheimlicht er?

Und wieso verheimlicht er mich?

Eine Million Fragen stürmen mir durch den Kopf, und eintausend negative Vermutungen nehmen dabei den Mittelpunkt ein. Mein ganzes Leben lang habe ich die harten Zeiten durchgestanden, indem ich auf mein Bauchgefühl gehört habe, und genau jetzt fühle ich mich schlecht.

Das kann nichts Gutes sein.

Ich stöbere in seiner Kommode, ziehe das erste Top heraus, das ich finde, und schlüpfe in ein Paar Shorts.

Ich *sehe* lächerlich *aus*.

Ich *fühle* mich lächerlich.

Ich *bin* lächerlich.

Keine Ahnung, was ich mir gedacht habe, als ich beschloss, dass Sex mit Zane auch nur entfernt eine gute Idee wäre. Ich schätze, genau das war das Problem – ich habe nicht gedacht. So etwas passiert, wenn ich meinem Körper die Führung überlasse.

Ich höre seine Stimme unten im Flur und höre, wie er jemandem sagt, er wäre allein.

Heiße Tränen steigen mir in die Augen, und ich weiß, dass ich offiziell belogen wurde. Hintergangen.

Ich habe ihm vertraut. Und dabei wusste ich es doch die ganze Zeit besser.

Ich schleiche mich zur Hintertür hinaus, laufe zu Tante Rues Haus hinüber und danke den Sternen am Nachthimmel über mir, als der Code an der Hintertür beim ersten Versuch funktioniert.

Sobald ich im Haus bin, reiße ich mir seine Kleider vom Leib und steige in die heißeste Dusche, die ich aushalten kann. Ich spüle ihn von mir, aus meinem Haar, von meiner Haut, von jeder Stelle an mir, die er berührt hat. Alles davon tropft von mir und läuft in den Abfluss, genau dahin, wo es hingehört.

Zane de la Cruz wird mich nie wieder berühren.

Als ich aus der Dusche komme, höre ich in der Küche Schlüssel klimpern.

»Tante Rue?«, rufe ich.

»Ja, Liebes. Hier unten.«

Ich bin in ein dünnes Badetuch gewickelt, ihre Klimaanlage hat das Haus zu einer Kühltruhe heruntergekühlt, und ich habe immer noch Tränenspuren im Gesicht, also hoffe ich, dass es kurz wird.

Die Standuhr im Flur schlägt zehn Uhr.

»Ich dachte, du kommst erst spät heute?«, frage ich.

»Liebes, es ist spät. Normalerweise bin ich um acht im Bett. Das weißt du doch.« Sie zieht ihre Pumps aus und steckt ihr Telefon in die Ladestation. »Ich bin erschöpft. Es ist lange her, dass wir so am Tanzen waren. Vielleicht sollte ich morgen früh meine Fußpflegerin aufsuchen.«

Sie humpelt über den Flur, bleibt dann stehen und dreht sich zu mir um.

Oh Shit. Sie hat es bemerkt.

»Hattest du einen schönen Abend?«, fragt sie.

Ich atme aus und zwinge mich zu einem Lächeln. »Ja. Schön ruhig.«

»Ich mache mir Sorgen um dich, weißt du«, meint sie. »Du bist ja hergekommen, um mir diesen Sommer zu helfen, aber du wirkst nicht, als hättest du eine schöne Zeit.«

Tante Rue kommt näher auf mich zu.

»Hör mal, ich weiß, ich habe ein aktives Gesellschaftsleben, und ich habe nicht vor, in nächster Zeit kürzer zu treten. Wie wäre es, wenn du eine deiner Schwestern anrufst, ob sie herkommen und eine Weile bleiben will? Vielleicht könntet ihr euch das Auto borgen und einen Ausflug nach South Beach machen? Irgendwo, wo es jung und hip ist?«

Ich lache. Ich bin ja noch jung, aber weit entfernt von hip. Ich würde in South Beach auffallen wie ein bunter Hund. Und ich bräuchte eine komplett neue Garderobe.

»Was macht Daphne diesen Sommer? Ist sie zurück aus Paris?«

»Ja, sie ist erst vor ein paar Wochen zurückgekommen.«

»Ruf sie an. Sag ihr, sie soll herkommen. Ich zahle.« Tante Rue zwinkert mir zu. »Du bist viel zu jung, um wie eine alte Jungfer zu leben. Ich möchte, dass du diesen Sommer Spaß hast, solange du hier bist. Du kannst nicht nur herumsitzen und darauf warten, dass sich das Haus verkauft, weißt du. Das ist Taylors Job.«

»Ich rufe sie an.«

»In Ordnung, Liebes. Dann gehe ich jetzt zu Bett.« Tante Rue dreht sich um und humpelt in ihr Zimmer am Flurende.

Ich gehe zurück in meins, lasse das Handtuch fallen und schlüpfe in den wärmsten Pyjama, den ich finden kann, schnappe mir dann mein Handy und krieche ins Bett.

Ich dufte nach Mandarinen-Verbena-Seife, aber ich schwöre, ich kann ihn immer noch riechen.

Ich schicke eine Textnachricht an meine Zwillingsschwester Daphne.

BIST DU AUF?

Zwei Minuten später antwortet sie mit einem Anruf.

»Natürlich bin ich auf«, sagt sie. »Es ist erst kurz nach zehn. Was ist los?«

»Hast du schon etwas vor am Wochenende?«

»Du klingst gelangweilt. Langweilst du dich da unten?«

»Irgendwie schon«, seufze ich und lehne mich zurück. »Ich meine, das Wetter ist toll, und ich darf mir jederzeit Rues Auto borgen, wenn ich etwas unternehmen will, aber es finden nur ganz selten mal Besichtigungen statt, und hier gibt es nicht viele Leute in meinem Alter. Es ist nicht so wie damals, als wir jünger waren und von selbst Spaß hatten. Jetzt ist es hier irgendwie einsam.«

»Soll ich für eine Weile zu dir kommen?«

»Würdest du?«

»Ich habe damit schon gerechnet«, meint sie. »Ich schulde Rue sowieso noch einen Besuch.«

»Gut. Wie sieht Freitag für dich aus?«

»Diesen Freitag?« Daphne lacht.

»Und wie lange kannst du bleiben? Ich dachte an ein oder zwei Monate.«

Sie pustet ins Telefon. »Tut mir leid. Ich trockne gerade meine Nägel. Und nein, ich werde nicht einen oder zwei Monate bleiben. Ich kann eine Woche bleiben. Maximal. Ich fange einen neuen Job an in einem neuen Farmhaus-Café, das gerade in der Stadt eröffnet hat. Sie wollten, dass ich nächste Woche anfange, aber ich kann ihnen sagen, dass ich noch eine Woche brauche.«

»Du warst auf der Kunstschule und ein Jahr lang in Paris, und jetzt arbeitest du in einem Farmhaus-Café? Sind Mom und Dad sauer? Ich denke, sie dachten, dass du inzwischen im Museum of Modern Art arbeitest.«

»Ich male Wandbilder für sie.« Daphne räuspert sich. »Es ist nur für diesen Sommer. Sie haben noch nicht geöffnet.«

»Mein Fehler.«

»Auf jeden Fall, wenn du meine Tickets buchst und mir die Infos schickst, werde ich da sein. Aber ich bleibe nur eine Woche.«

»Du bist die beste Schwester auf der Welt.«

»Erzähl das nicht Demi.«

Wir kichern.

»Ich würde Demi ja auch einladen, aber sie ist noch total mit Royal beschäftigt«, sage ich.

»Gott, ich weiß. Sie sind unzertrennlich. Ich glaube nicht, dass sie mit einer Woche von ihm getrennt klarkommt. Sie wäre die ganze Zeit nur am Telefonieren.«

»Oder sie würde ihn einfach mitbringen«, sage ich.

»Es ist genauso wie damals, als sie in der Highschool waren. Siamesische Zwillinge.«

»Ja, aber sie sind so verdammt glücklich. Ich freue mich für Demi. Und ich bin ein klein wenig eifersüchtig.« Ich seufze. »Sag ihr aber nicht, dass ich das gesagt habe. Ich ziehe sie gern auf.«

»Du hast mein Wort.« Sie kichert. »Wir können uns lustig machen, so viel wir wollen, aber sie sind die Glückspilze. Sie haben alles.«

Ich rolle mich auf die Seite – und mir bleibt das Herz stehen, als ich die Silhouette eines Mannes vor meinem Fenster sehe.

»Heilige Scheiße«, flüstere ich.

»Himmel, Delilah, was ist los? Geht es dir gut?«

Ich brauche eine Minute, weil ich gerade keine Luft kriege. Meine Hand drückt sich aufs Herz. Als ich den Blick konzentriere, sehe ich genau, wer es ist.

Ich steige aus dem Bett, marschiere zum Fenster und scheuche ihn weg, bevor ich die Vorhänge zuziehe.

Als ich mich wieder setze, höre ich Klopf, Klopf, Klopf.

»Willst du mir jetzt mal sagen, was los ist?«, fragt Daphne.

Ich atme ins Handy aus und sage: »Es ist nur der Typ von nebenan.«

»Der Typ von nebenan?«

»Er will mit mir reden. Er steht gerade vor meinem Fenster.«

»Delilah.« Daphnes Stimme wird tadelnd. »Hattest du Sex mit jemandem und sagst mir nichts? Und du meine Güte, du bist in einer Seniorensiedlung. Wie alt ist er?!«

Ich lache. »Es ist nicht so. Er ist jünger. Und ja. Ich habe dir eine Menge zu erzählen, wenn du hier bist.«

*Klopf Klopf Klopf.*

Er wird nicht weggehen.

Und wahrscheinlich weckt er noch Rue.

»Ich muss mich darum kümmern«, stöhne ich.

»Alles in Ordnung?«

»Nein. Aber in zwei Sekunden ist es das, wenn ich diesen Arsch los bin.«

»Buche den Flug und schicke mir die Infos. Nicht vergessen.«

»Glaub mir, das werde ich nicht.« Ich lege auf, gehe zurück zum Fenster und verschränke die Arme.

Zane hat sich nicht vom Fleck gerührt. Er steht nur da mit diesem Klugscheißergrinsen, das ich ihm aus dem Gesicht klatschen könnte, wenn ich wollte.

Ich schiebe das Fenster auf und lehne mich hinaus. »Was machst du hier?«

Er runzelt die Stirn. »Ähm, nach dir sehen. Ich kam zurück ins Zimmer, und du warst weg. Und deine Klamotten lagen überall in meiner Küche.«

Er hält einen Haufen verknitterter Sachen hoch.

Ich ziehe das Fliegengitter auf, reiße sie ihm aus den Händen und drücke ihm dafür die Sachen aus seiner Kommode in die Hand.

»Hier«, sage ich. »Und jetzt geh.«

»Willst du mich denn nicht erklären lassen?« Er lacht, als wäre die Situation lustig, aber das ist sie nicht.

»Du hast mit mir geschlafen und mir dann gesagt, ich soll mich verstecken«, sage ich. »Das sagt doch alles, findest du nicht?«

Er kratzt sich unten am Kinn, grinst und blickt beiseite. »Es ist nicht so.«

»Ich habe gehört, wie du jemandem gesagt hast, du wärst allein«, sage ich.

»Delilah, mit wem redest du denn da?«, höre ich da Tante Rues Stimme gedämpft durch meine Zimmertür.

»Verdammt, du hast sie geweckt«, flüstere ich und scheuche ihn weg. »Geh. Geh weg.«

»Kann ich später wieder herkommen?«, fragt er.

»Nein!«

»Was machst du morgen Abend?«

»Ich bin beschäftigt«, flüstere ich und ziehe das Fliegengitter wieder zurück, bevor Rue hereinplatzt und eine Erklärung verlangt.

»Was ist mit Freitag?«

»Da kommt meine Schwester.«

»Wann dann?«

»Delilah?«, ruft Rue wieder. »Ich höre dich doch da drin reden, und deine Tür ist abgeschlossen. Ist alles in Ordnung?«

Ich beiße die Zähne zusammen. »Geh nach Hause.«

Ich schiebe das Fenster zu und ziehe die Vorhänge zu, bevor ich zur Tür eile.

»Tut mir leid, ich war im Badezimmer. Brauchst du etwas?«, frage ich Rue.

Sie umklammert den Kragen ihres Bademantels und mustert mich mit scharfen Augen. »Nein, Liebes. Ich war nur gerade im Flur, um mir ein Glas Wasser zu holen, und hörte dich reden. Du klangst aufgebracht. Ist alles in Ordnung?«

Ich lache. »Ich habe mit Daphne telefoniert. Wir haben Witze gemacht über etwas. Alles in Ordnung. Sie fliegt dieses Wochenende her.«

Rues Gesicht leuchtet auf. »Oh, wie wunderbar. Ich kann es gar nicht erwarten, sie zu sehen!«

Ich nicke. »Ich auch.«

»In Ordnung, nun, dann gehe ich zurück zu Bett. Wieder. Ich schlage vor, du tust dasselbe. Ich hatte gehofft, du könntest mir morgen vielleicht helfen, meinen Speicher zu organisieren und ein paar Dinge loszuwerden.«

»Natürlich.«

Sie schenkt mir ein müdes Lächeln und humpelt davon, und ich schließe die Tür hinter ihr. Auf Zehenspitzen gehe ich zurück zu meinem Fenster und spähe durch die Vorhänge hinaus, um zu sehen, ob er noch draußen steht.

Aber er ist weg.

Ich würde lügen, wenn ich sagen würde, dass ich nicht gespannt auf seine Erklärung bin, aber das spielt an diesem Punkt keine Rolle.

Wir haben getan, was wir getan haben.

Er hat gesagt, was er gesagt hat.

Ich habe gehört, was ich gehört habe.

Und ich habe mich billig dabei gefühlt.

Benutzt.
Schmutzig.

»Ich bin so froh, dass du hier bist. Du hast ja keine Ahnung.« Es ist Freitagnachmittag, und ich fahre gerade über die Interstate in Rues Lexus, meine Zwillingsschwester auf dem Beifahrersitz neben mir.

»Heißt das, du rollst dieses Wochenende den roten Teppich aus?« Daphne kramt in ihrer Handtasche, holt ihr Handy heraus und schaltet es ein. Das *Tap-Tap-Tap* ihrer taubengrauen Fingernägel auf dem Bildschirm ist ablenkend.

»Du schreibst aber nicht mit Pierre, oder?« Ich rümpfe angewidert die Nase, als ich mir diesen vierzigjährigen französischen Blödmann vorstelle, der meiner Schwester dieses Jahr das Herz gebrochen hat.

»*Non.*« Sie steckt das Handy zurück in ihre Handtasche, klappt die Sonnenschutzblende nach unten und richtet ihr flachsblondes Haar im Spiegel. Sie streicht die losen Strähnen hoch, macht ihren Haarknoten neu und trägt dann eine Schicht pinken Lippenbalsam auf. Drei Sekunden, und Daphne geht von Null auf Gigi Hadid.

Meine Schwester ist die Verkörperung von mühelosem Chic, mit ihren vollen Lippen, honigfarbener Haut, langen Beinen und weißblondem Haar. Und zu allem anderen ist sie innerlich sogar noch schöner. Ein Freigeist. Abenteuerlustig. Liebenswert. Von Natur aus glückselig.

Ich schätze, niemand hat je behauptet, das Leben wäre fair.

»Hast du gerade Kontakt mit jemandem?«, bohre ich ein wenig nach.

Sie dreht sich zu mir um. »Ich bin noch nicht einmal einen Monat lang zurück in Rixton Falls. Mit wem sollte ich Kontakt haben? Und wieso bist du so neugierig? Vielleicht sollten wir uns mal auf deine persönlichen Eskapaden konzentrieren, *Little Miss Komische-Männer-klopfen-an-dein-Fenster.*«

Ich verdrehe die Augen, unterdrücke ein Lächeln und konzentriere mich darauf, das Auto vor mir zu überholen.

»Also, erzählst du mir jetzt von ihm, oder was?«, fragt sie.

»Er wohnt im Haus neben Rue. Er spielt Football«, sage ich. »Profifootball. Gainesville Cougars.«

Daphne zuckt mit den Schultern. »Ah. Nie gehört von denen. Aber erzähl weiter.«

Ich kichere. Manchmal sind wir uns so ähnlich, wie wir verschieden sind.

»Jedenfalls ging ich in meiner ersten Nacht hier rüber, um ihm zu sagen, dass er die Lautstärke runterfahren soll, weil er diese unanständig laute Party gab«, sage ich.

Daphne legt mir die Hand auf den Arm. »Hast du *nicht.*«

»Es war unter der Woche um zwei Uhr nachts.«

»Dir ist schon klar, wie lahm sich das anhört, oder? Hörst du, was du da sagst?«

»Auf jeden Fall.« Ich winke ab. Ich erzähle weiter und erzähle ihr alles, was an dem Abend gewesen ist. Und von der Begegnung am Pool. Und von all den Malen, die ich ihm in Laguna Palms über den Weg lief. Und von all den idiotischen Sachen, die ständig aus seinem Mund kamen.

»Er tut das mit Absicht«, meint sie. »Dir über den Weg laufen. Dich aufziehen.«

»Das dachte ich mir auch.«

»Und sobald du ihm etwas gibst, wirst du ihn nie wiedersehen.«

Einen Moment lang herrscht Stille im Auto.

»Delilah.« Daphne dreht sich mit ganzem Körper zu mir, und sieht mich von unten herauf an. »Bitte sag, du hast nicht …«

Ich beiße mir auf die Lippe und nicke. Ich kann meine Schwester nicht belügen. Und sie durchschaut mich sowieso.

»Was? Wann? Wieso …?« Daphne sinkt zurück auf ihren Sitz und starrt geradeaus auf den Verkehr. »Du hast gerade zwanzig Minuten damit verbracht, mir detailliert alle Gründe aufzuzählen, warum du diesen Typen nicht ausstehen kannst, und wie sehr er dich aufregt, und ich stimme dir zu – er ist alles, was du an einem Mann hasst – und dann steigst du einfach mit ihm ins Bett?«

»Ich verstehe es genauso wenig wie du.« Meine Finger umklammern das Lenkrad, und meine Hände schwitzen. Ich strecke die Hand zum Cockpit aus und stelle die Klimaanlage ein, denn plötzlich ist es viel heißer hier drin. »Er ist sehr charmant. Er macht es einem manchmal schwer, sich zu konzentrieren. Wenn du ihn kennenlernst, wirst du es sehen.«

»Werde ich ihn denn kennenlernen?«

Ich seufze. »Wahrscheinlich. Er ist überall, Daph.«

»Also, wann habt ihr miteinander geschlafen?«

»Ich weiß nicht genau. Irgendwann diese Woche?« Dienstagabend. Schätzungsweise sieben Uhr. Aber das kann ich ihr nicht sagen. Ich muss die Coole spielen, denn ganz tief drinnen bin ich alles andere als cool, und wenn ich zu viel sage, erschnüffelt sie das wie ein Bluthund.

»Was auch immer. Welche Nacht war es?«, bohrt sie nach. »War es, bevor oder nachdem er an dein Fenster geklopft hat?«

»Davor.«

Daphne klopft mit der Hand auf das Armaturenbrett. »Also hast du mit ihm geschlafen, und er ist nicht abgehauen wie ein Mistkerl. Das sagt doch etwas.«

Ich schüttele den Kopf, setze den Blinker und steuere unsere Ausfahrt an. »Er hat mir meine Sachen gebracht. Ich hatte sie dort gelassen.«

»Du bist nackt nach Hause gegangen?«

»Nein.« Wir kommen an ein Stoppschild, und mein Handy im Becherhalter zwischen uns summt. Ich sehe meine Nachrichten nach, froh über eine Ausrede, das Thema zu wechseln. »Rue will, dass wir sie zum Abendessen im Clubhaus von Laguna Palms treffen. Sie wartet schon dort.«

»Gut. Ich bin am Verhungern. Im Flugzeug gab es Hummus und Brezeln, und erst *nachdem* ich das Ganze gegessen hatte, habe ich gesehen, dass der Hummus seit vier Monaten abgelaufen war.« Daphne drückt sich die Hand auf den knurrenden Magen. »Also, wie auch immer, war es gut?«

»Bitte was? Was war gut?«

Sie zieht eine Augenbraue hoch. »Du weißt *genau*, was ich meine.«

Ich presse die Lippen zusammen, atme durch die Nase ein und bedenke meine Antwort ganze zwei Sekunden lang.

»Es war unglaublich.«

»Meine Mädchen!« Tante Rue steht vom Tisch auf, als sie uns sieht, lässt ihre Serviette auf den Teller fallen und eilt zu Daphne. »Schau nur, wie groß du geworden bist, meine Güte. Du bist ja so groß. Und der ganze Babyspeck ist auch weg, ich wusste es.«

Daphne und ich wechseln einen Blick, bevor wir uns setzen und uns beide Mühe geben, nicht zu lachen. Tante Rues Komplimente sind berüchtigt dafür, dass sie immer anzüglich sind.

»Ich wusste, dass du ein Hingucker wirst«, meint Tante Rue. »Das seid ihr beide. Meine Demi auch. Das sind die Rosewood-Gene, sage ich euch. Wir sind gesegnet.«

Rue war Miss Florida Universe im Jahr 1967, ein Titel, den sie bis zum heutigen Tage stolz trägt. Vor einigen Sommern fand ich sie schlafend in ihrer Hängematte beim Pool, Krone auf dem Kopf und einen auslaufenden Erdbeerdaiquiri in der Hand.

»Aber ich sage euch, Mädels«, sagt sie und setzt sich. »Schönheit ist vergänglich. Und das schnell. Einen Tag spazierst du über den Hollywood Boulevard, und Marlon Brando pfeift dir hinterher, und am nächsten Tag gehst du Push-up-BHs einkaufen und betrauerst den Verlust deines Knackärschchens.«

»Es gibt mehr im Leben als einen hübschen Hintern, Tante Rue«, meint Daphne und legt sich die Hand aufs Herz. »Aber danke für die Einsichten. Ich werde deine Worte bis ans Ende meiner Tage in Ehren halten.«

»Gibt noch viel mehr da, wo das herkam.« Rue hebt ihren Dirty Martini zu einem Toast und nippt dann daran. »Hattest du einen angenehmen Flug?«

»Ja.« Daphne legt sich die Serviette auf den Schoß, und ein Kellner kommt, um unsere Getränkebestellung aufzunehmen.

»Also, was trinkt man in Paris?«

»Das hängt von der Gelegenheit ab, schätze ich.« Daphne bestellt ein Glas Cabernet. »Kaffee oder Tee am Morgen. Ein Glas Wein zum Abendessen. Man trinkt dort immer zum Essen, aber nie, um sich zu betrinken. Sich zu betrinken gilt tatsächlich in gewissen Kreisen als schlechter Geschmack.«

»Faszinierend.« Rue hebt ihr Martiniglas an ihre Lippen. »Also, was habt ihr Mädchen dieses Wochenende vor?«

»Ich dachte, ich fahre mit Daphne nach South Beach«, sage ich. »Wir könnten in diesem echt netten Hotel am Wasser übernachten und ausgehen, was trinken und tanzen. Uns unterhalten, was so alles passiert ist. Vielleicht ein wenig shoppen. Einfach ein nettes Mädelswochenende.«

»Klingt reizend.« Rue lächelt und legt den Kopf schief. »Ich würde euch ja gern Gesellschaft leisten, aber ich veranstalte dieses Wochenende eine stille Auktion für Ethel Frenchs Lesestiftung. Ich werde im Geiste bei euch sein.«

»Wirst du je irgendwann mal kürzertreten, Tante Rue?«, fragt Daphne.

»Vielleicht wenn ich tot bin.« Sie nippt an ihrem Cocktail und zwinkert uns zu. »Und das ist immer noch ein großes *Vielleicht*.«

»Würdet ihr mich einen Moment entschuldigen?« Daphne nimmt ihre Tasche, entschuldigt sich und marschiert schnurstracks zur Damentoilette.

Aus dem Augenwinkel sehe ich mich im Clubhaus nach Zane um. Es ist nicht so, dass ich ihm begegnen will, noch denke ich, dass er an einem Freitagabend hier in Laguna Palms abhängt, aber ich blicke schon die ganze Woche immer wieder über die Schulter und frage mich, wann ich wieder über ihn stolpere, denn das ist nur eine Frage der Zeit.

Der Betreiber rauscht an unserem Tisch vorbei, eine Gruppe Leute im Schlepptau, und ich muss zweimal blinzeln, als ich eine davon als Zanes Stalkerin erkenne.

Ich ersticke fast an meinem Drink und wende den Blick ab, bevor ich versehentlich Augenkontakt zu ihr herstelle.

»Oh, hallo!« Zu spät. Carissa sieht mich. Sie bleibt an unserem Tisch stehen und wirft sich mit einer Hand das lange dunkle Haar über ihre knochige Schulter. »Hi, Rue. Wie geht es Ihnen?«

Carissa kennt Rue?

»Hi, Liebes«, antwortet Rue. »Kennen Sie schon meine Großnichte Delilah? Sie ist aus dem Norden von New York zu Besuch hier und hilft mir beim Verkauf meines Hauses.«

Carissa wirft mir ein strahlendes Megawattlächeln zu und dreht sich zu mir um. »Ja, tatsächlich. Wir sind uns neulich bei Zane begegnet.«

Mir fällt die Kinnlade nach unten.

Das. Hat. Sie. Jetzt. Nicht. Gesagt.

Rue wirft mir einen scharfen Blick zu und sieht dann wieder Carissa an. »Sie wissen es besser, als sich mit dieser schmutzigen Ratte abzugeben, Carissa. Sie sind besser als das. Sie lassen sich doch nicht von einem Mann das Herz brechen und machen ihm dann noch die Freude, sich zu seinem Vergnügen weiter in seiner Nähe aufzuhalten.«

»Glauben Sie mir, es ist nichts in der Art«, meint Carissa. »Ich war zufällig in der Gegend, um meine Großeltern zu besuchen. Ich wollte nur Hallo sagen, als Freundin. Ich wusste nicht, dass er … *Gesellschaft* hatte.«

Carissa trägt ein hautenges Kleid, rote High-Heels und hat ein falsches Lächeln aufgesetzt. Ihr Blick geht in meine Richtung.

»Also, was habt ihr Mädchen am Wochenende so vor? Falls ihr irgendwelche Empfehlungen braucht, wo man Spaß haben kann, lasst es mich wissen. Dies hier ist mein Revier, und ich würde mich mehr als freuen, euch ein paar Szenetreffs zu empfehlen.« Carissa kneift die Augen zusammen, während sie redet, als wäre es eine körperliche Herausforderung für sie, bei ihrem Akt falscher Freundlichkeit eine aufrichtige Miene beizubehalten.

»Wir fahren nach South Beach«, sage ich. »Meine Schwester ist hier. Wir machen einen Mädelstag.«

»Ich liebe South Beach.« Carissa hebt eine manikürte Hand an ihr knochiges Dekolleté. »Ihr solltet in den Club Azul gehen. Wie auch immer, ich überlasse euch dann mal eurem Abendessen. War schön, euch zu treffen.«

Sie schleicht davon, einem älteren Ehepaar hinterher, das gerade in einer Ecknische Platz nimmt.

»Ich liebe sie einfach. Die Verkörperung von Eleganz und

Raffinesse.« Rue lächelt und blickt ihr nach. »Ihrem Vater gehören die Cougars, weißt du. Diese Familie hat förmlich Dunkelblau und Gold in den Adern.«

»Das wusste ich nicht.« Ich sehe mich nach dem Kellner um. Es ist mir unmöglich, den trockenen Kloß in meiner Kehle hinunterzuschlucken. Ich brauche dringend etwas zum Spülen.

»Sie und Zane waren eine Weile ein Paar«, erzählt Rue. »Nachdem es mit seiner letzten Freundin den Bach runtergegangen war.«

»Warum erzählst du mir das?«, frage ich, obwohl ein Teil von mir neugierig ist, die Kehrseite der Geschichte zu hören. Es besteht ja immer die Möglichkeit, dass sie gar keine Stalkerin war – dass Zane gelogen hat.

Daphne kommt an unseren Tisch zurück, frischen Gloss auf den Lippen, und gleichzeitig kommt der Kellner mit einem Korb voll Brot, balanciert auf einem Tablett mit Getränken. Wir fallen beide wie hungrige Falken über das Baguette her.

»Weil du wissen solltest, worauf du dich da einlässt.« Rue schnaubt und presst die Lippen zusammen. »Ich weiß, dass ich dich nicht von Zane fernhalten kann, aber ich wünschte, du würdest auf mich hören, wenn ich dir sage, dass er nicht gut ist. Er ist ein Herzensbrecher. Und er muss noch einiges über Respekt lernen. Der Mann hat keinen Respekt vor Frauen. Oder vor seinem eigenen verdammten Footballteam. Oder dem Hausbesitzerverein.«

Daphne kichert hinter ihrem Drink, als ihr klar wird, worum es in der Unterhaltung geht. Wenn sich irgendwer dem Hausbesitzerverein in Laguna Palms widersetzt, nimmt Rue das persönlich. Ich bin ziemlich sicher, dass ich vor Kurzem eine richtige schwarze Liste in ihrer Kramschublade entdeckt habe.

»So wie du über ihn redest, frage ich mich beinahe, ob er *dir* das Herz gebrochen hat«, wendet Daphne sich an Tante Rue.

Rues Schultern sinken herab, und sie dreht ihr leeres Martiniglas in den Händen und wendet den Blick ab.

»Ich mochte den Jungen, als er hierherzog«, meint sie. »Aber er hat mich getäuscht. Er hat uns alle getäuscht. Er hat nichts als Probleme gemacht.«

# 10. KAPITEL

## *Zane*

»Du machst mich echt fertig hier.« Kai steht vor meinem Spiegel im Foyer, lässt seine Quarterbackbizepse spielen und grinst von einem Ohr zum anderen. »Lebe ein bisschen.«

»Geht nicht. Weißt du doch.« Ich stemme die Hände in die Hüften und werfe einen Blick auf mein gelangweiltes Spiegelbild. Weston, einer unserer Linebacker, sitzt gedankenverloren in meinem Wohnzimmer. Oder vielleicht langweilt er sich auch.

»Weston ist deprimiert. Du bist nicht mehr spaßig.« Kais Lächeln schwindet, als er sich zu mir umdreht. »Was in aller Welt soll ich machen? Ihr seid meine Bros. Meine Komplizen.«

»Nun ja, nicht jeder kann der Goldjunge der Gainesvilles sein«, sage ich, gehe ins andere Zimmer, lasse mich in einen übermäßig gepolsterten Sessel fallen, und Weston blickt nicht einmal auf. Kai Santanas Neigung zu Alkohol und Frauen ist weit größer als meine eigene, aber ich bin derjenige, der unter dem PR-Mikroskop festsitzt. Und in der Falle durch die Tochter des Besitzers.

»Dude«, meint Kai zu Weston, »du musst deinen Mann stehen. Nach vorn blicken. Elle hat das getan.«

Weston blickt auf und ballt in einem seltenen sichtbaren Anflug von Zorn die kräftigen Fäuste.

»Such dir eine neue Pussy, nagel sie auf Teufel komm raus, sei ein verdammter Mann, und lass den Mist hinter dir.« Kai zuckt mit den Schultern. »Sehen wir zu, dass wir heute Abend hier wegkommen. Wir müssen uns ein wenig Spaß gönnen.«

»Und der wäre?«, schnaubt Weston.

»Keine Ahnung. Unsere Optionen sind begrenzt, seit unser Pony Boy hier sich nicht mit Alkohol und Frauen sehen lassen darf ...« Kais Lippen verziehen sich zu einem anzüglichen Grinsen. »Ich hab's. South Beach. Meinem Cousin gehört da ein Club. Azul. Wir können in den VIP-Raum, durch die Hintertür reinschlüpfen und uns eine Nacht da gönnen. Niemand wird je merken, dass wir Gainesville überhaupt verlassen haben.«

Vor sechs Monaten wäre ich bei Kais Vorschlag sofort dabei gewesen.

Aber vor sechs Monaten standen noch nicht meine Karriere und alles, wofür ich je gearbeitet habe, auf dem Spiel.

»Ich weiß nicht.« Ich lehne mich zurück, lege die Hände an den Hinterkopf und starre aus dem Fenster zu Rues Haus hinüber. Ich würde alles geben, um zu erfahren, was Delilah heute Abend vorhat.

Das Letzte, was ich hörte, war, dass ihre Zwillingsschwester für eine Weile hier ist, und seit wir Sex hatten, habe ich ihr Freiraum gelassen, denn ich will nicht so ein Kerl sein. Ich will kein Idiot sein, der unter der Fuchtel einer Frau steht, weil er auf einmal total besessen von ihr ist, und das nur, weil ihr Körper aus vierundzwanzigkarätigem Gold und Kaschmir besteht.

»Komm schon.« Kai stöhnt, schnappt sich einen Football hinter der Couch und wirft ihn in die Luft. Keine Ahnung, wie der dahin gekommen ist. Wenn meine Zugehfrau nicht wäre, würde es hier wie im Haus einer Bruderschaft aussehen. »Ich fahre. Ich muss nur ein paar Anrufe machen, und wir sind drin. Wir müssen ja nicht mal was besonders Verrücktes machen. Wir sind nur ein paar Typen, die ein paar Drinks in der Bequemlichkeit und Privatsphäre des VIP-Raums meines Cousins genießen wollen.«

»Ich habe noch nie eine Nacht mit dir erlebt, die *nicht* verrückt war«, wirft Weston ein.

»Ja, das glaube ich erst, wenn ich es sehe«, sage ich.

»Schön.« Kai lässt den Ball fallen, verzieht die Lippen zu einer harten Linie und zeigt mit Finger auf uns. »Ihr Hurensöhne seid lahm und armselig. Ihr könnt ja einfach hier herumsitzen und im Pyjama Downtown Abbey schauen. Ich gehe aus.«

»Down*ton*«, korrigiert Weston. »Nicht Down*town*.«

»War ja klar, dass du das weißt.« Kai verdreht die Augen.

Weston dreht sich zu mir. »Vielleicht sollten wir mit.«

»Bist du irre?«, schimpfe ich. »Wenn ich erwischt werde, fliege ich aus dem Team.«

Kai schaut auf seine Uhr. »Ich fahre in fünf Minuten, also …«

»Wenn du nichts trinkst und dich nicht mit irgendwelchen Weibern einlässt, übertrittst du auch nicht die Anweisungen vom Coach.« Da hat Weston nicht unrecht. »Entweder das, oder du sitzt an einem Samstagabend zu Hause herum und tust gar nichts.«

»Shit.« Ich reibe mir übers Gesicht. »Du hast recht.«

Kai klatscht in die Hände und gibt ein lautes Lachen von sich, das durch das ganze Stockwerk dröhnt.

»Kommt schon, ihr Ärsche.« Kai klimpert mit seinen Schlüsseln. »Die Fahrt dauert fünf Stunden, und jetzt ist es zwei Uhr. Los, los, los.«

»Ich muss noch packen«, meint Weston.

»Ich auch«, sage ich.

»Das ist kein gottverdammter Ferientrip«, stöhnt Kai. »Werft ein bisschen Zeug in eine Tasche und gut ist.«

Ausnahmsweise hat Kai mal Wort gehalten.

Seinem Cousin gehört tatsächlich eine Bar in South Beach, und diese Bar hat tatsächlich einen VIP-Raum, und so weit haben wir uns tatsächlich zurückgehalten.

Es ist etwas anderes, hierherzukommen. Niemand kennt uns. Wir werden nicht sofort erkannt, dank der Tatsache, dass gerade keine Spielsaison ist und unsere Gesichter nicht überall in den Sportkanälen in jeder Bar in Nordamerika auftauchen.

Heute Abend gibt es keine Schwärme von Footballhäschen und Groupies, die uns verfolgen, um Fotos betteln und uns Telefonnummern zustecken.

Nur wir Jungs.

Wir verziehen uns in eine Lounge, so tiefblau wie der Grund des Ozeans, und die beiden nippen an Drinks, die mehr kosten, als ein Drink, selbst mit dem »Familienrabatt« von Kais Cousin, kosten sollte. Musik pulsiert im ganzen Club, und immer wieder mal spazieren Leute an den roten Samtseilen vorbei und spähen hinein, um zu sehen, wer da sitzt, aber es ist zu dunkel, und sie sind zu betrunken, um zu kapieren, wen sie da vor sich haben.

Diese Anonymität kenne ich nicht mehr seit meinem ersten Jahr. Ich hatte ganz vergessen, wie gut sich das anfühlt.

»Also.« Weston trinkt an seinem Scotch und stützt die Ellbogen auf die Knie. Er sieht gelangweilt aus, aber aus Gainesville rauszukommen war wahrscheinlich heute Abend in seinem besten Interesse.

Wir werfen einen Blick zu Kai, der auf der anderen Seite der Absperrung steht und mit einer Getränkekellnerin mit falschen Brüsten plaudert, die nicht aufhören kann, in seiner Gegenwart zu kichern, und dabei wissen wir beide, dass Kai so witzig gar nicht ist.

»Der Wichser nimmt sie heute Nacht mit ins Hotel. Wirst schon sehen«, meint Weston.

»Ich weiß sowieso nicht, wieso wir uns ein Zimmer teilen.« Ich trinke einen Schluck aus meiner überteuerten Flasche Bergquellwasser.

»Weil Kai der geizigste Hurensohn auf dieser Seite des Atlantiks ist.« Weston schüttelt den Kopf. »Erinnerst du dich an die falsche Rolex, die er vor ein paar Jahren gekauft hat?«

Wir lachen und sehen zu, wie Kai sein Handy aus der Tasche holt und die Nummer der Kellnerin einprogrammiert, bevor er zurückkommt.

»Dachte, es ist nur ein Jungsabend?«, fragt Weston, als Kai zurückkommt.

»Pfeif auf euch Jungs. Ich lasse mich flachlegen.« Kai richtet seinen Hemdkragen und wirft einen Blick zur Menge an der Bar. Er hasst es, wenn er nicht gesehen wird. Es macht ihn verrückt. »Ich muss das Klo finden.«

»Rechts«, antworte ich und sehe zu, wie er geht.

»Er muss gar nicht pinkeln. Er will nur Aufmerksamkeit«, meint Weston.

»Hätte ich verdammt wissen sollen. Er wird meine Tarnung auffliegen lassen.«

Weston zuckt mit den Schultern. »Solange du nicht trinkst oder was Verrücktes tust, ist alles gut, Mann. Mach dir keine Sorgen.«

Wir sehen wie zwei lahme Trottel aus, so wie wir allein hier drin sitzen. Nur wir zwei. Ohne Kontakt zu anderen zu suchen. Und total gelangweilt aussehend.

Aber ich schätze, es ist besser als die Alternative, und wir waren fünf Stunden lang unterwegs, um hierherzukommen, also können wir nichts dagegen tun.

Kai kommt zwanzig Minuten später zurück, zwei Drinks in der Hand und ein albernes Grinsen im Gesicht.

»Wir müssen da raus. An der Bar ist eine total heiße Blondine, die förmlich um einen guten Fick bettelt, und ich muss das heute Nacht durchziehen«, meint er.

»Nein, Mann.« Ich hebe die Hand. »Das machen wir nicht. Dafür sind wir nicht hier.«

Kai stellt seine Drinks hin und hält die Hände vor den Oberkörper. »Riesige Titten. Volle Lippen. Lange Beine. Die ist für mich reserviert.«

Weston blickt zu mir. Dieser gottverdammte Verräter denkt echt darüber nach.

»Komm schon.« Weston deutet auf mein Wasser. »Du brauchst sowieso Nachschub.«

Stöhnend folge ich ihnen an der Absperrung vorbei hinaus zur Bar und setze mich auf einen leeren Barhocker am Ende.

»Verzeihung«. Eine Frauenstimme dringt an mein Ohr, nur einen Moment später. »Gehörst du nicht zu den Gainesville Cougars?«

Ich drehe mich zu ihr um und nicke lächelnd. »Yep.«

»Ich bin ein riesiger Fan von euch«, sagt sie und lehnt sich näher an mein Ohr. Hier draußen ist es viel lauter als in der VIP-Lounge. »Darf ich aufdringlich sein und dich um ein Selfie bitten? Ich bin dein größter Fan. Ich habe Saisontickets und alles. In drei Jahren habe ich nicht ein Heimspiel verpasst. Ich kenne deine ganze Spielerstatistik. Du bist sogar in meinem Fantasiefootballteam.«

Es bricht mir das verdammte Herz, abzulehnen, aber ich habe keine Wahl. Ein Foto von mir an einer Bar mit einem hübschen Mädchen wie ihr wäre eine riesige Belastung, und wenn der Coach davon Wind bekäme, könnte ich mich da nicht mehr herausreden. Außerdem, wer weiß denn, was für eine Unterschrift diese Tussi neben ein Foto von uns setzen würde? Wenn es etwas gibt, das ich in den letzten paar Jahren gelernt habe, dann dass manche Leute auf den ersten Blick total normal wirken, aber alles andere als das sind.

»Tut mir wirklich leid«, sage ich. »Aber ich darf nicht. Aber danke, dass du so ein großer Fan bist.«

Ihr freundliches Lächeln verschwindet, und ihre Augen blitzen finster auf. Sie glaubt mir nicht, und ich kann es ihr nicht verübeln. Es klingt wie totaler Mist.

»Leck mich.« Sie stürmt davon, ohne Kai oder Weston zu bemerken.

Das Klirren von zerbrechendem Glas lenkt meine Aufmerksamkeit nach rechts von mir, wo ein rotgesichtiger Kai über die Musik hinwegschreit. Sein Hemd ist nass und zu seinen Füßen liegt ein zerbrochenes Martiniglas.

»Diese verfluchte Schlampe«, schäumt er.

Ich rutsche vom Barhocker und gehe zu Weston, der ihn zu beruhigen versucht.

»Hey, Mann. Komm runter.« Weston holt sich ein Handtuch vom Barkeeper und gibt es ihm. Kai tupft sein Hemd ab, was aber kaum einen Unterschied macht. Was er dabei vor sich hinbrummt, wird von der pulsierenden Clubmusik übertönt.

»Was ist passiert?«, frage ich und spüre die schweren Blicke von Gaffern um uns herum.

»Offenbar war die Blondine nicht so scharf auf ihn«, meint Weston und beugt sich vor. »Hat ihm einen Drink ins Gesicht geschüttet.«

»Und wer hat das Glas zerbrochen?«

»Was glaubst du denn?«, schnaubt Weston. »Unser Junge hier muss sein Temperament zügeln.«

»Er kommt nicht gut klar mit Zurückweisung.«

»Ich gehe die Blondine suchen und entschuldige mich bei ihr«, sagt Weston. »Ein bisschen Schadensbegrenzung, bevor irgendwas davon durchsickert.«

Ich schnaube. »Viel Glück. Ich bringe ihn zurück zur VIP-Lounge, bevor er noch mehr Mist baut.«

Dreißig Minuten vergehen ohne ein Zeichen von Weston. Nur ich und Kai sitzen in der VIP-Lounge. Ich nuckele an einer kalten Flasche Wasser, und er pflegt sein verletztes Ego.

»Hey Jungs.« Weston taucht vor der Absperrung wieder auf und steigt mit einem albernen Grinsen darüber. »Ihr werdet es nicht glauben, aber die Blondine? Das ist Delilah Rosewoods Schwester. Die zwei sind hier.«

Mir rutscht das Herz in die Hose. Niemals in einer Million Jahren hätte ich damit gerechnet, den beiden hier zu begegnen – fünf Stunden entfernt von Gainesville – in einer Bar in South Beach.

»Was dagegen, wenn sie ein wenig mit uns abhängen?«, fragt Weston.

»Keine verdammte Chance«, brummt Kai und schaut weg.

»Du hast da ein paar ziemlich vulgäre Sachen gesagt, Kai«, antwortet Weston. »Da kannst du ihr nicht vorwerfen, dass sie dir einen Drink ins Gesicht schüttet.«

»Sie kommt nicht hier rein.« Kai verschränkt die Arme und schaut stur geradeaus. »Pfeif auf die.«

»Hey.« Ich gebe ihm einen Klaps auf den Arm. »Werde mal erwachsen, Mann. Beweis Größe und lass sie hier rein. Zeig ihr, dass es dir nichts ausmacht.«

Kai setzt sich aufrecht, und einen Moment lang denke ich, dass er einlenkt. Aber sobald Weston die Mädchen hereinwinkt, stürmt Kai davon und lässt uns vier allein.

»Hi.« Die Blondine setzt sich zwischen Weston und mich. »Du musst Zane sein.«

»Und du bist Daphne«, antworte ich.

Ich werfe einen Blick auf Delilah, die mit verschränkten Armen und verkniffenem Gesicht dasteht und mich mustert. Ich schenke ihr ein kurzes Lächeln und hoffe, dass ich damit nicht alle meine Karten auf den Tisch lege, aber ich bin tatsächlich total froh, sie zu sehen.

Daphne bedeutet ihr, sich zu setzen, indem sie auf die andere Seite neben mich deutet, aber Delilah zögert.

»Wir wollten eigentlich einen Schwesternabend zusammen machen«, sagt Daphne. »Das hier gehörte nicht zum Plan. Ich denke nicht, dass sie übermäßig erfreut darüber ist.«

Ich klopfe auf die Stelle neben mir. »Willst du nur da stehen und starren?«

Endlich kommt Delilah in Bewegung und lässt sich neben mich fallen, als wäre hier der letzte Ort, an dem sie sein will.

»Was ist dein Problem?« Ich grinse spöttisch.

»Im Ernst?« Sie beugt sich vor. »Ich kann nicht glauben, dass du uns hierher gefolgt bist.«

Mir fällt die Kinnlade herab. »Das ist das Komischste, was ich den ganzen Abend bisher gehört habe. Ich wollte dir gerade dasselbe vorwerfen.«

»Du erwartest ernsthaft von mir, dir zu glauben, dass du einfach so zufällig diese Bar ausgesucht hast, in dieser Stadt, fünf Stunden entfernt von zu Hause?«

»Mir ist egal, was du glaubst. Wir sind dir nicht gefolgt. Der Club hier gehört Kais Cousin. Wir wollten einfach nur für einen Abend raus aus der Stadt.«

Delilah verschränkt wieder die Arme und schüttelt den Kopf. »Ich schätze, das ist deine Geschichte, und bei der wirst du bleiben.«

Ich drehe meine Wasserflasche auf und wünschte, ich hätte etwas Stärkeres. Ich lehne mich zurück. Der kühle Luftzug neben mir weckt meine Aufmerksamkeit, und erst da sehe ich, dass wir jetzt allein sind.

Weston und Daphne sind verschwunden.

»Wo sind sie hin?« Delilahs Miene ist panisch.

Ich lache leise. Gut für Weston.

Delilah steht auf, geht zur Absperrung und schiebt die Vorhänge zur Seite, um hinaus zur Bar zu spähen. Sie geht auf Zehenspitzen und sieht sich suchend nach ihrer Schwester um.

»Entspann dich.« Ich bleibe hinter ihr stehen und lege ihr die Hand an den Rücken. »Weston ist ein Gentleman. Er wird nichts versuchen.«

Delilah wendet den Blick ab. »Darum mache ich mir keine Sorgen. Daphne kann sich behaupten. Ich bin nur sauer, weil sie mich hier alleingelassen hat.«

»Mit mir.«

»Genau.« Sie dreht sich zu mir um, mit unsicherem Blick und einer Hand in die Hüfte gestemmt.

»Entspann dich, Schönheit«, sage ich und fange eine lose Haarsträhne von ihr ein. Ich lasse meine Finger über die Strähne gleiten und lasse sie dann auf ihre bloße Schulter fallen. »Dein Haar sieht gut aus so.«

Sie atmet aus, und ihre Schultern sinken herab. Ihre Entschlossenheit wankt. Ich weiß nicht, warum sie sich mir so sehr widersetzt. Immerhin lag sie vor einer Woche in meinem Bett, ganz eng um meinen Schwanz und ihre Beine in meine Laken gewickelt.

»Brauchst du noch einen Drink?« Ich zeige auf den Rufknopf an der Wand, als sie in ihr Martiniglas blickt. Sie antwortet nicht. »Ich nehme das als ein Ja.«

»Nein, ist schon gut. Ich werde wahrscheinlich bald zurück zum Hotel gehen.«

»Im Ernst?« Ich schaue auf die Uhr. »Es ist kaum zehn Uhr.«

»Was soll ich denn sonst tun? Ich bin abgemeldet.«

»Du kannst bei mir bleiben.« Ich zucke mit den Schultern. »Es sei denn, du bist wieder an dem Punkt, dass du alles an mir hasst. Ich dachte irgendwie, wir hätten Fortschritte gemacht, aber andererseits, du bist eben eine Frau. Ihr ändert eure Meinung im Handumdrehen ohne irgendeinen Grund.«

»Und schon geht es wieder los.« Delilah stöhnt, hebt ihr leeres Glas und saugt den letzten Tropfen aus dem Glas.

»Ich werde mich in deiner Gegenwart nicht mehr zensieren, Delilah. Ich werde meine Wahrheit aussprechen, und verdammt, tu du dasselbe. Wenn es etwas gibt, das du an mir nicht magst, dann sage es. Hör auf, die Augen zu verdrehen. Hör auf zu schnauben, mit dem Fuß zu stampfen und zu schmollen wie ein Kleinkind. Das bringt mich nur dazu, dass ich dich übers Knie legen und dir den Hintern versohlen will, und das meine ich auf die möglichst sexuelle, erwachsene und ungruseligste Art überhaupt.«

Sie verbirgt ein Lachen hinter der Hand und wendet den Blick ab. Als sie sich wieder zu mir umdreht, steht in ihren Augen dieses Glitzern, das ich bisher nur eine Handvoll Male gesehen habe.

»Schön.« Delilah setzt sich aufrecht hin. »Du nervst mich, Zane. Du folgst mir überall hin.«

»Nicht wahr.«

»Du tust beleidigt, weil ich dir nicht um den Hals falle wie ein liebestoller Hundewelpe.«

»Auch nicht wahr.«

»Du sagst die beleidigendsten Dinge und tust dann ganz erschüttert, wenn ich deswegen gekränkt bin.«

»Du bist überempfindlich.«

»Du hast keinen Respekt für irgendwelche Regeln.«

»Okay, jetzt hörst du dich an wie Rue.«

»Und jedes Mal, wenn ich in deiner Gegenwart bin, bringst du mich dazu, die Kontrolle zu verlieren.«

»Ah, na also.« Ich lege die Hand an ihre Hüfte und ziehe sie an mich. »Das ist es doch, worum es hier geht, Delilah. Darum, dass du nicht die Kontrolle hast. Es geht nicht um mich oder die Dinge, die ich sage oder tue. Hier geht es gar nicht um mich. Sondern um *dich*.«

Sie runzelt die Stirn, doch dann entspannt sie sich, und ihre Schultern sinken herab. Sie weiß, dass ich recht habe. Ich kann es in dem niedergeschlagenen Ausdruck in ihrem hübschen Gesicht sehen. Sie will es nur nicht zugeben.

»Ich gehe«, sagt sie. »Ich bin nicht hergekommen, um mit dir zu streiten.«

»Das nennst du Streit?« Ich sehe zu, wie sie zur Absperrung geht, den Vorhang zur Seite schiebt und hinaus in die Menge späht. »Du willst wirklich jetzt gehen? Echt unglaublich.«

»Ich entferne mich aus der Situation«, sagt sie. »Bevor wir beide Dinge sagen, die wir bereuen.«

Ich bleibe stehen und sehe zu, wie sie an dem Seil fingert und die Absperrung öffnen will, um so schnell sie kann von mir wegzukommen. In all meinen Jahren als erwachsener Mann, nicht ein einziges Mal, hatte ich mit einer Frau zu tun, die so unbedingt nach dem Sex von mir weg wollte.

Bisher war es fast immer umgekehrt.

Ich gehe zu dem Seil, hake es auf und gebe sie frei.

Und vielleicht ist es das Beste, dass ich sie gehen lasse.

Offensichtlich will sie nichts mit mir zu tun haben.

Offensichtlich hatte ich von vornherein kein Recht darauf,

ihr an die Wäsche zu gehen, aber verdammt, ich wollte sie mehr, als ich je etwas gewollt habe.

Tue ich immer noch.

Und sie war es wert.

Verdammt noch mal, und wie sie es wert war.

Ich wünschte nur, ich hätte gewusst, dass mein erstes Mal mir ihr … auch mein letztes Mal sein würde.

# 11. KAPITEL

*Delilah*

Ich schaue zum x-ten Mal auf mein Handy, und mein Herz macht einen kleinen Freudentanz, als ich sehe, dass meine Schwester auf meine fünfzehnhundertste Nachricht endlich geantwortet hat.

Ich will sie anschreien, weil sie abgehauen ist, aber ich bin so erleichtert, dass es ihr gut geht, dass ich das lasse.

BEI WESTON. ER IST COOL. WIR HABEN SPAß. KEINE SORGE. SEHEN UNS SPÄTER IM HOTEL.

Ich antworte ihr, dass sie mich auf dem Laufenden halten und mir eine Nachricht schicken soll, wenn sie auf dem Rückweg ist, dass sie auf sich aufpassen und immer ihr Handy bei sich behalten soll. Ich bin sicher, dass ich mich völlig lächerlich anhöre, aber sie war immer die Abenteuerlustige von uns.

Ich ging nie groß von zu Hause weg und blieb auf Nummer sicher. Ich konnte nicht mal quer durchs Land ziehen wegen der Schule – ich musste quer durchs halbe Land.

Sie ist diejenige, die für neun Monate über den Ozean geflogen ist, sich einen Liebhaber in Paris gesucht und ihre Tage mit Weintrinken und der Restaurierung antiker Ölgemälde im Hinterzimmer eines schicken Museums verbracht hat.

Ich sollte ihr vertrauen, und ich habe genug Zeit mit Weston verbracht, um zu wissen, dass er ein anständiger Typ ist.

Aber ich mache mir einfach Sorgen.

Nachdem ich in einen Pyjama geschlüpft bin, putze ich mir die Zähne und schaue dann in den Spiegel. Ich trage viel zu viel Make-up, aber heute ist einer der seltenen Tage, an denen mein Haar gut aussieht, trotz der Feuchtigkeit in Florida, die dazu neigt, meine Haare regelrecht aufquellen zu lassen.

Ich spüle mir den Mund aus, fahre mit den Fingern durch eine lose Strähne und löse die Locke auf, während ich mich daran erinnere, wie Zane sagte, dass es ihm gefällt, wenn ich mein Haar offen trage.

Erst da stutze ich und denke darüber nach, was er zuvor über Kontrolle gesagt hat.

Er hat recht. Und ich weiß es. Aber es zuzugeben fühlt sich wie eine Niederlage an. Er versteht nicht, wie es ist, ich zu sein. In meiner Kindheit hat meine Familie mich immer wieder aufgezogen wegen meiner Neigung zum Kontrollfreak, aber diesen Teil von mir kann ich ebenso wenig ändern, wie ich meine Augenfarbe von Braun zu Blau ändern kann.

Ich kann die Analyse meines Professors in Zwischenmenschliche Psychologie förmlich in meinem Kopf hören …

Kontrolle ist sicher.

Und Zane lässt mich die Kontrolle verlieren.

Also ist Zane nicht sicher.

Eine simple Gleichung. Und wow, Zane hat das ganz ohne Diplom herausgefunden, also Hut ab. Ich kann nur nicht … ich kann das nicht mit ihm. Es gibt weder Regeln noch Definitionen, Grenzen oder Erwartungen.

Bei ihm habe ich das Gefühl, als würde ich fallen ohne Sicherheitsnetz.

Ich ziehe mein Pyjamaoberteil glatt und schnappe mir den Eiskübel und meinen Zimmerschlüssel.

Auf halbem Weg im Flur sehe ich das Zeichen für den Verkaufsbereich und trotte weiter. Ich biege um die Ecke – und bleibe stehen, als ich einen weiteren Flur mit Hotelzimmern sehe …

… und Zane de la Cruz, der vor einer Tür auf dem Boden sitzt.

Ich räuspere mich, und er blickt auf.

»Tja, Shit.« Er hat die Knie angezogen, die Ellbogen darauf gestützt und blickt zu mir herüber.

Ich klemme mir den Eiskübel unter den Arm.

»Bevor du mir vorwerfen kannst, ich würde dich bis zu deinem Hotel verfolgen …« Er hebt protestierend die Hand.

»Ist okay«, sage ich. Ich bin zu erschöpft, um mit ihm zu streiten, und es ergibt Sinn, dass er hier ist. Hotel Azul gehört zum gleichnamigen Club unten, und das nächste Hotel ist acht Meilen nördlich von hier.

Ich drücke den Eiskübel an den Dispenser und lausche auf das Ächzen der Maschine.

»Wieso holst du dir Eis um …«, er schaut auf seine Uhr, »… halb zwölf Uhr in der Nacht?«

Schulterzuckend schnappe ich mir den Kübel und halte ihn an meine Seite. »Ich habe eine Schwäche für Hoteleis.«

Er runzelt die Stirn. »Von allen *Schwächen*, für die man eine *Schwäche* haben kann.«

»Es hat eine andere Textur«, sage ich. »Es ist irgendwie leicht und luftig und frisch. Macht Spaß, daran zu knabbern. Verurteile mich nicht.«

»Schwierig, wenn du mir so seltsames Zeug erzählst. Schätze, ich sollte nicht überrascht sein. Sonst bist du bei allem total pingelig.«

»Wieso sitzt du im Flur?«, frage ich und ignoriere seine Bemerkung.

»Kai hat unser Zimmer in Beschlag genommen.«

Stirnrunzelnd werfe ich einen Blick auf das *Nicht-Stören*-Schild am Türknauf. »Kann er das?«

»Ist nicht das Ende der Welt. Er wird sie rauswerfen, in etwa«, er schaut auf die Uhr, »zwei oder drei Stunden.«

»Also willst du bis dahin einfach hier draußen sitzen?«

Zane zuckt mit den Schultern. »Wo soll ich sonst hin? Ich wollte nicht allein an der Bar abhängen.«

»Na gut. Komm mit.« Ich bedeute ihm, mir zu folgen. Er sieht verwirrt aus. Und todmüde. »Stehst du jetzt auf, oder was?«

»Was tust du?«

»Ich werde dich nicht bis um drei Uhr früh hier draußen sitzen lassen. Du kannst auf dem Ausziehsofa in unserem Zimmer schlafen.« Ich drehe mich um und gehe zurück zu unserem Zimmer. Ich weiß nicht, ob er mir folgen wird oder nicht, aber ich werde auch nicht jünger, und ich bin nicht in der Stimmung, hier zu sitzen und meinen Fall zu vertreten.

Als ich meine Schlüsselkarte in die Türklinke schiebe, spüre ich seine Wärme hinter mir. Ich unterdrücke mit aller Macht ein Lächeln, und Schmetterlinge flattern in meinem Bauch.

Und schon falle ich, ohne Sicherheitsnetz.

Seine Hand findet meinen Rücken, und bevor ich reagieren kann, bleiben mir die Worte in der Kehle stecken, und ich kann nicht atmen.

Und schon wieder verliere ich die Kontrolle.

Ich sammele meine Kraft und Entschlossenheit und führe ihn in das kühle Hotelzimmer, das ich eigentlich mit meiner gerade verschollenen Schwester teilen sollte.

»Du kannst auf dem Sofa schlafen.« Ich hole Extrakissen und Decken aus dem Wäscheschrank und werfe sie ihm zu, bevor ich das Licht ausmache und eine einzelne Lampe einschalte. Das Zimmer ist dunkel, aber es gibt genug Licht, um zu sehen, was man sehen muss.

Ich krieche unter die Decken des einen Queen-Size-Bettes und lausche dem Rascheln der Laken, als er sich sein Bett macht.

Nach einer Weile herrscht Stille um uns herum. Ich liege hier in einer Lache aus Enttäuschung, aber ich bin nicht sicher, was ich erwartet hatte. Ich schätze, ich dachte vielleicht, er würde mich an die Wand drücken, meinen wartenden Mund mit vollen Lippen erobern und mich wieder ganz in Besitz nehmen.

Vielleicht passiert so etwas ja nur in Filmen.

Ich rolle mich auf die Seite, plötzlich hellwach. »Macht es dir etwas aus, wenn ich die Lampe ausmache?«

»Mach ruhig.«

Sekunden später hüllt uns die Dunkelheit ein. Er liegt auf der anderen Seite des Zimmers, aber er könnte ebenso gut neben mir liegen, denn mein Herz flattert, mein Bauch ist ganz verkrampft, und meine Handflächen sind feucht.

Als Nächstes höre ich Zane, der sich auf seiner Lagerstatt hin und her wälzt, und ich habe das Gefühl, dass er sich dort drüben nicht übermäßig wohl fühlt.

Und dann denke ich an Daphne.

Ich greife nach meinem Handy, schaue nach neuen Nachrichten, aber nichts ist angekommen. Ich schicke noch eine Wollte-mich-nur-bei-dir-melden-Nachricht ab, und das Licht vom Display blendet mich einen kurzen Moment. Ich blinzele ein paarmal, lege das Handy auf den Nachttisch – und dann verschlucke ich mich fast an meiner Spucke, als Zanes Umriss neben dem Bett Gestalt annimmt.

»Gott, hast du mich erschreckt.« Ich bin atemlos. Nervös. Angstvoll. Neugierig.

»Ich brauche noch ein Kissen. Was dagegen, wenn ich eins nehme?«

Ich schnappe mir eins neben mir und gebe es ihm, aber er steht nur da, und sogar im Dunkeln fühle ich seinen Blick. Mein Körper ist wie gelähmt, als ich auf seine nächste Bewegung warte, und meine Hände krallen sich in die Decke.

Ganz tief in meinem Herzen und in meinem Kopf weiß ich, dass ich mich albern benehme.

Ich habe mit diesem Mann geschlafen, um Himmels willen.

Er war in mir.

»Nacht, Schönheit.« Zanes schattenhafte Gestalt kehrt zum Sofabett zurück, und einfach so entspannt sich mein Körper wieder. Heute Nacht wird nichts passieren. Das weiß ich jetzt.

»Gute Nacht.«

Mein Handy auf den Nachttisch summt, und eine Nachricht meiner Schwester leuchtet auf dem Bildschirm auf.

IMMER NOCH BEI WESTON. WARTE NICHT AUF MICH.

Ich texte ihr ein kurzes »Gute Nacht« zurück.

ICH GLAUBE ICH LIEBE IHN. NICHT WÖRTLICH. ABER DU WEISST SCHON ... ICH KÖNNTE WAHRSCHEINLICH SOGAR BABYS MIT IHM MACHEN UND DABEI MAG ICH BABYS GAR NICHT SONDERLICH.

Ich lache durch die Nase, schüttele den Kopf und mache den Bildschirm aus, bevor ich mich wieder ins Bett lege. Ich ziehe die Laken hoch bis an den Hals, rolle mich weg von Zane und schließe die Augen, obwohl es nicht so ist, als würde ich heute Nacht recht viel schlafen.

Er ist eine Ablenkung dort drüben.

Eine unausstehliche, köstliche, lachhaft sexy Ablenkung.

Mein Körper hat sich total wegen nichts aufgeregt. Ich liege hier, bereit, jederzeit loszulegen, und er sägt ganze Wälder ab, als hätte er keine Sorge auf der Welt.

Arsch.

Okay, nicht wirklich.

Diesmal bin ich der Arsch. Glaube ich.

# 12. KAPITEL

## *Zane*

Ich wache mit verspanntem Nacken und einer Morgenlatte auf, meine Füße hängen über die Seite dieses lächerlich kurzen Sofas, und die Decken liegen auf dem Boden. Ich bin ein unruhiger Schläfer. Das ist also nichts Ungewöhnliches.

Ich ziehe mich hoch, reibe mir mit den Handballen über die Augen, bis mein Blick klar genug wird, um zu sehen, dass Delilahs Bett leer ist.

Ich hieve mich von der Couch und schlurfe ins Badezimmer, um zu pinkeln.

»Oh Gott!« Delilah steht nackt vor der Duschkabine. Ihr feuchtes Haar klebt an ihren Schultern, und ihr Körper ist in Dampf gehüllt. Sie schnappt sich ein Handtuch von einem Haken in der Nähe und hält es sich vor den Körper – als hätte ich noch nicht jeden Quadratzentimeter von ihr gesehen.

»Himmel, tut mir leid.« Ich hebe beschwichtigend eine Hand.

»Noch nie was von Klopfen gehört?«

»Ich wusste nicht, dass du hier drin bist.«

Sie wickelt das Handtuch um sich, klemmt es unter ihren linken Arm, und ihre Wangen sind gerötet und rosig. Der Duft von Hotelseife füllt die dampfige Luft zwischen uns.

»Willst du nur weiter hier stehenbleiben?«, fragt sie. »Du erlaubst?«

Ich schüttele den Kopf. »Ja. Ich wollte nur … tut mir leid. Es ist noch früh. Und ich konnte eine Sekunde lang nicht denken, weil du hier stehst – in nichts als einem verdammten Handtuch. Es ist ablenkend.«

Ihr Blick fällt auf den deutlich sichtbaren Ständer in meinen Boxershorts.

»Im Ernst?« Sie deutet mit dem Finger.

»Ist nur eine Morgenlatte«, sage ich. »Nicht dass sie unbrauchbar wäre. Hart ist hart.«

Ihr fällt die Kinnlade herunter.

»Nicht dass das nicht auch wegen dir sein könnte. Ich meine, Mist, Delilah, du …« Mir wird klar, dass ich mich immer tiefer in ein Loch buddele und dass ich auf der Stelle den Mund halten sollte.

Sie zieht die Augenbrauen hoch, und ihr Blick ist auf mich fixiert. Ich denke, das gefällt ihr, trotz ihrer starren Haltung und obwohl sie so tut, als wäre sie jetzt sauer auf mich. Ich denke, sie will jetzt hören, wie sexy sie ist, wie sehr sie mich antörnt und wie schwer es mir fällt, sie genau jetzt nicht anzufassen.

»Du bist das Erotischste, was ich je gesehen habe.« Ich bleibe sorgfältig auf Distanz, umso besser, um sie wildzumachen. »Selbst wenn dir das Haar so ins Gesicht fällt und du so aussiehst, als wolltest du mir gerade eine kleben, kann ich mich nur gerade so davon abhalten, an alles Mögliche zu denken, was ich mit dir anstellen könnte.«

Sie presst die Lippen zusammen und schluckt. Ich schätze, sie ist sprachlos.

Ich komme näher und rede weiter: »Weißt du, wie schwer es für mich war, letzte Nacht mit dir in einem Zimmer zu sein und zu wissen, dass ich dich nicht anfassen kann?«

»Wieso konntest du nicht?«, will sie wissen.

Ich ersticke fast an meinen Worten, als ich schnaube: »Wieso ich nicht konnte? Du warst gestern Nacht eine verdammte Eiskönigin. So mache ich das nicht.«

Sie verdreht die Augen und senkt den Blick. Ich lege die Hand an ihr Kinn und hebe ihr Gesicht, bis sie mir wieder in die Augen blickt.

»Gib mir das Mädchen, mit dem ich letzte Woche geschlafen habe. Das, das sich in meiner Küche die Kleider vom Leib riss. Das, das ich wie ein verdammter Höhlenmensch zu meinem Bett getragen habe«, sage ich. »Ich kann diesen Mist mit Eiskönigin nicht ausstehen. Und mir ist klar, dass du das tust, um dich zu schützen, aber um Himmels willen, Delilah, lebe ein bisschen.«

Sie klemmt die Unterlippe zwischen ihre Zähne.

»Vielleicht denkst du, der Sex mit mir war ein Fehler«, sage ich. »Aber ich sage, im Leben geht es nur darum, Fehler zu machen. Im Moment zu leben. Ein bisschen leichtsinnig zu sein. Sich zu öffnen, bis es wehtut.«

Delilah atmet aus und blickt durch dunkle Wimpern zu mir auf.

»An dir ist viel mehr dran, als du vorgibst«, meint sie nachdenklich, den Kopf schiefgelegt. »Ich hätte nie gedacht, dass du ein Philosoph bist, de la Cruz.«

»Nein«, wehre ich ab. »Ich verstehe nur Menschen besser als die meisten.«

Wir stehen da, unsere Zehenspitzen berühren sich, und wir sind eingehüllt in eine Decke aus Duschnebel, der langsam dünner wird. Sie hat Gänsehaut an den Armen und fängt zu zittern an. Ich nehme noch ein sauberes Handtuch aus dem Regal hinter ihr, lege es ihr um die Schultern und ziehe sie an mich.

Mein Schwanz, der immer noch sehr hart ist und sehr stark pocht, drückt sich an sie.

»Ich würde mich ja dafür entschuldigen, aber irgendwie tut es mir gar nicht leid«, sage ich.

»Nett. Wirklich nett.«

»Es gefällt dir«, sage ich. »Das merke ich.«

»Du bist frech.«

Ich umfasse ihr Kinn und streiche mit dem Daumen über ihre volle Unterlippe, vor und zurück.

»Was tust du?«, fragt sie mit einem kurzen Lachen.

»Ich gebe mein verdammt Bestes, um nicht auf der Stelle mit dem Mund über dich herzufallen.«

Ihre Mundwinkel gehen hoch, und ich sehe sie mit schmalen Augen an.

»Ich will dich so sehr, Delilah.« Meine Stimme ist leise und meine Worte schonungslos. Ich drücke meine Hüften an ihre, damit sie fühlen kann, was sie mit mir anstellt.

Ihre Hände umkreisen mein Handgelenk, ziehen es nach unten, aber gerade, als ich denke, dass sie loslässt, zieht sie mich zum Waschbecken.

»Was willst du mit mir anstellen, de la Cruz?«, fragt sie und lehnt sich gegen ein Regal.

»Führe mich nicht in Versuchung, Schönheit.« Ich drücke meinen Oberkörper an ihren und erobere ihren Mund mit meinem, bevor ich mit den Lippen über ihren cremigen Hals wandere. Ich atme ihren sauberen Duft ein und bemerke einen Anflug ihrer Erregung.

Ich wusste es. Verdammt, ich wusste es.

Ich packe das Handtuch mit der Faust und ziehe es weg, sodass sie ganz nackt ist.

Ihre Finger wandern durch mein Haar, als ich ihre linke Brust in meiner Handfläche umfasse und ihre rosige Brustwarze verwöhne, bis sie keuchend ausatmet, und mein Schwanz wird so hart, dass es wehtut.

»Ich kann die Hände nicht von dir lassen.« Ich hauche es in ihr Ohr und fühle ihre Apfelwange an meiner, als sie lächelt. »Etwas an dir macht mich total süchtig. Ich kann nicht sagen, was. Und Mist, ich will es auch nicht.«

Meine Fingerspitzen wandern über ihren Arm nach unten, über ihre Hüfte und zwischen ihre Beine. Ich fahre mit einem Finger zwischen ihre feuchten Schamlippen und drücke ihn in sie. Ihr Kopf geht nach hinten, und das feuchte Haar klebt ihr an den Schultern, als ihre Lippen sich öffnen.

Ich lasse einen zweiten Finger in sie gleiten, bewege ihn hinein und hinaus, und mein Daumen massiert ihre Klitoris, während ihre Hüften auf meine Bewegungen reagieren.

»Spreize weit die Beine, Baby«, stöhne ich. »Ich will sehen, was mir gehört. Ich will alles sehen.«

Delilah spreizt die Beine und stützt sich mit den Händen hinter dem Rücken auf die Ablage.

»Ich werde dich so was von hart kommen lassen«, verspreche ich ihr, lasse meine freie Hand an ihrem Nacken hochwandern und greife in ihr Haar. »Und dann will ich dich auf den Knien, Delilah. Ich will meinen Schwanz zwischen deinen wundervollen Lippen haben. Aber zuerst will ich dich kosten. Und du wirst schmecken, was ich mit dir mache.«

Da lässt das Zuschlagen der Zimmertür uns beide zu Salzsäulen erstarren.

»Shit. Shit. Shit.« In Sekundenschnelle nimmt Delilah die Hände von der Ablage, schnappt sich panisch Handtücher und wickelt sich ein. »Meine Schwester ist wieder da.«

Na, verdammt tolles Timing, Daphne.

# 13. KAPITEL

## Delilah

»Hey, hey.« Daphne lächelt verlegen, als sie sich auf den Rand meines Hotelbettes fallen lässt. Sie hat noch die Sachen von gestern Abend an.

»Lieber Gott. So langsam habe ich mich schon gefragt, ob du je zurückkommst.«

»Weston ist total süß.« Daphne zieht sich mit ganzem Körper auf das Bett und setzt sich im Schneidersitz hin. »Wir sind buchstäblich die ganze Nacht lang herumgelaufen und haben geredet. Wir haben gar nicht geschlafen.«

»Mm, hm. Ich wette, dass da nicht mehr war.«

»Kein Witz. Er hat nicht einmal versucht, mich zu küssen. Er war der perfekte Gentleman.« Daphne seufzt, und ich erkenne diesen verträumten Blick in weite Ferne in ihren Augen wieder. Den habe ich schon einmal gesehen. Viele Male. Ihre liebenswerte, abenteuerlustige Natur lässt sich gut auf ihr Liebesleben übertragen. Das Mädchen ist eine chronische Anhängerin von Liebe auf den ersten Blick. »Bist du je jemandem begegnet, und es macht einfach Klick bei dir?«

»Die ganze Zeit«, gebe ich frech zurück.

»Tja, ich nie«, meint sie. »Klar, ich begegne Menschen und mag sie. Was auch immer. Aber ich bin nie jemandem begegnet, der mich so erwischt hat. Es ist, als ginge uns nie der Gesprächsstoff aus. Und wir haben so viel gemeinsam.«

»Wirklich?« Ich verziehe das Gesicht. Nicht dass ich mich

nicht für sie freue. Ich gebe ihr recht. Weston scheint ein toller Typ zu sein. Aber diese beiden hätte ich nie zusammengesteckt. Sie ist ganz die Künstlerische, und er ist ein Macho-Footballer und locker mehr als zweimal so groß wie sie.

»Ja. Ich glaube, ich bin verliebt.« Sie drückt sich die Hand aufs Herz.

»Und ich habe das Gefühl, dass jetzt ein guter Zeitpunkt wäre, dich vorzuwarnen, dass Zane im Badezimmer ist«, sage ich.

Daphnes verträumte Haltung verschwindet sofort, und ihre Miene wird ernst. »Was?«

Das Geräusch der laufenden Dusche aus dem Badezimmer bekräftigt meine Ankündigung.

»Er wurde gestern Abend aus seinem Zimmer geworfen. Ich habe ihn auf der Couch schlafen lassen.« Ich ziehe die Schultern hoch bis an die Ohren.

»Oh, was auch *immer*, du ungezogenes Biest«, Daphne schnappt sich ein Kissen und wirft es nach mir.

»Es ist nichts passiert.« Ich werfe das Kissen zurück. »Und außerdem, können wir darüber reden, wie du mich gestern Abend sitzengelassen hast? Im Ernst, Daph. Nicht cool.«

Sie zuckt mit den Schultern. »Ich habe dir einen Gefallen getan. Jeder mit nur halbwegs Verstand kann sehen, dass du auf ihn stehst. Ihr zwei brauchtet Zeit allein. Und das Gezanke wurde schnell langweilig. Entschuldige, dass wir davon eine kleine Atempause wollten.«

»Ach, dann seid du und Weston also schon ein ›Wir‹?«

Sie lacht. »Eines Tages vielleicht.«

Das muss ich Daphne lassen. Sie verliebt sich schnell, und das heftig.

Daphne macht eine Handbewegung. »Er ist ein guter Typ. Ich hatte eine schöne Zeit mit ihm. Entschuldige, dass ich mich ein paar Stunden lang wie etwas Besonderes fühlen wollte, aber falls es ein Trost für dich ist: Ich hatte wirklich ein schlechtes Gewissen, weil ich dich alleingelassen habe. Aber es ist ja nicht so, als hätte ich dich mit irgendeinem Typen alleingelassen, den du nicht kennst.«

Ich werfe einen Blick auf meine Schwester und erinnere mich plötzlich daran, dass ihr Herz immer noch am Heilen ist. Pierre hat es total gebrochen. Ich hatte sie noch nie so verzweifelt gesehen wie vor ein paar Monaten. Ich war schon halb so weit, nach Paris zu fliegen und mich persönlich mit ihm zu befassen, und ich hatte schon beinahe unseren Bruder Derek so weit, dass er mitgekommen wäre.

»Verziehen«, sage ich. Ich kann nie lange wütend auf meine Schwester sein. Auf keine von ihnen. Oder auf meinen Bruder. »Ich freue mich, dass du eine schöne Zeit mit Weston hattest.«

»Auf jeden Fall.« Daphne schiebt die Beine über den Bettrand. »Sobald dein Gast da drin fertig ist, würde ich sagen, wir gehen uns frischmachen und versuchen, den Rest unseres Mädchentrips zu retten. Ich habe gehört, an der Ecke soll es ein wundervolles kleines kubanisches Café geben mit dem besten Brunch, und ich brenne darauf, einen *café Cubano* zu probieren.«

»Wir sind wieder da«, rufe ich am Sonntagabend in das Foyer von Tante Rues Haus.

»Hier drin«, ruft sie aus der Küche.

Wir stellen unsere Taschen bei der Tür ab und folgen ihrer Stimme und dem Geräusch von etwas, das in einer Pfanne brutzelt.

»Ich mache frittierte grüne Tomaten«, erklärt Rue. »Setzt euch, Mädchen. Ich will alles über Miami hören.«

Sie bringt eine Keramikplatte mit in Fett getränkten Papierhandtüchern und golden frittierten Tomaten darauf her und stellt sie zwischen uns, bevor sie sich setzt.

»Bei denen muss ich immer an dich denken, Tante Rue.« Ich hole Teller, Servietten und Gabeln. Diese Tomaten werden in zweieinhalb Sekunden verschwunden sein.

»Mom macht sie nie«, meint Daphne nachdenklich.

»Ich kann immer noch nicht glauben, dass Bliss Tomaten hasst, bei allem, was sie sonst so kocht.« Rue verdreht die Augen. »Ich liebe eure Mutter, aber es ist Zeit, erwachsen zu sein und sein Gemüse zu essen.«

»Ich glaube, sie hatte einmal eine schlechte Erfahrung mit Tomaten«, meint Daphne.

»Wer in aller Welt könnte denn eine schlechte Erfahrung mit gottverdammten Tomaten haben? Es ist ein Gemüse, um Himmels willen.« Rue schiebt sich eine kleine Scheibe grüne Tomate in den Mund.

»Sie mag Ketchup«, sage ich. »Und Tomatensoße. Nur eben keine Stücke.«

Ich vermisse meine Mom. Und meinen Dad. Und meine Nichte Haven. Und den Rest der Familie. Ich vermisse Rixton Falls mehr, als ich gedacht hatte. Ein Teil von mir hätte nichts dagegen, diesen Sommer einmal im Monat zurückzukehren, nur um alle wiederzusehen.

Fünf Minuten später sind nur noch fettiges Papiertuch und ein paar Krümel übrig. Daphne steht auf und sammelt die Teller ein, und ich nehme die Gabeln.

»Nein, nein, nein.« Tante Rue legt ihre Hand auf meine. »Lass Daphne das Aufräumen übernehmen. Ich muss dich um einen Gefallen bitten.«

Meine Schwester und ich wechseln einen Blick. »Okay, was für einen denn?«

»Wir haben ein Treffen des Hausbesitzervereins, Dienstagabend«, sagt sie. »Anwesenheit ist Pflicht. Was bedeutet, dass auch Zane teilnehmen muss.«

Ich zucke mit den Schultern. »Okay.«

»Aber bisher hat er die Treffen immer geschwänzt«, erzählt sie weiter. »Verpflichtend und erforderlich gehören nicht zum Wortschatz dieses Jungen.«

»Ich bin nicht sicher, was du von mir erwartest.«

»Wir wählen den neuen Vorsitzenden des Hausbesitzervereins«, sagt sie. »Jede Stimme ist wichtig. Jede Stimme zählt. Er muss dabei sein. Und ich will, dass du dafür sorgst, dass er hingeht.«

Ich kichere. »Ich glaube nicht, dass ich irgendwie mehr Macht über ihn habe als du.«

Tante Rue wackelt mit dem Finger. »Du wärst überrascht, Delilah. Er mag dich. Bringt dir Blumen. Klopft nachts an dein Fenster.«

Ich beuge mich hinüber und gebe Daphne einen Klaps.

»Ich habe gar nichts gesagt. Ich schwöre.« Daphne hebt die Hände.

»Ethel French hat es gesehen.« Rue stemmt die Hand in die Hüfte. »Sie war in der Nacht mit Bubbles draußen und sah einen Fremden, der um mein Haus herumschlich. Sie hätte beinahe die Polizei gerufen. Er hatte Glück.«

Ich wende das Gesicht ab, damit sie das alberne Grinsen nicht sehen kann, zu dem sich mein Mund verzogen hat.

»Auf jeden Fall, Delilah, geh einfach mal nach nebenan und sage diesem Jungen, er sollte Dienstagabend besser da sein.« Rue seufzt. »Sonst.«

»Das ist alles?«, frage ich. »Nur … sonst?« Ich runzele die Stirn. »Ich bin nicht gut mit Drohungen.«

»Dann beschwatz ihn. Sag ihm, wie viel es dir bedeuten würde, wenn er hingeht. Wie enttäuscht du wärst, wenn er nicht auftaucht«, sagt sie.

»Er wird merken, dass du mich eingewiesen hast.«

»Und sag ihm, dass er für Ethel French stimmen soll.« Sie ignoriert meinen Einwand.

»Tante Rue.« Ich berge mein Gesicht in den Händen. »Ich kann ihm doch nicht sagen, für wen er stimmen soll.«

»Es läuft entweder auf Ethel French oder Hank Mott hinaus«, antwortet sie. »Und lass dir eins sagen: Falls der alte Hank gewählt wird, werden sich alle in einer Welt aus Schmerz wiederfinden. Er ist ein verdammter Diktator mit einer Allergie gegen Lachen. Der Mann hat früher eine Plastikfabrik geleitet, und jetzt glaubt er, er wäre in der Lage, Laguna Palms zu leiten, aber der Mann hat schon vier Verstöße begangen, seit er hierhergezogen ist. Ethel ist eindeutig das kleinere Übel.«

Daphne wirft mir vom Spülbecken aus einen Blick zu, beißt sich auf die Unterlippe und zuckt mit den Schultern.

»In Ordnung. Ich gehe zu ihm. Ich mache deine schmutzige Arbeit für dich.« Ich wische mir die Hände an einer Serviette ab und bemerke ganz plötzlich das irre Herzklopfen in meiner Brust.

»Bleib nicht zu lange weg«, ruft sie, als ich einen Moment später an der Haustür stehe. »Ich gehe mit euch Mädchen zum Pyjama-BINGO am Pool heute Abend. Beginn in einer halben Stunde.«

»Ich bin *gleich* wieder da«, rufe ich.

# 14. KAPITEL

## Zane

»Hey, Schönheit.« Ich lehne mich an den Türrahmen, als Delilah auf meiner Treppe steht. Ihre Lippen öffnen sich, aber bevor sie etwas sagen kann, greife ich nach ihrem Arm und ziehe sie ins Haus. Ich drücke sie an die Wand, umfasse ihr Gesicht, und mein Mund trifft auf ihren. »Kommst du, um zu beenden, was wir angefangen haben?«

»Whoa, whoa, whoa.« Sie stemmt die Handflächen flach gegen meinen Brustkorb. »Lass mich dir versichern, dass ich deswegen *nicht* hier bin.«

Ich lege den Kopf schief und kneife die Augen zusammen. »Dann in Ordnung.«

»Rue wollte, dass ich sicherstelle, dass du Dienstagabend auch kommst«, sagt sie.

»Dass ich komme …?«, frage ich. »Oder *komme*? Denn eins von beiden hängt vollständig und total von dir ab.«

»Hör auf.« Sie tut verärgert. »Es ist ein verpflichtendes Treffen des Hausbesitzervereins.«

»Oh«, schnaube ich. »Da gehe ich nie hin.«

»Das ist mir *gut* bekannt«, sagt sie. »Aber dieses ist wirklich sehr wichtig.«

»Das sagen sie jedes verdammte Mal, und weißt du was? Früher habe ich ihnen das geglaubt. Und ich war auch da. Und dann saßen sie immer vier gottverdammte Stunden lang da und palaverten über Heckenhöhen und Bestellungen von

Glühbirnen und Lärmverordnungen und standortgerechte Bäume auf der Nicht-pflanzen-Liste.« Ich atme aus und spitze die Lippen. »Das Ganze ist eine riesige, kolossale Zeitverschwendung.«

»Tja, diesmal wählen sie den neuen Vorsitzenden des Hausbesitzervereins, da Rue in ein paar Monaten wegzieht«, sagt sie. »Und sie brauchen deine Stimme.«

»Kann ich einfach hingehen, meine Stimme abgeben und dann wieder gehen?«

Delilah zuckt mit den Schultern. »Ich bin nicht sicher.«

»Was habe ich davon, wenn ich hingehe?« Ich ziehe eine Augenbraue hoch und grinse schief.

»Ich werde dich nicht dafür belohnen, dass du hingehst. Du bist doch kein Hund.« Ihre Hände liegen immer noch an meinem Oberkörper, und ich bin mir ziemlich sicher, sie kann mein Herz hämmern hören. Sie bringt meinen Körper dazu, seltsame Dinge zu tun, und irgendwie liebe ich es. »Bitte geh einfach hin. Wenn nicht für Rue, dann für mich.«

Ich zögere, mustere ihr hübsches Gesicht und lege die Hände an ihre Hüften.

»In Ordnung. Schön. Ich gehe hin«, sage ich.

»Einfach so?« Jetzt lächelt sie.

»Ja. Mist. Was auch immer. Ich gebe meine Stimme ab und dann gehe ich wieder.«

»Okay, aber da ist noch etwas.«

»Himmel noch mal. Was?«

»Rue will, dass du für Ethel French stimmst.«

Ich grinse. Ethel ist die einzige Braut hier, die ich annähernd mag. Sie hat Mumm und Traute, und ich habe einen Heidenrespekt vor ihr.

»Gebongt«, sage ich. »Ethel kann meine Stimme haben.«

Ist nicht so, als wäre es wichtig. Ich habe vor, bei der ersten

Gelegenheit, die sich mir bietet, auszuziehen. Ich bin jetzt seit einer ganzen Weile hier, und sobald ich dem Coach bewiesen habe, dass ich ruhiger geworden bin, bin ich so was von weg.

Ich packe Delilahs Hüften, ziehe sie an mich und küsse wieder ihre kissenweichen Lippen. »Und jetzt sag mir, dass du nicht den ganzen Weg hierhergekommen bist, nur um mir zu sagen, dass ich zu einer blöden Versammlung gehen soll.«

Ihr Mund an meinem lächelt. »Es ist die Wahrheit, de la Cruz.«

»Dann belüge mich«, sage ich. »Sag mir, dass du hergekommen bist, um heute Morgen wiedergutzumachen.«

Unsere Lippen tanzen miteinander und öffnen sich so weit, dass unsere Zungen für einen Moment einander berühren. Ihre Finger heben sich an meinen Nacken und wandern in mein Haar.

Delilah Rosewood mag mich. Vielleicht nur dann, wenn ich ihr das Gefühl gebe, eine Sexgöttin zu sein, wenn unsere Lippen sich lange genug voneinander lösen, um unseren Körpern das Reden zu überlassen, aber ich nehme, was ich kriegen kann.

Ich hebe sie hoch und packe ihre Pobacken, während sie die Beine um meine Hüften schlingt. Ich trage sie in mein Zimmer, aber sie löst die Lippen von meinen.

»Ich kann nicht«, seufzt sie. »Ich habe Rue gesagt, dass ich gleich zurück bin. Wir sollen heute Abend BINGO spielen.«

Ich drücke meine Stirn an ihre Schulter und stöhne. Heute Morgen hat sie mich mit dem übelsten Fall von Samenstau sitzenlassen, den ich je hatte, und ich will verdammt sein, wenn ich das noch mal zulasse.

»Was, wenn ich dich nicht gehen lassen will?« Ich sehe ihr in die Augen.

»Du hast keine Wahl.« Ihre Worte wehren sich gegen mich, aber ihr Körper nicht. Ihre Brustwarzen drücken sich durch die dünne Bluse. Sie will mich ebenso sehr wie ich sie. »Sie weiß, dass etwas nicht stimmt, wenn ich zu lange weg bin.«

»Weiß sie das denn nicht schon?«

»Wahrscheinlich. Keine Ahnung.« Sie knabbert an ihrer Lippe, und ihr Brustkorb hebt und senkt sich mit ihren schnellen Atemzügen.

»Ich will dich so sehr«, flüstere ich ihr ins Ohr. Ich lasse ihre Beine nach unten gleiten, und ihr Rücken presst sich an die Wand. Meine Hände gleiten über ihre Seiten, und meine Finger fahren ihren Hosenbund nach, bis ich einen Finger zwischen ihr Höschen und ihre Haut schieben kann.

»Zane.« Mein Name auf ihrer Zunge ist atemlose Luft. »Bitte …«

Ihre Beine spreizen sich weiter, als ich den Knopf ihrer Jeans öffne. Ich gehe nach unten, hebe ihr T-Shirt hoch und drücke Küsse auf ihren weichen Bauch, während ich ihre Hose nach unten ziehe.

Ich bin steinhart.

Bereit weiterzumachen.

Sie hat, was ich will.

Was ich *brauche*.

Sie schiebt ihr Höschen über die Beine nach unten, kickt es weg und befreit dann meinen Schwanz aus der Trainingshose. Ich drehe sie mit dem Gesicht zur Wand, spreize ihre Beine, schiebe meine Hand vorn um sie und spiele mit ihrer Klitoris.

Sie ist atemlos, kneift die Augen zu und stützt ihren zitternden Körper mit den Händen ab.

»Du bist so verdammt feucht«, stöhne ich. »Bist du feucht für mich, Baby?«

»Ja.« Sie atmet bebend aus. »Für dich.«

Ich greife ihr Handgelenk und führe es hinter ihren Rücken, bis ihre Finger meinen Schwanz umfassen.

»Fühlst du das?«, frage ich.

»Mm, hm«, stöhnt sie.

»Ich bin so was von hart für dich, Baby«, flüstere ich ihr ins Ohr. »Ich werde dich an diese Wand gedrückt nehmen, Delilah. Genau hier und genau jetzt, in meinem Haus, gehörst du mir.«

Sie presst die Lippen zusammen, nickt und schluckt hörbar, während ihre Hand an meinem Schaft auf und ab gleitet. Ich schiebe ihre Hand weg und berühre ihre feuchte Haut.

»Ich habe nur eine Frage«, sage ich.

»Ja?«

»Nimmst du die Pille?«

Sie nickt mit fest zugekniffenen Augen, und ihre Fäuste ballen sich an der Wand. Mit einem Stoß bin ich tief in ihr, genau so, wie sie es mag. Mit einer Hand packe ich ihre Hüfte, und mit der anderen vorn um ihren Hals habe ich die absolute Kontrolle.

Eine Frau wie Delilah, die jeden Aspekt ihrer Welt kontrolliert, braucht das. Und Shit, vielleicht braucht sie es noch mehr als ich.

Mein Schwanz ist feucht von ihr, als ich immer wieder von hinten in sie stoße, und ihr Stöhnen und Seufzen dringt gedämpft an die Wand.

Wäre dies irgendein anderer Tag und müsste sie nicht ganz schnell wieder weg, würde ich mir Zeit lassen. Aber ich will nicht, dass sie zu spät kommt.

»Kurz davor, Baby?«, hauche ich in ihr Ohr.

Sie nickt.

»Ich will, dass du mit mir ganz tief in dir kommst«, befehle ich ihr, und meine Stöße werden härter und schneller. Ich packe ihre Handgelenke mit der linken Hand, halte sie über ihren Kopf und drücke sie an die Wand, während das Geräusch meiner Haut, die auf ihre trifft, den stillen Flur füllt.

Mein Schwanz pocht, und meine Hoden ziehen sich zusammen.

Sekunden später gebe ich alles von mir, und sie nimmt alles auf, bis zum letzten Tropfen.

»Oh Gott«, stöhnt sie, mit offenem Mund und zuckendem Gesicht. Sie atmet mit einem hohen Stöhnen ein, bevor sie gegen mich sinkt, und ich sie auffange.

Ich ziehe mich aus ihr zurück und sehe zu, wie die Überreste unseres Quickies zwischen ihre Beine tropfen.

»Heilige Scheiße.« Ihr Blick begegnet meinem im dunklen Flur. »Ich hatte keine Ahnung, dass ich so schnell kommen kann. Und es war anders. Es war eine andere Art Orgasmus … als käme er von innen?«

Ihr verblüffter Blick ist total liebenswert, und ich drücke einen Kuss auf ihre einladenden Lippen.

»Geh und mach dich sauber«, sage ich zwinkernd. »Tante Rue fragt sich wahrscheinlich schon, warum du so lange brauchst.«

»Shit, shit, shit.« Sie schnappt sich ihre Jeans und das Höschen vom Boden, rennt ins Badezimmer und verflucht gleichzeitig meinen Namen. Als sie eine Minute später wiederkommt, bringe ich sie zur Haustür.

»Du bist so etwas wie ein Zauberer.« Sie bleibt in der Tür stehen und dreht sich zu mir um.

»Zauberer?«

»Immer, wenn ich in deiner Nähe bin, bin ich machtlos. Es ist, als würdest du mich verhexen oder so.«

Ich lache. »Kein Zauberer, Delilah. Nur ein Mann, der weiß, was er will.«

Und wie man es bekommt.

Ich greife nach ihrem Haar, streiche eine unordentliche Strähne glatt und richte dann den schiefen Saum ihres Shirts.

»Bitte sehr«, sage ich. »Perfekt. Jetzt wird niemand merken, dass ich gerade diese hübsche Frau gevögelt habe.«

Sie verzieht die Lippen. »Du und dein schmutziges Mundwerk.«

»Du weißt, dass du es liebst.«

Sie greift nach dem Türknauf und öffnet die Tür. »Gute Nacht, de la Cruz.«

In der Tat, gute Nacht.

# 15. KAPITEL

## Delilah

»Wofür brezelst du dich denn so auf?« Es ist Dienstagabend, und als ich an Daphnes Badezimmer vorbeikomme, sehe ich, wie sie sich, das Haar in einen Handtuchturban gewickelt, die Wimpern tuscht. »Heißes Date heute Abend?«

Sie dreht sich um und hält inne. »Ähm, tatsächlich ja.«

»Was? Wann ist das denn passiert? Mit wem?«

»Weston geht mit mir aus«, antwortet sie mit einem verschämten Grinsen. »Nur Abendessen und ein Film.«

»Weiß er, dass du in ein paar Tagen wieder fährst?«

Daphne zuckt mit den Schultern. »Ja. Wir verbringen nur Zeit miteinander. Nichts Ernstes.«

Ich setze mich auf den Wannenrand und sehe zu, wie meine Schwester sich bereitmacht. Wenn ich mir so das breite Spektrum an Beautyprodukten ansehe, die wahllos überall herumstehen, fühlt es sich genau wie in alten Zeiten an. Ich habe es immer gehasst, mir ein Badezimmer mit meinen Schwestern zu teilen, aber das Durcheinander hier ist auf seltsame Weise nostalgisch.

»Was ist mit dir?«, fragt sie. »Gehst du zu diesem Treffen des Hausbesitzervereins heute Abend?«

»Oh Gott, nein.« Ich strecke die Zunge aus dem Mundwinkel.

»Ist *Zane* denn nicht auch da?«, fragt sie in singendem Tonfall. Sie zieht mich auf.

»Ja, und genau deshalb wäre es merkwürdig, wenn ich da auftauche. Ich habe dort nichts zu schaffen, und da würde ich nur wie eine Stalkerin aussehen.« Ich stehe auf und mein Magen knurrt. Ich bin drauf und dran, mir etwas übrig gebliebene Pizza aufzuwärmen und es mir in Rues Wohnzimmer für einen Fernsehmarathon mit House of Cards gemütlich zu machen. Meine Vorstellung von einem gemütlichen Dienstagabend. Daphne hat ein Date, Rue geht zum Treffen des Hausbesitzervereins, und ich werde die seltene Gelegenheit, einmal Zeit für mich zu haben, nutzen. »Auf jeden Fall viel Spaß dir und Weston heute Abend.«

»Du bleibst einfach zu Hause?«, fragt sie.

»Was soll ich denn sonst tun?«

»Ich weiß nicht.« Sie trägt Cremerouge auf ihre perfekt gerundeten Apfelwangen auf. »Geh und mach etwas. Irgendwas. Öffne dich der Möglichkeit, dass jederzeit etwas Wunderbares passieren kann. Und, Del? Nichts Wunderbares wird je passieren, wenn du nur zu Hause sitzt.«

»Daphne Rosewood, Erteilerin weiser Ratschläge.« Ich zwinkere ihr zu und mache mich daran, in die Küche zu stolzieren. »Der ist gut.«

Für den winzigen Bruchteil einer Sekunde erwäge ich, Rue zu dem Treffen zu begleiten, aber die Idee verwerfe ich so schnell wieder, wie sie gekommen ist.

Irgendwie will ich Zane durchaus wiedersehen.

Aber um Himmels willen, als ich ihn das letzte Mal sah, hatte er in glatt fünf Minuten meine Hose unten an den Knöcheln. Und seitdem befindet sich mein Unterleib in einem ständigen Zustand der Erregung.

In seiner Nähe treffe ich keine guten Entscheidungen, und genau deshalb sollte unsere Interaktion beschränkt sein.

Er ist so etwas wie ein Auslöseimpuls.

Ich sehe ihn, und ich will ihn, und dann schmelze ich zu einer kraftlosen Pfütze aus Erregung dahin, wenn seine Stimme in meinem Ohr vibriert.

Und verdammt noch eins.

*Irgendwie, gewissermaßen* mag ich ihn inzwischen. Oder vielleicht mag ich nur, wie ich mich fühle, wenn ich bei ihm bin?

Zane de la Cruz mag ja nur für mich ein Lächeln und einen Ständer übrighaben, aber er ist nicht auf mein Herz aus.

Und deshalb ist eine Sommeraffäre mit ihm ein Herzenskummer, der unweigerlich kommen wird.

# 16. KAPITEL

*Zane*

»Zane, hier drüben.« Ich schaue nach rechts und sehe Ethel French auf Zehenspitzen dastehen und mit einem Blatt Papier nach mir winken.

Das Clubhaus von Laguna Palms läuft heute Abend über mit Hauseigentümern. Ein langer Tisch, in Rot, Weiß und Blau gedeckt, steht vorn im Raum, dazu zwei Wahlurnen, eindeutig etikettiert mit den Namen von Ethel und Hank.

»Hey, Ethel.« Ich gehe zu ihrem Stand, und sie gibt mir ein Flugblatt, das ihre Position umreißt.

»Wow«, sage ich und blättere die Hochglanzseiten durch. »Das ist ja voll das Ding. Sehr vorstandsmäßig. Sehen Sie sich nur an, Eth.«

»Ich bin sicher, ich kann auf deine Stimme zählen«, meint sie.

Ich werfe Hank einen Blick zu. Er steht in der Ecke, mit verschränkten Armen, und betrachtet jeden mit Argusaugen. Trotz der Tatsache, dass er offensichtlich nicht der zugänglichste Typ ist, gibt es eine ordentliche Anzahl an Hauseigentümern, die auf seiner Seite des Raums steht.

»Wird ein knappes Rennen«, meint sie.

»Nein, Sie packen das«, sage ich. »Ich habe ein gutes Gefühl.«

»Gefühle gewinnen keine Wahlen.« Ethel klopft mir auf die Schulter. »Stimmen schon.«

Ich nehme mir einen Wahlzettel und einen Stift und zwinkere ihr zu. »Für Sie würde ich zweimal stimmen, wenn ich könnte.«

»Du bist ein guter Junge.« Sie lächelt. »Mir ist egal, was andere sagen.«

»Danke …«

»Sag mal.« Sie lehnt sich zu mir. »Du wirkst leichter.«

Ich runzele die Stirn. »Was soll das heißen?«

»Etwas an dir ist anders. Etwas, das ich zuvor noch nicht gesehen habe.« Ihre runzeligen grauen Augen sehen mich schmal an. »Wenn ich raten müsste, würde ich sagen, du bist verliebt.«

Ich verziehe das Gesicht. »Ich zerstöre Ihre Illusion nur ungern, Ethel, aber ich bin nicht verliebt.«

»Dann ist es noch Frühstadium«, meint sie. »Weißt du, vor Jahren hatte ich eine gut laufende Partnervermittlung in Dallas, Texas. Ich habe alles gesehen. Das Gute. Das Schlechte. Das Echte. Das Falsche. Und das, was da bei dir vorgeht, Zane? Das ist absolut echt.«

Ihre ernste Miene lässt mich lachen. Sie weiß nicht, wovon sie da redet. Wenn ich das Gesicht eines zufriedenen Mannes habe, dann nur, weil ich ein Ventil in Form eines total heißen Mädchens von nebenan finde.

Das ist alles.

Nicht mehr. Nicht weniger.

»Ich gehe mal meine Stimme abgeben«, sage ich.

Ethel gibt mir Daumen hoch, als ich die Urne neben ihrem Namen prüfe, den Stimmzettel falte und in die Urne lege. Bevor ich gehe, sorge ich verdammt noch mal dafür, dass Rue Rosewood mich sieht, indem ich ihr ein Lächeln schenke und ihr zuwinke, und dann sehe ich zu, dass ich hier rauskomme.

Auf dem Heimweg komme ich an Rues Haus vorbei. Es ist dunkel bis auf die Gartenleuchten und ein wenig Lampenschein in Delilahs Fenster.

Ich hebe ein paar kleine Kiesel auf, die neben den Büschen an der Seite des Hauses liegen, und werfe einen an die Fensterscheibe. Dann noch einen. Fünf Kiesel später sehe ich die Vorhänge rascheln, als Delilah ans Fenster kommt.

Sie schiebt es auf und stützt den Ellbogen auf den Sims. »Du bist total kitschig, weißt du das? Du hättest anrufen, eine Nachricht schicken oder klingeln können. Was denkst du denn, was das hier ist, ein Achtzigerjahrefilm?«

»Textnachrichten werden überschätzt«, sage ich. »Und an Türen zu klingeln nach acht Uhr abends ist in Laguna Palms verboten, es sei denn, es ist ein Notfall.«

Delilah verdreht die Augen. »Seit wann kümmerst du dich um Regeln?«

»Komm rüber.« Ich ignoriere ihre Frage.

»Jetzt?«

»Ja.« Ich zucke mit den Schultern. »Es ist nett draußen. Ich hätte Lust auf ein wenig Schwimmen in der Nacht. Und ich will nicht allein schwimmen.«

Sie blickt an sich herab. »Ich bin im Pyjama.«

»Dann zieh dich um.«

»Nicht heute Abend.« Sie steckt sich das Haar hinter die Ohren. »Ich bin müde und will bald ins Bett.«

Ich bin mir ziemlich sicher, wenn nicht diese verdammte Fensterscheibe im Weg wäre und ich ihr Gesicht berühren, mit den Fingern durch ihr Haar streichen oder ihre Lippen küssen könnte, würde sie in zwei Sekunden nach meiner Pfeife tanzen. Ich muss Delilah nur berühren, und sie gehört mir. Einfach so.

Shit. Vielleicht *bin* ich ja ein Zauberer.

»Na ja, ich schwimme nebenan, falls du deine Meinung änderst«, sage ich. »Und ich bin ziemlich sicher, dass du deine Meinung ändern wirst, denn ich wirke genau jetzt einen meinungsändernden Zauber auf dich.«

Sie lacht leise schnaubend.

»Aber du solltest wissen: Wenn du dich entscheidest, mit mir zu schwimmen, habe ich nur eine Regel.«

»Und die wäre?«, fragt sie.

»Keine Badeanzüge«, sage ich. »Wir sind ein ausschließlich nacktbadendes Etablissement.«

Delilah macht ein angewidertes Gesicht, verdreht die Augen und hebt die Hände an das Fenster, um es zuzuschieben.

»Gute Nacht, de la Cruz.« Sie schlägt das Fenster zu und zieht die Vorhänge vor.

Sie wird in zehn Minuten drüben sein.

Ich habe da so ein Gefühl.

# 17. KAPITEL

## *Delilah*

Das Gras zwischen meinen Zehen kitzelt, als ich von Rues Haus zu Zane hinüberschleiche. Ich trage nichts als einen weißen String-Bikini, was, wenn ich jetzt so darüber nachdenke, wahrscheinlich nicht die beste Wahl war, wenn ich inkognito bleiben will, aber ich wollte alles vermeiden, was auch nur entfernt in Richtung Gouvernantenschwarz geht.

Ich öffne das Tor zu Zanes Garten hinter dem Haus, höre Wasser platschen und sehe, wie er seine Bahnen schwimmt und dabei zum Luftholen auftaucht.

Ich bleibe an einem Ende stehen, setze mich hin und tauche die Beine in den Pool.

Eine Minute später taucht Zane wieder zum Luftholen auf, hält sich am Beckenrand fest und reibt sich mit seiner großen Hand das Wasser aus dem Gesicht.

»Hey.« Er lächelt, als sein Blick auf mich fällt. »Ich wusste, dass du kommst.«

»Ja, ja.« Er kann glauben, so sehr er will, dass er der Grund dafür ist, aber tatsächlich hat er Daphne dafür zu danken. Ihre Worte gingen mir den ganzen Abend durch den Kopf. *Nichts Wunderbares wird je passieren, wenn du nur zu Hause sitzt.* Sie ist der Grund, warum ich jetzt hier sitze.

Zane schwimmt zu mir, legt die Hände auf meine Oberschenkel, und ich erhasche einen kurzen Blick auf marineblaue Boardshorts im Wasser.

»Du trägst eine Badehose«, sage ich.

Er lacht. »Ich wollte nicht ganz allein nackt schwimmen. Das ist irgendwie gruselig, findest du nicht?«

»An dir ist alles irgendwie gruselig.«

»Das meinst du nicht ernst.«

»Ich meine, du wirfst Kiesel an mein Fenster …«

»Das ist nicht gruselig, sondern süß«, verteidigt er sich.

»Kommt darauf an, wen man fragt.«

»Zieh dich aus und komm hier rein, damit ich Spaß mit dir haben kann«, befiehlt er.

»Und wenn nicht?«

Er zieht mich ins Wasser, und ich schlinge die Beine um seine Taille. Meine Arme legen sich um seine Schultern, und ich spüre, dass ich grinse wie eine Idiotin, die beschlossen hat, ihr Herz aufs Spiel zu setzen, obwohl sie es doch besser weiß.

Zanes Finger zupfen an den Bändern um meinen Hals und am Rücken, bis mein Oberteil ins Wasser fällt und davontreibt. Danach macht er mit meinem Bikinihöschen weiter, bis ich ganz nackt bin, eingehüllt von seinem warmen Salzwasserpool und seiner Körperwärme.

Ich greife unter die Wasseroberfläche, ziehe ihm die Shorts herunter, und meine Hand streift über seinen harten Schaft.

»Du verlierst keine Zeit, oder?«, ziehe ich ihn auf, umfasse seine Erektion und massiere sie.

Seine Lippen pressen sich auf meine, das Wasser schwappt um uns herum, und er zieht uns beide tiefer. Ich schmecke das Salz auf seiner Haut und die Minze auf seiner Zunge und kann nur noch daran denken, wie wundervoll ich mich fühlen werde, sobald er alles, was er zu bieten hat, in alles stößt, was ich zu bieten habe.

»Kann uns hier hinten irgendwer sehen?«, flüstere ich an seinem Mund.

»Nein, Baby«, sagt er. »Hier ist es privat. Nur du und ich.«

Er packt meine Hüften, zieht mich enger an sich, und ich lasse seine pochende Erektion los. Wir berühren uns unter Wasser, und sein Schwanz presst sich zwischen meine Beine wie eine ganz eigene Form von Versuchung.

»Ich will dich«, flüstere ich, und mir ist absolut bewusst, dass ich, wieder einmal, vollkommen machtlos bin.

Zane de la Cruz macht mich von einem guten zu einem bösen Mädchen, und das in drei Komma sieben Sekunden, und ich würde lügen, wenn ich sagen würde, dass das nicht das berauschendste Gefühl ist, das ich je erlebt habe.

»Willst du heute Nacht mein ungezogenes Mädchen sein?« Seine Stimme ist tief, vibriert in seinem Brustkorb und in meinem.

Ich nicke und beiße mir auf die Lippe, bevor ich ihn wieder küsse.

»Sag mir, wie sehr du mich willst«, befiehlt er.

»So sehr.« Ich küsse ihn. »Ich will dich so sehr … Ich will dich in mir.«

»Ich werde dich kommen lassen, bis du keine Luft mehr bekommst, Schönheit«, knurrt er. »Heute Nacht mache ich es dir härter als je zuvor, denn ich will, dass du weißt, dass du mir gehörst. Ich will, dass du es nicht vergisst. Dieser Körper gehört mir. Niemand anderem als mir, verstehst du?«

Ich nicke und drücke die Lippen an seinen angespannten, muskulösen Hals, während meine Hände über seinen harten Oberkörper gleiten.

»Ich meine es ernst, Delilah.« Er hört auf, bis ich ihm in die Augen sehe. »Du gehörst mir und nur mir.«

Ich lege den Kopf schief. »Schön. Dann ist es nur fair, wenn dein Schwanz auch mein Eigentum ist.«

Ich blicke auf und bemerke eine Überwachungskamera, die

auf den Garten, und eine andere, die auf den Pool gerichtet ist.

»Sind die an?«, frage ich.

»Immer«, antwortet er.

»Werden wir gerade aufgezeichnet?«

»Die Bänder werden einmal pro Woche automatisch gelöscht«, sagt er. »Ich bin der Einzige, der Zugang zu ihnen hat. Ich *muss* ein Sicherheitssystem haben, Delilah. Nun komm schon. Ich sterbe hier noch.«

Seine Mundwinkel gehen hoch, und er lässt mich an seinem Körper hinabgleiten. Seine Hände an meinen Hüften, dreht er mich um zu einer Düse in der Poolwand. Er positioniert mich an der richtigen Stelle, sodass der Luftstrom gerade so über meine Klitoris bläst, um diese ganze Erfahrung intensiver zu machen, als wäre die nicht schon unglaublich.

»Spreiz die Beine, Schönheit«, sagt er mir ins Ohr, presst seinen Schaft zwischen meine Pobacken und wandert dann tiefer. »Lass mich dich daran erinnern, warum du hergekommen bist und warum du dich nicht von mir fernhalten kannst, egal wie sehr du es versuchst.«

Unsere nackten Körper sind in warme Strandtücher gewickelt, als ich in einer Hängematte in seinen Armen liege. Die feuchte Hitze von Florida hüllt uns ein, während das Salzwasser auf unserer Haut verdunstet.

Er riecht nach Sommer.

Nach Sonnenschutzlotion und Kokosnuss und Meersalz und Aftershave. Und seine Haut ist warm und weich unter meinen Handflächen, über einer Schicht Muskeln, passend für einen Profifootballer.

Ich verstehe es.

Und ich werde nie wieder über andere Spielerbunnys urteilen.

Footballspieler sind sexy, stark und männlich, und ich bin mir ziemlich sicher, dass der Zusammenhang zwischen großen Händen und großem Schwanz mehr Fakt als Fiktion ist.

Eine Symphonie aus Grillen und Ochsenfröschen erfüllt die stille Nacht, und am Himmel über uns leuchten die Sterne. Das hier ist eine Million Mal romantischer, als es sein sollte, aber ich kann es noch nicht über mich bringen zu gehen. Ich fühle mich wohl hier in seinen Armen. Und seine Finger malen Kreise auf meine Schultern, mein Ohr ist an seinen Oberkörper gedrückt, und es fühlt sich einfach … wundervoll an.

Daphne hatte recht. *Nichts Wundervolles wird je passieren, wenn du nur zu Hause sitzt.*

»Ich mag uns, wenn wir nicht streiten«, bricht er das Schweigen.

Ich blicke zu ihm auf. »Das kam jetzt aus dem Nichts.«

Er zuckt mit den Schultern. »Nur eine Beobachtung.«

»Ich hatte noch nie Sex in einem Pool.«

»Das ist jetzt auch aus dem Nichts.«

»Nur eine Beobachtung.« Ich schenke ihm ein kurzes Lächeln.

»Freut mich, dass ich dir deine Pool-Sex-Jungfräulichkeit rauben konnte.«

»Das klingt abstoßend.« Ich strecke die Zunge zwischen den Zähnen heraus.

»In meinem Kopf klang es besser.« Er küsst mich auf die Stirn. Ich bin nicht sicher, warum oder ob er überhaupt bemerkt, dass er es tut.

»Also, du kommst aus Chicago?«, frage ich nach einer Minute des Schweigens.

»Machen wir das jetzt echt?«, fragt er.

»Was machen?«

»Das ganze Kennenlernen-Ding?«

»Was ist falsch daran?« Ich setze mich auf und drehe mich zu ihm, bis unsere Blicke sich treffen. »Ich bin neugierig auf dich, das ist alles.«

»Meine Vergangenheit ist Vergangenheit.« Er räuspert sich. »Dabei würde ich es gern belassen. Ich lebe in der Gegenwart, Delilah. Nirgendwo sonst.«

»Aber die Vergangenheit macht uns zu dem Menschen, der wir sind.«

»Blödsinn.« Seine Kinnmuskeln spannen sich an. »Die Gegenwart macht uns zu dem Menschen, der wir sind. Die Gegenwart ist alles, was wir haben. Jeder, der etwas anderes glaubt, ist ein Idiot. Nichts für ungut.«

»Ich habe meine gesamte akademische Laufbahn damit verbracht zu studieren, was Menschen dazu bringt, zu tun, was sie tun, und alles läuft am Ende auf externe Faktoren hinaus«, erkläre ich. »Und die meisten davon stammen aus der Umgebung, in der wir aufgewachsen sind.«

Er schließt schläfrig die Augen und zieht die Augenbrauen hoch. »Schön für dich.«

»Ich kann Dutzende Wissenschaftler und Professoren zitieren, die ernsthaft anderer Meinung wären. Jung würde sich jetzt gerade im Grab umdrehen, wenn er dich hören könnte.«

Zane lacht. »Beruhige dich. Komm schon. Leg dich wieder hin. Ich mag dich lieber, wenn du atemlos und scharf bist.«

»Speise mich nicht so ab«, sage ich. »Das ist mir wichtig. Ich widme mein Leben diesem Studiengebiet, und du hast den Nerv, das einfach so abzubürsten, als wäre es irgendein mieser Aushilfsjob.«

»Jetzt legst du mir aber Worte in den Mund.« Er setzt sich auf, und die Hängematte schwankt. Ich falle fast raus, aber er stützt die Arme gegen meine und zieht mich an sich. »Aber ich habe etwas anderes, was du in den Mund nehmen kannst.«

Ich gebe ihm einen Klaps auf den nackten Oberkörper und will aus der Hängematte klettern.

»Wenn wir Freunde sein wollen … Sexfreunde … was auch immer das ist, was wir da tun«, sage ich, »plädiere ich freundlichst für ein gewisses Maß an Respekt zwischen uns. Ich mache mich nicht über Football lustig, also mach du dich bitte nicht über Psychoanalyse lustig oder zweifle ihre Legitimität an.«

Zane schwingt die Beine über die Hängematte. Seine Augen sind jetzt weit offen.

»Verdammt, Delilah. Tut mir leid.« Er klingt nicht aufrichtig. Er klingt verärgert. »Es ist nur so, dass ich einiges hinter mir habe. Ich habe ein paar schlechte Entscheidungen getroffen. Ich habe Menschen verletzt. Es gibt Dinge, die ich bereue. Und entschuldige verdammt noch mal, wenn mir nicht danach ist, hier zu sitzen und das alles mit dir wiederaufzuwärmen, nachdem ich gerade so ziemlich den besten Sex meines Lebens hatte.«

Ich ziehe mir das Handtuch vom nackten Körper und werfe es ihm zu. »Ich hatte lediglich nach Chicago gefragt, du Idiot.«

Dann fische ich meinen im Wasser treibenden Bikini aus dem Pool, ziehe mich wieder an und marschiere zum Gartentor.

# 18. KAPITEL

## Zane

Am Freitagnachmittag um vier Uhr checke ich in das private Fitnessstudio der Cougars ein. Es scheint keine Rolle zu spielen, wie viel ich diese Woche trainiere – ich kann einfach nicht genug Dampf ablassen. Seit Delilah am Dienstagabend davongestürmt ist, bin ich reizbar und dauerscharf.

»Hi, Hübscher.«

Ich drehe mich um und sehe Carissa hinter mir stehen, ihren Trainingsausweis in der Hand und eine Wasserflasche unter den Arm geklemmt.

»Was machst du hier? Du weißt genau, dass hier nur Spieler erlaubt sind.« Ich verberge mein Missfallen nicht.

Sie lacht und klopft mir auf die Schulter. »Aber wenn deinem Daddy das Team gehört, gelten die Regeln nicht, mein Lieber.«

»Aber egal, gut dass ich dich hier treffe, denn ich wollte dir etwas sagen.«

Ihre Augen leuchten auf, und ihr Lächeln ist schelmisch.

Stöhnend werfe ich mir das Handtuch über die Schulter. »Ich habe wirklich keine Zeit. Ich habe einen vollen Zeitplan.«

»Nein, nein. Das wirst du hören wollen.«

»Mach schnell.«

»Ich habe neulich Daddy und Coach Roberts am Telefon gehört.« Sie tritt näher und beugt sich vor. Der überwältigende Duft ihres Honigblütenparfums attackiert meine Lungen.

»Sie reden immer noch davon, dich aus deinem Vertrag zu entlassen.«

Ich kneife die Augen zusammen. »Du lügst.«

»Ich schwöre.« Sie hebt die flache Hand.

»Ich mache doch alles, was sie mir gesagt haben. Sie brauchen mich.«

»Süßer, in dieser Industrie ist *jeder* ersetzbar. Niemand ist eine besondere Schneeflocke. Nicht einmal du. Es geht sowieso nur ums Geschäft. Am Ende des Tages geht es nur um Dollar und Cent.« Sie legt den Kopf schief, als wäre sie tatsächlich fähig, so etwas wie Mitgefühl zu zeigen, aber sie ist so falsch wie ihre Titten, die wie zwei spitze Raketen vom spindeldürren Körper abstehen. »Ich glaube, der Scout hat irgendeinen vielversprechenden Neuling in Central Texas gefunden, der kurz vor dem Abschluss steht. Er ist der beste Runningback, den man seit langer Zeit gesehen hat, und sie haben ihn ziemlich heftig umworben. Alle sind hinter ihm her. Sie wollen ihm so bald wie möglich ein Angebot machen. Aber wenn sie ihn nehmen, werden sie dich nicht mehr brauchen.«

»Du bist eine gottverdammte Lügnerin, Carissa.«

»Ich lüge *nicht*, Zane.« Ihre Miene wird finster, passend zu dem Sturm, der sich in ihren Augen zusammenbraut. »Ich sage die Wahrheit. Sie wollen dich loswerden. Die ganze Geschichte mit dem Partyboy-Image war nicht mehr als eine Ausrede. Sie haben die Dominosteine aufgestellt und warten auf den richtigen Moment, um sie umzukippen.«

»Wieso erzählst du mir das?«

Sie drückt die Hände an meinen Oberkörper und kommt noch einen Schritt näher. »Ich will nicht, dass du gehst, Zane. Wenn du an ein anderes Team verkauft wirst und wegziehst, werde ich dich nie wiedersehen.«

»Den Mist werde ich mir nicht gefallen lassen.« Ich richte mich auf, straffe die Schultern und hole mein Handy aus der Shorts. »Ich rufe auf der Stelle Coach Roberts an.«

»Nein!« Sie gibt mir einen Klaps auf die Schulter. »Eine Konfrontation mit denen ist das Schlimmste, was du machen kannst. Sie werden dich auf die schwarze Liste setzen und über Nacht einen PR-Shitstorm inszenieren. Erinnerst du dich noch an Connor McEvers? Der früher für Pittsburgh Dynamite gespielt hat? Er war gezwungen, mit sechsundzwanzig Jahren seine Karriere zu beenden, weil ihn nach all den Anschuldigungen niemand mehr wollte.«

Ich erinnere mich an Connor.

Und ich erinnere mich auch daran, dass ich dachte, dass das, was ihm passiert war, totaler Mist war, aber der Medienhype um das Ganze herum wirkte so richtig echt. Er wurde der sexuellen Nötigung und Körperverletzung beschuldigt, und es gab Gerüchte, dass das alles nur inszeniert war. Nur half sein Urteil, »Nicht schuldig«, nicht viel dabei, seine Karriere wiederzubeleben, nach all dem Schaden, der bereits angerichtet war.

»Wenn du sie damit konfrontierst, kann ich dir garantieren, dass du der nächste Connor McEvers wirst.«

Ich verdrehe genervt die Augen.

»Aber wir können das hinbiegen«, meint sie.

»Wir?«

»Ja. Wenn ich Daddy erzähle, dass du mein Freund bist und wir uns lieben, kann ich ihn überzeugen, dich nicht fallenzulassen.«

»Dein Vater ist Geschäftsmann. Er wird keinen Deal fallenlassen, weil seine Tochter verliebt ist.« Ich spucke ihr die Worte entgegen. Sie beleidigt meine Intelligenz. »Netter Versuch, Carissa.«

»Du wärst überrascht«, meint sie. »Der Mann hat noch nie Nein zu mir gesagt.«

»Und vielleicht ist das dein Problem. Zu dir muss öfter mal jemand Nein sagen.« Ich verschränke die Arme.

»Wie läuft es denn so mit Rues Nichte?«, wechselt sie das Thema.

»Lass sie da raus.«

Carissa zuckt mit den Schultern. »Ich frage nur so.«

»Nein, du fragst nicht *nur so*.« Ich werfe einen Blick auf die Uhr an der Wand und seufze. Sie kostet mich echt Trainingszeit.

»Sie sieht Mirabelle sehr ähnlich. Das ist tatsächlich irgendwie gruselig.«

Ich beiße die Zähne zusammen. »Sprich ihren Namen nicht in meiner Gegenwart aus.«

»Ich sage nur, dass die Ähnlichkeit verblüffend ist. Ich denke, du schläfst deshalb mit ihr. Du wünschst dir, sie wäre Mirabelle.« Carissa verschränkt die Arme und zieht eine Augenbraue hoch. »Es wäre eine Schande, wenn sie je herausfände, was passiert ist …«

»Ist das eine Drohung?« Ich beuge mich vor, und meine Stimme ist tief und kehlig. »Was zum Teufel stimmt nicht mit dir? Was willst du? Was ist nötig, damit du mich in Ruhe lässt?«

»Ich will nur ein Date mit dir«, sagt sie. »Ein Date, für das du dich hübsch anziehst und ich mich hübsch anziehe, und du zeigst dich mit mir und behandelst mich so, wie ich es verdient habe. Als wäre ich das einzige Mädchen auf der Welt.« Ihre Finger wandern die Mitte meines Brustkorbs hinauf. »Ich will, dass du mich so ansiehst, wie du sie ansiehst. Als wäre ich das Wundervollste, das du je gesehen hast, Zane.«

Mir dreht sich der Magen um.

»Das kann ich nicht.«

»Doch, du kannst. Und du wirst.« Ihre Hand sinkt herab, und sie verschränkt fest die Arme. »Nächsten Monat wirst du mich auf die Annual Camp Kick Off Party im Haus meines Vaters begleiten. Ich habe ihm schon gesagt, du hättest mich gebeten, dein Date zu sein, also schlage ich vor, dass du ein Mann bist, der zu seinem Wort steht.«

Sie zwinkert, und ich wollte noch nie so unbedingt eine Frau schlagen. Ich balle die Fäuste.

»Wieso in aller Welt solltest du das tun?« Ich sehe rot.

»Ich will nur eine Chance, um zu beweisen, dass wir zusammen glücklich sein könnten. Dass ich keine Psychotante bin. Ich bin nur ein Mädchen, das sich hoffnungslos in den einen Mann auf der Welt verliebt hat, der sie nicht will. Ich will eine Chance, diese Tragödie in die Liebesgeschichte zu verwandeln, die sie zu sein verdient hat.« Carissa seufzt. »Gib mir eine Nacht, und du bist mich für immer los. Und ich verspreche dir, dafür zu sorgen, dass mein Vater nichts tut, um die Karriere zu zerstören, für die du dir den Arsch aufgerissen hast. Du hast mein Wort, Zane. Ich meine es ernst. Versprochen.«

Sie macht große Augen und drückt sich die Hand aufs Herz.

»Eine Nacht«, sagt sie. »Ein paar Stunden. Und deine Zukunft liegt wieder in deinen eigenen Händen … egal in welche Richtung du dann gehen willst. Denn man weiß ja nie, vielleicht hast du ja tatsächlich eine schöne Zeit mit mir. Und wenn nicht? Dann gehe ich. Und lasse dich mit fliegenden Fahnen und weit offenen Armen zurück zu Rues unscheinbarer kleiner Nichte rennen.«

Sie reckt die Nase hoch.

Es ist nicht meine Politik, mit Terroristen zu verhandeln. Oder mit irren Psychostalkerinnen. Aber in diesem Fall könnte der Lohn die Mühe wert sein.

Es ist nur eine Nacht. Ein paar Stunden mit einem künstlichen Lächeln im Gesicht und der Tochter des Eigentümers am Arm. Es wird absolut nichts bedeuten.

Und dann wird das alles vorbei sein.

Endlich.

»Eine Nacht«, sage ich und gehe. »Und dann ist *das hier* vorbei.«

# 19. KAPITEL

## *Delilah*

»In einer Stunde musst du hier raus sein.« Ich stehe vor dem Gästebadezimmer, das ich mir schon die ganze Woche mit meiner Schwester teile, während sie sich ein paar Locken in die Haar föhnt und dann mit den Fingern durchfährt, um sie aufzulockern. »Wir haben wieder eine Besichtigung. Die Käufer sind um fünf Uhr hier.«

»Weiß Rue Bescheid?« Daphne klemmt sich eine Haarnadel zwischen die Zähne und öffnet sie. »Sie hat gerade angefangen, für Palm Springs zu packen, so vor zwanzig Minuten.«

»Ja, ich habe es ihr gesagt. Sie ist fast fertig. Wieso brezelst du dich so auf?«

Daphne begegnet meinem Blick im Spiegel und beißt sich auf die Lippe.

»Weston?«, frage ich. Ich hätte es wissen sollen.

Sie zieht eine Schulter hoch und verzieht langsam die Lippen zu einem Grinsen. Ich habe noch nie einen Mann getroffen, der meine Schwester so lächeln lässt.

»Das ist dein zweites Date diese Woche«, stelle ich fest. »Er weiß, dass du morgen nach Hause fliegst, ja?«

Sie kämmt mit den Fingern durch ihr Haar und steckt sich dann zwei Strähnen, die ihr Gesicht einrahmen, hinter dem Ohr fest.

»Ich wünschte, ich könnte bleiben. Ich habe so viel Spaß damit, ihn besser kennenzulernen. Wir haben uns die ganze Woche über Nachrichten geschickt. Wusstest du, dass sein Vater ein erstklassiger Filmregisseur war? Und seine Mutter ist irgendeine Adelige aus Europa. Weston ist ein Adeliger.«

»Huch. Das hätte ich nie gedacht. Er ist so lieb und bescheiden.«

»Genau.« Sie seufzt glücklich. »Und ich muss zurück und irgendein Wandgemälde mit Bauernhoftieren malen.«

»Wie lange brauchst du, um es zu malen?«

Daphne macht einen Schmollmund. »Ich weiß nicht. Ein paar Wochen mindestens.«

»Er könnte dich jederzeit besuchen.«

Sie schüttelt den Kopf. »Das werde ich gar nicht erst vorschlagen. Wir haben nur Spaß, schwimmen mit dem Strom und genießen die Gesellschaft des anderen. Was passiert, passiert eben.«

Ich schaue auf mein Handy, wie spät es ist, und stecke es dann in die Tasche. »Okay, ich muss nach Rue sehen und danach ein letztes Mal die Küche durchwischen.«

»Gute Arbeit, Schwester. Bring diesen Granit zum Glänzen wie die Spitze des Chryslergebäudes.« Daphne zwinkert, trägt einen Spritzer Parfum auf und mustert sich noch einmal von oben bis unten.

»Du siehst toll aus«, sage ich. »Wie immer.«

Sie winkt ab. »Hey, was machst du heute Abend?«

Ich lehne mich an den Türrahmen, zögere kurz und werfe einen Blick zu meiner Schlafzimmertür und aus dem offenen Fenster, das Zanes Haus perfekt einzurahmen scheint.

»Hat er sich schon entschuldigt?«, fragt sie.

Gestern Abend waren wir zum Dinner aus und haben uns den neuesten Nicholas-Sparks-Film gegönnt, und auf dem Heimweg, als sie fertig damit war, von Weston zu schwärmen, habe ich ihr alle Neuigkeiten über Zane erzählt.

»Nein«, sage ich. »Es ist okay. Ich will gar keine Entschuldigung.«

»Was willst du dann?«

Ich zucke mit den Schultern. »Ich weiß nicht, irgendwie will ich weniger empfindlich sein. Langsam denke ich, dass ich das Problem hier bin.«

»Du bist nicht das Problem, Delilah. Was er gesagt hat, war kränkend und grob. Und du hattest jedes Recht, aufgebracht zu sein.«

Ich begegne ihrem Blick und sauge jedes Wort von ihr auf. »Findest du wirklich?«

»Ja.« Sie runzelt die Stirn. »Aber ich finde auch, du solltest weiter Sex mit ihm haben, denn es ist doch nur Sex. Wen interessiert es, ob er außerhalb des Schlafzimmers ein nobler Gentleman ist oder ein skandalöser Hallodri. Du datest ihn nicht. Du willst ihn ja nicht heiraten. Hab einfach *Spaß*.«

»Aber ich kann keinen Spaß haben, wenn er ständig so daherredet. Der Mann muss endlich denken, bevor er redet.«

»Dann gib seinem Mund etwas zu tun …« Daphne kichert. »Ich will, dass du irgendwann, wenn du mal fünfundsiebzig bist, auf diese Sommerferien zurückblickst, die du in Florida verbracht hast und in denen du Sex mit einem lachhaft attraktiven Profifootballer hattest. Weißt du, wie viele Frauen töten würden, um an deiner Stelle zu sein? Und du bläst die ganze Zeit Trübsal, als wäre das irgendwie eine Bürde. Ich meine, mal ehrlich, Delilah.«

Stöhnend hebe ich die Hand an meine Schläfe. »Ich begreife nur nicht, wieso alles kompliziert sein muss. Das saugt dem Ganzen irgendwie den Spaß aus.«

Daphnes Mundwinkel gehen hoch, und sie kommt auf mich zu, legt die Hände an meine Schultern und beugt sich vor.

»Das Komplizierte ist ja der Spaß«, meint sie. »Umarme das Komplizierte. Hab Spaß damit. Lerne daraus. Liebe es. Es ist der beste Teil. Ehrlich. Wir sind jung. Wir müssen nicht alle Antworten haben, und wir werden sie auch todsicher nicht in einem deiner Lehrbücher finden. Das Leben ist Chaos. Und du wirst nie etwas Neues lernen, wenn du dir nicht ab und zu mal die Hände schmutzig machst.«

Sie spaziert an mir vorbei, und ihre Absätze klappern auf dem Holzboden der Diele, als sie um die Ecke verschwindet.

Ich schlurfe über den Flur zu Tante Rues Zimmer und finde sie, als sie gerade den Reißverschluss ihres Koffers zuzieht.

»Das ging ja schnell«, sage ich. »Alles gepackt?«

»Alles bis auf meinen Kulturbeutel.« Sie eilt ins Badezimmer und wirft jede Menge Zeugs in einen Beutel mit Reißverschluss. Es klickt und klappert, als sie die Sachen hineinwirft. »Zahnbürste … Brille … Handcreme …«

Ich schaue noch einmal auf die Uhr. »In fünfundvierzig Minuten müssen wir hier weg sein.«

Sie hebt einen Finger und brummelt vor sich hin.

»Ich habe ein gutes Gefühl bei dieser Besichtigung.« Wir hatten fünf Stück diese Woche, und ein Angebot, das Rue ablehnte, ohne auch nur darauf zu antworten. Es war so niedrig, dass es sie buchstäblich beleidigte.

»Du und ich, wir beide.« Sie zieht den Reißverschluss ihrer Kosmetiktasche zu und rauscht an mir vorbei. Tante Rue fährt nach Palm Beach, um sich eine schicke neue Wohnung zu kaufen. Der Plan war, dass ich sie begleiten sollte, aber Taylor hat beschlossen, morgen einen Tag der offenen Tür zu veranstalten, und sie will, dass ich hierbleibe, ihm helfe, alles vorzubereiten und für individuell abgestimmte Führungen einspringe, da ich das Haus besser kenne als jeder andere. »Was machen du und Daphne heute Abend? Ach ja, ich habe etwas Geld auf dem Tresen liegenlassen, für ihr Uber morgen. Da fällt mir ein, ich muss mich noch von ihr verabschieden, bevor ich gehe.«

»Du solltest dich beeilen. Sie ist schon auf dem Sprung. Heißes Date.«

Für den Bruchteil einer Sekunde bleibt Rue der Mund offen stehen, und sie marschiert schnurstracks in den Flur und ruft nach meiner Schwester. Als sie wiederkommt, blickt sie sich prüfend im Zimmer um.

»Ich habe ständig das Gefühl, dass ich etwas vergesse.« Sie hebt einen Finger an den Mund und kneift die Augen zusammen. »Oh, nun ja. Ich habe sowieso nicht die Zeit für einen Versuch, mich daran zu erinnern. Würdest du mir mit dem Gepäck helfen, Liebes?«

Ich nehme ihr Gepäck und rolle es zur Garage, während sie immer weiter schwadroniert über diese tollen Immobilienangebote, die ihr Agent in Palm Beach gefunden hat. Sie wirkt aufgeregt – sehr zu meiner Erleichterung.

Ich lade ihre Tasche in den Kofferraum, und sie legt ihre Hand auf meine. »Was hast du heute Abend vor, Delilah?«

Ausgezeichnete Frage.

Daphne ist gerade gegangen.

Rue nimmt ihr Auto.

Ich schenke ihr ein beruhigendes Lächeln. »Ich denke mir etwas aus. Mach voran. Ich muss absperren.«

»Weißt du.« Rue stemmt eine Hand in die Hüfte. »Ich habe in letzter Zeit nachgedacht. Über Zane.«

»Das kommt jetzt aber unerwartet.« Ich lache.

»Seit du hier bist, bereitet er dem Hausbesitzerverein weniger Probleme. Keine flotten Dreier im heißen Whirlpool. Kein Urinieren auf Rasenflächen. Keine wilden Partys. Und keine Skandale mit Sexvideos.«

»Skandale mit Sexvideos?« Ich ersticke fast an meiner Frage.

Rues Lippen werden schmal, als sie zu mir aufblickt. »Das wusstest du nicht?«

Sie wirft einen Blick auf die elegante Goldarmbanduhr an ihrem Handgelenk. »Oh, Liebes, das ist eine lange Geschichte. Kann ich sie dir erzählen, wenn ich wieder da bin, in ein paar Tagen?«

Mir bleibt der Mund offen stehen.

Nein.

Das kann sie mir nicht antun.

Sie kann nicht einfach so eine Bombe platzen lassen und dann in ihren kleinen roten Lexus hüpfen und in den orangen Sonnenuntergang Floridas rauschen.

»Ich bin sicher, du kannst das googeln.« Rue legt den Kopf schief, klimpert mit den Schlüsseln und hält sie dann in der Hand fest. »Obwohl, an diesem Punkt solltest du vielleicht direkt zur Quelle gehen. Vielleicht ist es besser, wenn du es direkt von ihm hörst.«

»Wir reden im Moment nicht wirklich miteinander.«

Rue zieht die linke Augenbraue ganz weit hoch. »Hat er dir wehgetan?«

»Es ist kompliziert.«

»Tja, verdammt.« Rue starrt zu Boden und denkt einen Moment lang nach. »Ich habe versucht, dich zu warnen, Liebes, aber du wolltest nicht hören.«

»Es ist nicht so«, sage ich. »Er ist ein guter Mensch. Denke ich. Es ist nur kompliziert.«

»Das Leben ist zu kurz, um Zeit mit komplizierten Mistkerlen zu verschwenden. Glaub mir. Ich habe einen ganzen Riesenordner voll mit denen. Und auf jeden Fall muss ich jetzt los.« Sie holt eine überdimensionale Sonnenbrille aus ihrer Tasche, passend für einen Filmstar, und setzt sie auf. »Du rufst an, falls du etwas brauchst, ja?«

Ich umarme Tante Rue und trete einen Schritt zurück, als sie aus der Einfahrt fährt und davonrauscht, und genau in dem Moment, als sich Daphnes Ratschlag und Rues Ratschlag in meinem Kopf vermischen wie Öl und Wasser, summt mein Handy in der Tasche.

Ich hole es heraus, werfe einen Blick auf das Display, und mir bleibt das Herz stehen, als ich eine Textnachricht von Zane sehe.

FÜRS PROTOKOLL, ICH DENKE ES IST TOTAL TOLL, DASS DU GRIPS HAST UND KEINE ANGST, IHN ZU BENUTZEN. TUT MIR LEID, WENN ICH DEINE GEFÜHLE VERLETZT HABE. SEELENKLEMPNER SIND TOLL, FOOTBALLSPIELER NERVEN VOLL.

Ich muss lachen, und mein Zorn auf Zane verflüchtigt sich in der dicken Luft von Florida.

WAS WILLST DU, ZANE?

DICH. ICH WILL DICH. IN MEINEM BETT. JETZT.

Wärme brennt auf meinen Wangen und breitet sich südwärts in mir aus. Der Gedanke an Zanes muskulösen Körper auf meinem, wenn er mich auf die Matratze drückt, mit den Händen meine Beine spreizt und mit seinem Mund jeden Quadratzentimeter meines Körpers erobert, ist fast schon genug, um mich auf der Stelle nach nebenan rennen zu lassen.

DU DENKST, ICH BIN SO LEICHT ZU HABEN?

Ich schließe die Garagentür, mache das Licht aus und gehe hinein, um noch einmal das Haus und mich selbst in Ordnung zu bringen.

ICH HABE DAS GEFÜHL, DASS DAS EINE FANGFRAGE IST, UND ICH HASSE TEXTNACHRICHTEN SCHREIBEN. SCHWING DEINEN HEISSEN

ARSCH HIER RÜBER, UND WIR REDEN AUGE IN AUGE.

Ich schnappe mir meine Tasche an der Haustür, prüfe noch ein letztes Mal mein Spiegelbild und bin absolut unfähig, das nervige Grinsen aus meinem Gesicht zu verbannen, als ich nach nebenan gehe.

Daphnes Rat hallt in meinen Ohren wider.

Tut mir leid, Tante Rue.

Heute Abend lasse ich mich auf kompliziert ein.

# 20. KAPITEL

## *Zane*

»Mist, Schönheit, wenn ich gewusst hätte, dass es nur eine Textnachricht braucht, hätte ich dir schon längst eine geschickt.« Ich lege die Hand an ihre Hüfte und ziehe sie ins Haus.

»Da wäre ich vielleicht nicht so empfänglich dafür gewesen«, antwortet sie.

Ihre Lippen sind voll, und sie hat irgendeinen kirschroten Lippenbalsam darauf, der bestimmt nach Himbeere oder Granatapfel schmeckt. Ich kann nicht hier stehen und sie ansehen, ohne meine Lippen auf ihre zu drücken. Ich habe ihren Geschmack auf meiner Zunge vermisst. Ich habe ihr weiches Haar zwischen meinen Fingern und ihre glatte Haut unter meinen Händen vermisst – und wie sie sich pulsierend um meinen Schwanz schmiegt.

Ich umfasse ihren Hintern, hebe sie auf und gehe mit ihr in mein Zimmer.

»Einfach so?«, fragt sie.

»Hast du etwas Formelleres erwartet? Tee und Crumpets, bevor wir anfangen?«

»Nein.« Sie lächelt und hat die Arme um meinen Nacken geschlungen.

»Ich meine, du bist doch hier, um Sex zu haben, richtig?«

Sie nickt.

»Ich liebe es.« Mein Mund drückt sich auf ihren, und ich trage sie durch den Flur. »So ein schmutziges Mädchen.«

Ihr Mund an meinem lächelt, und für die nächste Stunde verschwindet der Rest der Welt. Eine Stunde lang verliere ich mich in dem Mädchen von nebenan. Eine Stunde lang vergesse ich alles.

Und ich erinnere mich daran, wie gut es sich anfühlt, wieder jemandem nahezusein. Auch wenn es rein körperlich ist.

Delilah wacht abrupt auf, setzt sich im Bett auf und tastet um sich herum. In meinem Zimmer ist es inzwischen stockdunkel, und die Leuchtuhr auf dem Nachttisch zeigt elf Uhr fünfzehn.

»Schlaf weiter.« Ich ziehe sie an mich. »Du hast mich fix und fertig gemacht.«

»Ich wollte nicht einschlafen. Ich sollte zurück.« Sie löst sich von mir und streckt ein Bein über den Bettrand.

»Stopp«, sage ich. »Du bist schon hier. Nackt. In meinem Bett. Da kannst du doch auch über Nacht bleiben.«

Im Dunkel sehe ich den Umriss ihres Körpers, der sich mir zuwendet, und ich fühle das Gewicht ihres Blickes.

»Und betrachte dich als Glückspilz, denn eigentlich mache ich keine Pyjamapartys«, fahre ich fort. »Also schaff deinen heißen kleinen Hintern zurück in mein Bett, bevor ich meine Meinung ändere.«

Sie zögert, atmet aus und kriecht dann langsam zurück unter die Decke. »Findest du das nicht merkwürdig?«

»Es ist nur dann merkwürdig, wenn du sagst, dass es merkwürdig ist. Willst du es merkwürdig nennen?«

»Nein.«

»Okay. Gib mir die Fernbedienung.«

Sie nimmt die Fernbedienung von ihrer Seite neben dem Bett, gibt sie mir, und ich schalte den Fernseher ein. ESPN ist schon eingestellt, und wir kommen gerade richtig zu den »Highlights des Tages«.

Delilah schüttelt ihr Kissen hinter sich auf, gähnt und hält sicheren Abstand zu mir.

»Ich kann gar nicht glauben, dass wir eingeschlafen sind«, meint sie.

»Ich schon.« Ich grinse.

Sie reibt sich die Augen und fährt sich lässig durch ihr unordentliches Haar. Sie ist viel zu liebenswert. Sie setzt sich auf, richtet ihre Kissen und lehnt sich ans Kopfende.

»Jetzt bin ich hellwach«, meint sie. »Da kann ich auch wieder rübergehen.«

»Delilah«, stöhne ich. »Um Himmels willen.«

Ihre Antwort besteht in einem gurgelnden Magenknurren.

Hastig drückt sie sich die Hand auf den Bauch. »Tut mir leid. Ich war vorhin so beschäftigt damit, das Haus vorzubereiten, dass ich das Abendessen ganz vergessen habe.«

»Du hast Hunger?« Ich richte mich auf und stütze mich auf die Ellbogen. »Komm mit.«

Ich schäle mich aus den Decken, steige aus dem Bett und bedeute ihr, mir zu folgen.

»Wohin gehen wir? Ich bin nackt, weißt du.« In ihrer Stimme liegt ein Anflug von Leichtsinn.

»Das ist mir sehr wohl bewusst«, antworte ich, nehme ihre Hand und gehe mit ihr in die Küche. Dort ziehe ich einen Barhocker für sie heran, gehe in die Speisekammer und komme mit einer Mischung für Pancakes zurück. »Mitternachtspancakes sind meine Spezialität.«

Ihre Kirschlippen gehen an den Mundwinkeln hoch, und sie verfolgt jede Bewegung von mir.

»Was, dachtest du, ich kann nicht kochen?« Ich messe einen Becher Wasser ab, gieße ihn in die Schale mit der Mischung darin und verquirle beides mit schnellen, leichten Bewegungen, genau wie meine *abuela* es mir vor Jahren beigebracht hat.

»Ich habe gar nichts gesagt.« Sie hält die Hände hoch. »Soll ich dir helfen?«

»Nein. Du bist mein Gast. Und du hast dir dieses Pancakeessen mehr als verdient, Schönheit.« Ich erhitze eine Pfanne auf dem Herd und drehe ihr dabei den Rücke zu. »Ich kann spüren, dass du mir auf den Hintern starrst.«

»Schmeichele dir nicht selbst, de la Cruz.«

»Ist schon okay, wenn dir mein Hintern gefällt. Ich habe gehört, dass er in Footballhosen großartig aussieht. Aber weißt du, ich habe nie wirklich nachgeguckt. Also weiß ich es nicht sicher.«

Ich gieße eine Kelle Pfannkuchenteig in die Pfanne und schnappe mir einen Pfannenwender, als langsam kleine Blasen hochsteigen. Ein paar Minuten später gebe ich die Pancakes auf Teller. Einen für sie, einen für mich. Und wir treffen uns am Tresen mit allen möglichen Belägen: Ahornsirup, Schokoflocken, Schlagsahne und Erdbeeren.

»Du bist der einzige Mensch, den ich kenne, der mich dazu bringt, an Sex zu denken, wenn ich Pancakes esse.« Delilah leckt sich einen Tropfen Sirup von der Unterlippe. »Ich weiß nicht, ob ich Pancakes je wieder mit denselben Augen sehen werde.«

»Solltest du auch nicht.« Ich tauche eine Erdbeere in die Schüssel mit Schlagsahne. »Von nun an wirst du dich immer, wenn du Pancakes isst, an diese Nacht und den tollen Sex erinnern, den du mit dem Mistkerl von nebenan hattest. Ich bin gerade dabei, dich mit einem ziemlich heftigen Fluch zu belegen, weil ich ein Hexenmeister bin und so.«

»Zauberer.«

»Dasselbe in Grün.«

Sie spießt ein Stück in Ahorn getränkten Pancake auf ihre Gabel und lächelt. Ich mag Delilah, wenn sie lächelt. Ich mag sie auch, wenn sie auf allen Vieren ist. Nackt wie am Tage ihrer Geburt. Ich mag sie wirklich, wirklich gern so. Aber so mag ich sie auch. Entspannt, liebenswert und locker.

Ihr sanfter Blick gleitet über mich, als sie ihren Teller leer isst, sich eine Erdbeere nimmt und sie durch die geschmolzenen Schokoflocken zieht.

»Danke für das Essen, de la Cruz«, sagt sie, und roter Saft tropft von ihren Lippen. Ich greife über den Tresen, fange den Tropfen mit dem Daumen auf und hebe ihn an meine Lippen.

»Bist du fertig?«

»Ja.«

»Gut. Bringen wir dich dahin zurück, wo du hingehörst.« Ich gehe um den Tresen herum zu ihr, nehme ihr Handgelenk und ziehe sie mit mir zurück zum Bett.

Als wir unter der Decke liegen, schiebt sie sich immer weiter auf ihre Bettseite, und der Platz zwischen uns wird mit jeder Sekunde größer.

»Versuchst du hier ein Flugzeug zu laden, oder so?« Ich deute auf die Landebahn zwischen uns. Gut, es ist ein King-Size-Bett, aber das heißt ja nicht, dass wir hier auf verschiedenen Kontinenten liegen müssen. Ich strecke den Arm aus und bedeute ihr, herzukommen.

Sie spitzt die Lippen und rutscht näher, bis ihr Kopf perfekt an meine Schulter passt und der reine Duft ihres Shampoos in meine Nase dringt.

»Es ist Jahre her, seit jemand über Nacht geblieben ist«, sage ich und streiche mit den Fingerspitzen über ihren Arm.

»Ich Glückliche.«

»Verdammt richtig, du Glückliche.« Ich grinse und küsse sie auf den Scheitel, denn es ist verdammt schwer, ihr so nahe zu sein und sie nicht die ganze Zeit kosten und berühren zu wollen.

Im Fernsehen kommt die Titelmelodie von Sports Center, und die Show geht zu Werbung über. Delilah rollt sich auf die Seite, sieht mich an, und ich nehme sie in die Arme.

»Rue sagte, du hast ein Sexvideo.« Ihre Worte bringen mein Herz zum Stillstand. »Stimmt das?«

Zum ersten Mal seit langer Zeit fehlen mir die Worte. Ich meine, das Sexvideo ist etwas, das jeder mit Internetverbindung mühelos googeln kann, aber es ist lange her, seit mich jemand direkt danach gefragt hat.

Es ist lange her, dass ich darüber reden musste.

»Mit wem war das? Kann ich es sehen? Ist es komisch?« Delilah kichert, als wäre sie amüsiert. Sie hält es für lustig.

Die Wahrheit: Es war der größte Fehler meines Lebens.

Dieses Video hat Leben *zerstört*.

Dieses Video hat mich alles gekostet.

Eingeschlossen Mirabelle.

Mein Griff um Delilahs warmen Körper lockert sich und ich liege flach auf meinem Kissen und starrte hinauf auf den sich drehenden Deckenventilator über uns.

»Ich will nicht darüber reden.« Meine Stimme klingt monoton, und mein Körper ist angespannt, gefasst darauf, dass Delilah nachbohrt und mir unzählige Fragen stellt, damit sie mich psychoanalysieren kann, was sie, wie ich genau weiß, seit dem Tag unserer ersten Begegnung unbedingt tun will.

Meine Atemzüge sind abgehackt und mühsam.

Und dann fühle ich ihre warme Hand auf meiner Brust, und meine Atemzüge werden langsamer.

»Kein Problem«, sagt sie, und ihre Stimme kling süß. Sie rutscht näher und drückt die Wange an meinen Brustkorb, dahin, wo mein Herz immer noch hämmert.

Ich schaue nach unten und sehe zu, wie sie die Augen schließt und ihr Körper sich in meinen Armen entspannt.

Und dann halte ich sie fest.

Fester als irgendwen seit sehr langer Zeit.

Und ich schlafe tief.

Tiefer als seit Jahren.

Und als ich am Sonntagmorgen aufwache, ist sie noch da, liegt neben mir, ihr dunkles Haar unordentlich auf meinem Kissen und ihr leises Atmen in meinem Ohr.

Eine mir fremde Wärme breitet sich in mir aus – die Art Wärme, die ich seit langer Zeit nicht mehr gefühlt habe.

# 21. KAPITEL

## *Delilah*

»Ruf mich an, wenn du gelandet bist.« Ich folge Daphne hinaus zu ihrem Ubertaxi in Rues Einfahrt. Es ist ein blauer Volkswagen Jetta. Neu. Sauber. Der Fahrer sieht nach Mitte zwanzig aus. Leicht nerdig. Er grinst jungenhaft und winkt kurz.

»Ich texte dir«, antwortet meine Schwester und wuchtet ihren Koffer in den offenen Kofferraum.

»Anrufen, texten. Egal was.« Ich bleibe stehen, und mir tut ein wenig das Herz weh, weil sie jetzt abreist.

Wir hatten Spaß diese Woche. Miami. Filme. Maniküre. Reden über Kerle.

Und das alles, wenn sie mal *nicht* mit Weston aus war.

»Ich denke, ich komme vielleicht wieder«, meint Daphne und dreht sich zu mir um, »wenn ich mit dem Wandbild fertig bin.«

»Weston?«

Sie grinst. »Und du und Rue …«

»Mm, hm.« Ich ziehe sie auf, aber es ist so schön, sie wieder glücklich zu sehen. Sie leuchtet von innen, und das von den feinen blonden Haaren bis zu den pink lackierten Zehenspitzen. In ihren Augen steht ein Licht, das vor einer Woche noch nicht da war.

Daphne umarmt mich und drückt mich so fest, dass ich keine Luft bekomme.

»Sei brav diesen Sommer«, sagt sie. »Umarme das Chaos und das Komplizierte.«

»Ja, ja, ja.«

»Wenn wir uns das nächste Mal sehen, will ich ein paar *wirklich* gute Geschichten hören.« Sie lässt mich los, steigt in den Jetta, und ich sehe von Rues Einfahrt aus zu, wie meine Schwester zum Flughafen abfährt.

Als ich zur Haustür gehe, klingelt das Handy in meiner Tasche.

»Hey, Tante Rue«, grüße ich. »Wie läuft es mit der Einkaufstour in Sachen Wohnung?«

»Liebes, wir haben ein Angebot für das Haus«, sagt sie. »Ich habe es angenommen. Bis Ende Juli müssen wir ausgezogen sein.«

»Das ist großartig«, sage ich.

»Und das zum vollen geforderten Preis.«

»Wundervoll.«

»Auf jeden Fall wollte ich dir nur Bescheid geben, keine Hausbesichtigungen mehr für den Rest des Sommers«, sagt sie. »Und wenn ich am Mittwoch nach Hause komme, führe ich dich in ein hübsches Steakhaus aus. Du warst eine solche Hilfe in den letzten Wochen. Hast geputzt. Organisiert. Dich um Taylor und die Besichtigungen gekümmert.«

Ich lache. »Danke, Tante Rue.«

»Ich bezahle dich aber trotzdem für August«, fährt sie fort.

»Mach dir darum keine Sorgen.«

»Nein, nein. Das mache ich.« Sie räuspert sich. »Jedenfalls kann ich es gar nicht erwarten, dass du die neue Wohnung siehst.«

»Oh, du hast eine gefunden?«

»Nein.« Sie atmet aus. »Aber das kommt noch. Und es wird dir gefallen. Ich habe meinem Agenten gesagt, dass ich nichts kaufe, was nicht die Billigung meiner Nichte erhält. Eines Tages, wenn ich längst nicht mehr da bin …«

»Sag so etwas nicht.« Ich setze mich auf den Rand von Rues Stufen vor der Tür, strecke die Hand nach einer Gelbroten Taglilie aus und streiche mit den Fingerspitzen über ihre satinweichen Blütenblätter.

»Liebes, der Tod ist eine Tatsache des Lebens. Lass mich ausreden.«

»Okay.«

»Eines Tages, wenn ich längst nicht mehr da bin, werde ich meine Wohnung an dich, Demi, Derek und Daphne vererben.« In ihrer Stimme liegt eine Wehmut, die mir das Herz bricht. Ich kann mir ein Leben ohne Großtante Rue nicht vorstellen, und ich will gar nicht daran denken. »Meine Hoffnung ist, dass ihr sie in der Familie behaltet und als gemeinschaftliches Feriendomizil nutzt. Und ich will eine mit mehreren Schlafzimmern, damit ihr alle eure Familien mitnehmen könnt.«

Meine Augen werden feucht, und die helle Nachmittagssonne lässt sie brennen. Ich mache sie fest zu und danke ihr.

»Das bedeutet mir sehr viel, Tante Rue.« Ich schniefe. »Vielen Dank.«

»Ich liebe euch Kinder«, sagt sie. »Ihr seid das, was eigenen Kindern für mich immer am nächsten kam. Dein Vater war mein erster Neffe und der Einzige, der immer in Kontakt blieb, wenn sich alle anderen aus dem Staub machten.«

»Dad ist wirklich gut darin, die Familie zusammenzuhalten«, sage ich.

»Was mehr ist, als alle seine Geschwister sagen können.« Tante Rue räuspert sich. »Jedenfalls, ich liebe dich, Liebes. Ich weiß es zu schätzen, dass du deinen Sommer hier verbringst und dich von mir herumhetzen lässt. Ich bin sicher, du wärst lieber zu Hause bei deinen Freunden und der Familie.«

»Ist schon in Ordnung«, antworte ich. Und ich meine es ernst. In meiner Kindheit gehörten meine Sommer bei Tante

Rue zur Routine, und als ich älter wurde, wurden sie zu hochgeschätzten Erinnerungen. Mir wurde klar, dass diese Sommer nicht endlos gehen würden, und ich bin mehr als glücklich, hier zu sein. »Ich bin genau da, wo ich sein will.«

»In Ordnung. Genug Gefühlsduselei.« Rue lacht. »Bis in ein paar Tagen. Halt die Stellung für mich, ja?«

»Natürlich.«

Tante Rue legt auf, und ich stehe auf und will ins Haus gehen. Doch dann erstarre ich. Zanes schwarzer SUV hält unten an Rues Einfahrt, und das Fenster der Beifahrerseite geht nach unten. Als ich endlich sein Gesicht sehe, bedeutet er mir, zu ihm zu kommen.

»Hey Schönheit«, sagt er, als ich zu ihm komme.

»Wo willst du denn hin?«, frage ich.

Er deutet auf die Golfschläger auf dem Rücksitz. »Ein paar Bälle schlagen. Ich habe morgen so ein Wohltätigkeitsding mit dem Team. Und ich bin etwas eingerostet.«

»Ich *liebe* Golf«, sage ich. »Ich habe zu Hause ein paar Sommer lang auf einem Golfplatz gearbeitet. Und ich habe in der Highschool im Golfteam der Mädchen gespielt.«

»Ach ja?« Seine Miene ändert sich, und ich warte darauf, dass er mich einlädt, mitzukommen. »Das ist cool.«

Ich ziehe die Nase kraus. »Du fährst allein?«

»Ja.«

Ich weigere mich, mich selbst einzuladen, also antworte ich mit einem gelogenen: »Das ist cool. Viel Spaß.«

Und ich gehe. Offensichtlich will er keine Zeit mit mir verbringen, wenn es dabei nicht um Kleider auf dem Boden und unsere Abmachung geht.

»Delilah«, ruft er. »Hey.«

Ich drehe ihm weiter den Rücken zu und winke. Er hat Glück, dass ich ihm nicht den Mittelfinger zeige. Ich meine, ich kapiere ja, dass wir nur Sexfreunde sind, aber das war jetzt eine miese Nummer. Gestern Nacht habe ich in seinen Armen geschlafen, in seinem Bett, in seinem Haus. Er hat mir Pancakes gemacht und mich auf den Scheitel geküsst.

Aber er kann sich nicht in der Öffentlichkeit mit mir zeigen? *Ernsthaft*?

»Delilah …«, ruft er wieder.

Ich schlage die Tür hinter mir zu.

Ich will ja das Komplizierte umarmen. Aber ich werde es nicht akzeptieren, behandelt zu werden, als sei ich irgendjemandes schmutziges kleines Geheimnis.

# 22. KAPITEL

## *Zane*

Ich fühle mich gerade wie der allergrößte Trottel.

Ich stehe vor Rue Rosewoods Haus mit einem Arm voller Rosen und klopfe immer wieder an ihre Tür.

Es ist Dienstagabend.

Ich habe Delilah seit zwei Tagen nicht gesehen. Nicht seit sie am Sonntagnachmittag davongestürmt ist, weil ich sie nicht zum Golfen eingeladen habe.

Ist nicht so, dass ich nicht gewollt hätte. Ich hätte sie liebend gern mitgenommen. Aber ich darf mich nicht mit Mädchen sehen lassen – vor allem nicht mit einem so hübschen wie ihr, das mich wie einen liebeskranken Idioten grinsen lässt. Ich habe dem Coach versprochen, dass es diesen Sommer keine Mädchen geben wird. Und soweit ich weiß, bewege ich mich immer noch auf dünnem Eis. Mein Vertrag enthält keine Bestimmungen, die mich davor schützen, gefeuert zu werden.

»Delilah, ich weiß, dass du da drin bist. Mach auf.« Ich klopfe lauter und richte dann meine Krawatte, denn ich bin passend gekleidet für das Date, zu dem ich sie ausführen will.

Sicher, wir haben nur Sex, und sie ist definitiv nicht meine Freundin, aber das heißt ja nicht, dass sie mir nichts bedeutet. Das Letzte, was ich will, ist, dass sie sich benutzt fühlt, und ich habe jede Absicht, ihr heute Abend alles zu erklären.

Das Licht im Foyer geht an, und mir stockt der Atem. Ich räuspere mich und packe fest den Strauß aus hellrosa Rosen.

Als die Tür aufgeht, steht Delilah vor mir, in Jogginghosen, das Haar zu einem unordentlichen Knoten hochgesteckt, und mit einer dicken schwarzen Sonnenbrille, die ihre wunderschönen, warmen braunen Augen versteckt.

»Kann ich dir helfen?« Eine Hand liegt an ihrer Hüfte, die andere auf dem Türknauf. Ihre Augen mustern mich von oben bis unten. »Wieso bist du so angezogen?«

»Ich führe dich heute Abend aus.«

Sie lacht. »Nein danke.«

»Ich schulde dir ein paar Erklärungen.«

»Verdammt richtig, das tust du. Aber ich bin darüber hinweg, Zane. Wirklich. Wir hatten unseren Spaß, und wir hatten unsere Momente. Ich glaube nicht, dass ich für so etwas wie ›Freunde mit gewissen Vorzügen‹ geschaffen bin, vor allem, da du unfähig bist, mich wie einen Freund zu behandeln.«

»So ist das nicht. Gar nicht.« Ich trete einen Schritt näher. Sie weicht zurück. »Ich verbringe liebend gern Zeit mit dir, Delilah. Ich bin liebend gern mit dir zusammen. Ich habe verdammt viel Spaß mit dir. Wenn du da bist, kann ich ich selbst sein. Ich muss nicht trinken. Ich muss mich nicht zurückhalten – auch wenn ich das manchmal tun sollte.«

Delilah verdreht die Augen und schiebt ihre Brille die Nase hinauf. »Ja, du verbringst gern Zeit mit mir. Hast du ja neulich vollkommen klargemacht, nicht wahr?«

»Lass mich dich heute Abend ausführen«, sage ich. »Ich werde dir alles erklären.«

»Warum sollte ich, Zane?«

Ich vermisse es, dass sie mich *de la Cruz* nennt.

Der scherzhafte Funke in ihren Augen ist verschwunden, und ich fühle mich wie ein riesengroßes Stück Scheiße.

»Weil alles einen Sinn ergeben wird, wenn du hörst, was ich zu sagen habe«, sage ich und gebe ihr die Blumen. »Und du solltest die hier vielleicht ins Wasser stellen. Ist ein paar Stunden her, dass ich sie gekauft habe.«

Delilah nimmt den Strauß widerstrebend und hebt die Rosen an die Nase. »Warum Rosen?«

»Keine Ahnung.« Ich kratze mich unterm Kinn und zucke mit den Schultern. »Ich habe mir alle Blumen angesehen, die sie hatten, und alle sahen viel zu bemüht aus. Die hier waren einfach … perfekt, genau so wie sie waren.«

»Warum pink?«

»Warum die Fragen? Und wieso habe ich das Gefühl, als würde ich gerade psychoanalysiert?«

»Antworte einfach.«

»Weil rot kitschig ist, und pfirsich ist hässlich und erinnert mich an Blumen bei einer Beerdigung. Pink war einfach … perfekt.«

Sie riecht wieder daran und lässt den Strauß dann an ihre Seite sinken. »Na gut. Gib mir Zeit, mich fertigzumachen. Wohin willst du mit mir?«

»Siehst du noch.«

»Ich muss wissen, was ich anziehen soll.«

»Wir werden nahe am Wasser sein. Mehr sage ich nicht.«

Ich sitze an Rues Küchentisch, als Delilahs Absätze im Flur klappern. Als ich sie um die Ecke biegen sehe, vergesse ich fast zu atmen. Ihr Haar ist in lockere Wellen geringelt, die ihr auf die Schultern fallen, und auf den Lippen trägt sie Liebesapfelrot. Ein dunkelblau-weiß gestreiftes Kleid ohne Ärmel umschmiegt ihre Kurven. Es geht ihr bis gerade übers Knie, und ich brauche alle Selbstbeherrschung, um es nicht hochzuziehen und hier und jetzt über sie herzufallen.

»Wow … ich … du …« Ich bin sprachlos. »Du siehst toll aus.«

Sie stemmt eine Hand in die Hüfte. »Sagst du mir jetzt, wo es hingeht?«

Ich gehe mit kleinen Schritten auf sie zu, lasse mir Zeit und genieße ihren Anblick. Sie will immer noch wütend auf mich sein, aber das wird nicht lange andauern. Sie leckt sich über die Lippen, ihr Körper ist angespannt und ihre Haltung wachsam, aber bis die Nacht zu Ende ist, wird sie wieder ganz mir gehören.

Ich streiche mit den Fingerspitzen über ihren seidigen Arm, nehme ihre Hand und gehe mit ihr zur Haustür. Als ich meinen SUV erreiche, hüllt mich der dezente Duft ihres Parfüms in eine süße Wolke.

Ich öffne die Tür, behandle sie ganz als die Lady, die sie ist, und unterlasse es, ihr zu sagen, dass ich gar nicht weiß, ob ich je zuvor einer anderen die Tür geöffnet habe.

Eine Minute später verlassen wir Laguna Palms in Richtung Golfküste. Noch etwa eine Stunde, und wir sind an meinem liebsten Privatstrand. Dieses kleine Stück Küste gehört einem meiner Kumpel, und heute Abend gibt es dort nur uns, eine Decke, die Wellen und den Sternenhimmel.

Ich bin kein Romantiker, aber ich will, dass Delilah sich heute Abend als etwas Besonderes fühlt. Denn verdammt, sie ist etwas Besonderes.

# 23. KAPITEL

## *Delilah*

Zane hält auf einem kleinen, baumbestandenen Parkplatz. Oben an einem schmiedeeisernen Tor hängt ein Schild, auf dem steht »Privat«.

»Hüpf raus«, sagt er, greift hinter sich und bringt eine Decke und eine kleine Kühltasche zum Vorschein.

»Was ist das? Ein Picknick?«

»So was in der Art.«

Der Himmel ist pechschwarz, abgesehen von funkelnden Sternen und einem hellen Vollmond. Warum Zane diesen Abend in Romantik hüllen sollte, geht über meinen Horizont, aber aus irgendeinem vollkommen irren Grund bin ich bereit, ihn ein letztes Mal anzuhören.

Ich folge ihm zum Tor, wo er einen Code eingibt, der uns Zutritt gewährt. Ein sandiger Pfad, umgeben von Grün, führt uns dem Geräusch sich brechender Wellen entgegen, und Sekunden später haben wir einen Privatstrand erreicht, mit puderzuckerweichem weißem Sand und im Mondlicht türkis schimmerndem Wasser.

Zane breitet die Decke aus, und ich ziehe meine Riemchensandalen aus. Dann geht er auf die Knie, öffnet die Kühltasche und holt eine Flasche Wein, zwei Gläser und einen Korkenzieher heraus.

»Wieso tust du das?«, frage ich. »Ich verstehe nicht.«

»Meine *abuela* hat mir immer gesagt, dass Taten mehr sagen

als Worte«, antwortet er und dreht den Korkenzieher in den Korken der Weinflasche.

»Okay, also was willst du mit alldem sagen, denn ich bin gerade *wirklich* verwirrt. Blumen? Picknick am Strand? Wein?«

»Neulich«, antwortet er, schenkt mir ein Glas Wein ein und gibt es mir. »Ich weiß, dass ich deine Gefühle verletzt habe.«

»Was hat mich verraten?« Mein Tonfall ist trockener als der Wein, an dem ich gerade nippe.

Zane nimmt sein Glas, trinkt es in einem Zug zur Hälfte aus und starrt über meine Schulter hinweg auf die rollenden Wellen. Zum ersten Mal überhaupt wirkt er gedankenverloren.

»Ich weiß gar nicht, wo ich anfangen soll.« Er lacht, aber es ist kein freudiges Lachen. Es klingt nervös. Noch eine Premiere. Ich habe Zane de la Cruz noch nie nervös gesehen. Niemals.

Mein Puls rast, und ich trinke noch einen Schluck. In der Graduiertenschule habe ich gelernt, wenn jemand kurz davor ist, etwas zu offenbaren, lassen wir ihn das zu seinen Bedingungen tun. Wir entlocken Informationen nicht mit Schmeicheleien und Drängen.

»Wenn ich dir heute Abend einige Dinge erzähle«, fängt er an. »Dann versprich mir eins.«

»Natürlich.«

»Versuch nicht, mich zu analysieren. Versuch nicht, mich zu ergründen.«

Das wird richtig hart werden, aber ich werde mein Bestes geben. »Okay.«

»Ich meine es ernst, Delilah«, sagt er. »Wenn ich dir diese Dinge erzähle, will ich nicht, dass du mich dann mit anderen Augen siehst. Zum Guten oder zum Schlechten. Ich will nicht, dass sich etwas ändert. Ich will nicht, dass du Mitleid mit mir hast, und ich will nicht, dass du mich verlässt, ohne noch einmal darüber nachzudenken.«

Sein Vorwort macht mir langsam Angst, aber ich behalte einen ruhigen Blick bei und atme langsam und tief. In einem der Seminare haben wir gelernt, darauf vorbereitet zu sein, alles Mögliche zu hören. Man weiß nie, welche Geheimnisse jemand mit sich herumtragen muss, bis dieser Jemand sich entscheidet, seine Geschichte zu erzählen.

»Ich werde dich nicht verurteilen oder analysieren, Zane.« Ich drücke mir die Hand aufs Herz und merke, dass mein Blick mitfühlend wird. »Versprochen.«

Er lächelt nervös, trinkt noch einen Schluck Wein und schluckt ihn so hastig hinunter, dass ich bezweifle, dass er den Wein überhaupt schmeckt.

»Okay.« Er holt hörbar Luft und atmet wieder aus. »Scheiße. Ich weiß nicht einmal, wo ich anfangen soll. Und teilweise geht es hier um Dinge, über die ich seit Jahren nicht geredet habe. Jahrzehnte sogar.«

Ich strecke die Hand über die Decke aus, rutsche näher und lege meine Hand auf seine. »Ich fühle mich geehrt, dass du sie mit mir teilen willst.«

Noch nie habe ich Zane so verletzlich gesehen, und das lässt mich beinahe alle Gründe vergessen, warum er auf meiner schwarzen Liste steht. Ein Teil von mir will sich in seine Arme schmiegen, sich um ihn wickeln und seine bebenden Lippen küssen. Es ist schön, den Mann hinter dem Ego zu sehen. Ein Hauch frischer Luft.

»Als ich neun Jahre alt war«, fängt er an, »hat mich das Jugendamt von meiner Mutter weggeholt. Sie nahm Drogen. Prostituierte sich, um die Miete zu bezahlen. Ich war nie in der Schule gewesen. Ich war unterernährt und zu klein für mein Alter. Ich sah aus wie ein Fünfjähriger.«

»Mein Gott«, flüstere ich, betrachte den großen, muskelbepackten Mann vor mir und versuche, mir einen abgemagerten kleinen Jungen vorzustellen.

»Ich kam zu meiner Großmutter, Magdalena«, fährt er fort. »Ich hatte sie noch nie zuvor gesehen. Sie war die Mutter meines Vaters, und sie und meine Mutter hassten einander. Meine Mutter ließ Magdalena nie an uns heran, und selbst wenn meine Großmutter uns Geld schickte, schickte meine Mutter es immer zurück. Lieber prostituierte sie sich, als Geld von Magda anzunehmen.«

Ich nicke und drücke seine Hand, um ihm zu zeigen, dass ich zuhöre.

»Wie auch immer, meine Großmutter brachte mir das Lesen bei und meldete mich in der Schule an«, erzählt er. »Sie ist diejenige, die mich eines Sommers für das Football-Trainingslager angemeldet hat. Ich war das kleinste Kind im Team. Niemand wollte mich da. Aber ich liebte das Spiel total, also war mir das immer egal. Magda hat mir beigebracht, das Schlimmste, was man im Leben tun kann, ist, sich darum Gedanken zu machen, was andere denken.«

Er lächelt, und in seinen Augen steht eine nostalgische Distanz, als würde er eine Erinnerung an sie heraufbeschwören.

»Sie hat mir auch beigebracht, dass wir uns nie durch die Vergangenheit definieren lassen sollen. Dass wir in der Gegenwart leben sollen.« Seine Schultern heben und senken sich. »Dass man sich nie mit weniger zufriedengeben soll als mit dem, was man will.«

»Deine Großmutter klingt wie eine weise Frau.«

Zane dreht sich zu mir, und seine braunen Augen glitzern. »Ja, das war sie. Und wahrscheinlich dreht sie sich im Grab um wegen des Typen, der ich geworden bin.«

»Das bezweifle ich.«

Er trinkt mit noch einem Schluck sein Glas leer und schenkt noch eins ein. Langsam gehen seine Mundwinkel hoch.

»Ich sollte nicht einmal trinken«, sagt er.

Ich lege meine Hand auf seine und halte damit das Weinglas unter Kontrolle. »Dann lass es.«

Ich nehme es ihm aus der Hand und stelle es vorsichtig neben der Decke in den Sand.

»In meinem letzten Jahr auf dem College ist sie gestorben. Kurz bevor ich von Gainesville rekrutiert wurde«, erzählt er. »Sie hat nicht lange genug gelebt, um mich in der Profiliga spielen zu sehen, aber diese Frau hat nicht ein einziges College-Heimspiel verpasst.«

Er holt bebend Luft.

»Nachdem ich das erste Antrittsgeld bekam, änderte sich alles«, meint er kopfschüttelnd. »Ich war erst dreiundzwanzig und von einem Moment auf den anderen Millionär. Keine Richtung. Niemand, der mich führen konnte. Niemand, der mir sagte, dass ich kein verdammtes Riesenarschloch sein soll.«

»Falls es irgendein Trost ist: Ich denke, es würde jedem in dem Alter schwerfallen, verantwortungsvoll zu sein, wenn einem jemand so viel Geld in den Schoß kippt.«

Er schnaubt durch die Nase. »Ich war mehr als verantwortungslos. Ich habe viele Menschen verletzt. Menschen, die mir wichtig waren. Ich habe böse Dinge getan. Unverzeihliche Dinge.«

»Nichts ist unverzeihlich.«

Zane setzt sich anders hin und starrt ausdruckslos geradeaus auf die heranrollenden Wellen. »Vor ein paar Jahren war ich mit einem Mädchen namens Mirabelle verlobt.«

Er verstummt, sein Körper ist stocksteif, und ich bin nicht sicher, ob er weitererzählen will, aber ich sage nichts.

Einige Sekunden später räuspert er sich und atmet tief aus. »Sie war die Liebe meines Lebens. Ich war glücklich wie noch nie. Wir haben alles zusammen gemacht. Derart unzertrennlich war ich nie zuvor mit irgendwem gewesen. Davor wusste ich nicht einmal, dass man so empfinden kann.«

»Sie war deine erste Liebe.«

»Richtig.« Er schüttelt den Kopf. »Wir waren jung. Und dumm. Wir trieben es wie die Karnickel. Ich habe sie überredet, ein Sexvideo mit mir aufzunehmen. Sie wollte nicht. Ich habe ihr gesagt, dass es außer uns niemand zu sehen bekommen würde. Dass ich es bei Spielen außerhalb der Stadt mitnehmen will, damit ich es mir ansehen kann, wenn ich sie vermisse. Du weißt schon, Dinge, die man sagt, wenn man total verliebt ist. Am Ende war sie einverstanden, und wir haben das schmutzigste Sexvideo gedreht, das man sich vorstellen kann.«

Ich spitze die Lippen, und mir tut das Herz weh um dieses süße Mädchen, während sich mir vor trauriger Vorahnung der Magen umdreht, denn mir ist klar, dass diese Geschichte kein gutes Ende haben wird.

»Jedenfalls war es auf diesem kleinen, tragbaren Videorekorder«, fährt er fort. »Ich habe ihn zu einem Spiel gegen die Ironfield Rivets mitgenommen. An jenem Samstagabend, dem Tag vor dem Spiel, hingen einige von uns bei mir im Hotelzimmer herum. Ich ging mit ein paar Kumpels los, um Abendessen zu besorgen, und als ich zurückkam, war das halbe Team um meinen Fernseher versammelt. Einer der Mistkerle hatte die Kamera gefunden und an den Fernseher angeschlossen. Sie beobachteten Mirabelle, beglotzten jeden Quadratzentimeter von ihr, als wäre sie irgendein schmutziges Pornosternchen, und brüllten und johlten dabei wie eine Horde wilder Affen.«

»Oh nein.« Meine Augen brennen. Ich kann mir das gar nicht vorstellen.

»Ich musste es ihr sagen«, sagt er. »Mirabelle war ein sehr zurückhaltender Mensch. Man könnte sogar sagen, scheu. Sie nur dazu zu bringen, dieses Video aufzunehmen … es war etwas, das sie für mich tat. Es war ihr *Vertrauensbeweis*.«

Ich drücke seine Hand.

»Unnötig zu sagen, dass sie sich gedemütigt fühlte. Tatsächlich weit mehr als gedemütigt.« Zane reibt sich übers Gesicht und inhaliert die warme Meeresluft um uns herum. Dieser Abend ist viel zu schön für eine derart tragische Geschichte. »Sie wollte sich das Leben nehmen.«

»Oh mein Gott.«

»Sie war nach Hause gefahren, nach Kalifornien, an dem Wochenende, nachdem ich es ihr gesagt hatte. Sie musste weg. Sie wollte keinem der Typen aus dem Team begegnen. Verständlich. An jenem Sonntag bekam ich einen Anruf von ihrem Onkel, der mir sagte, dass jemand Mirabelle von der zweistöckigen Treppe ihres Elternhauses hängend gefunden hatte. Sie atmete noch. Sie war noch am Leben.«

Ich rutsche näher zu ihm und nehme seine andere Hand.

»Lange Rede, kurzer Sinn, ich bin hingeflogen. Ich habe ihren Eltern alles gebeichtet«, sagt er. »Sie verdienten zu erfahren, warum ihre liebenswerte, wunderschöne, intelligente und glückliche Tochter so etwas tun sollte.«

»Und wie haben sie es aufgenommen?«

»Nicht gut.« Er schüttelt den Kopf. »Sie haben mich gebeten, auf der Stelle zu gehen und mir verboten, je wieder in die Nähe ihrer Tochter zu kommen.«

»Geht es ihr wieder gut?«

»Nein.« Er senkt den Kopf. »Durch den Sauerstoffentzug hat sie einen dauerhaften Hirnschaden erlitten. Sie kann nicht sprechen. Nicht laufen. Ich weiß nur, dass sie in irgendeiner privaten Pflegeeinrichtung im Norden von Kalifornien lebt.

Ich habe Privatdetektive angeheuert, um sie zu suchen, aber keiner hat etwas gefunden. Diese Einrichtung, wo immer sie ist, ist besser geschützt als Fort Knox. Ich werde sie nie wiedersehen. Ich werde mich nie entschuldigen können. Es wird für keinen von uns beiden je einen Schlussstrich geben.«

Ich rutsche auf seinen Schoß, unfähig, noch eine Sekunde länger in seine schmerzerfüllten Augen zu sehen, schlinge die Arme um seinen Nacken und küsse ihn auf die Wange.

»Es tut mir so leid, Zane«, flüstere ich ihm ins Ohr.

»Du erinnerst mich so sehr an sie.« Seine Stimme zittert ein wenig. »Aber ich schwöre, Delilah, das ist nicht der Grund, wieso …«

»Ich weiß.«

Er atmet mich ein und atmet dann wortlos wieder aus.

Und jetzt begreife ich es.

Die Partys. Das Leben im Moment. Das Rebellieren. Das war alles ein riesiges »Leck mich« an die tragisch wunderbaren Karten, die er in der Hand gehalten hatte. Einerseits hatte er alles. Und andererseits hatte er nichts.

Ich setze mich neben ihn und halte weiter seine Hand.

»Der Grund, warum ich dir das alles erzähle«, sagt er, »ist der, dass ich in den letzten paar Jahren ein ziemlicher Scheißkerl war, zum Team, zum Coach, zu jedem, der mich zügeln wollte. Und dieses Jahr sagte man mir, dass der Eigentümer darüber nachdenkt, mich aus dem Team zu werfen, es sei denn, ich bringe mein Leben in Ordnung. Also hieß es kein Alkohol, keine Frauen, keine Partys – zumindest nichts davon in der Öffentlichkeit. Das Team steckte bereits ein Vermögen in die PR, um meinen Ruf reinzuwaschen. Und die Cougars sind ein so neues Team, dass sie sich nicht noch mehr negative Publicity leisten können, also haben sie mir ein Ultimatum gestellt.«

»Sie können dich einfach rauswerfen? Hast du denn keinen Vertrag?«

»So ist es nun mal, es sei denn, man ist Tony fucking Romo oder so«, schnaubt er. »Die meisten Verträge haben keine Klauseln, die einen vor Entlassung schützen.«

»Das ist nicht fair.«

»Das Leben ist nicht fair, Schönheit.«

Wie wahr.

Zane legt sich rücklings auf die Decke, und ich kuschele mich in seinen Arm, wo ich mich herrlich warm fühle.

»Also der Grund, warum ich dich am Sonntag nicht zum Golf mitnehmen konnte«, sagt er, »war der, dass ich hier versuche, auf einem schmalen Grat zu wandeln. Öffentlich. Zumindest für den Rest der Saison. Und danach bin ich fertig mit den Cougars. Mein Vertrag läuft nach diesem Jahr aus, und dann bin ich ablösefrei. Ich bin bereit für einen Szenewechsel.«

»Ich verstehe.«

»So gern ich mich mit dir in der Öffentlichkeit zeigen will, weil ich denke, dass es ziemlich cool ist, Zeit mit dir zu verbringen«, sagt er, »kann ich es einfach nicht. Noch nicht. Wir sind so kurz vor dem Beginn des Footballtrainings, und man hat mir gesagt, dass sie immer noch nicht entschieden haben, ob sie mich rauswerfen wollen oder nicht. Ich darf mir keinen Fehler erlauben. Nicht, wenn ich so kurz vor dem Ziel bin.«

»Und wieso Blumen, Wein und privater Strand?«

Zane zuckt mit den Schultern. »Eine Sache von Respekt. Ich wollte, dass du weißt, dass du etwas Besonderes bist. Du bist nicht nur eine Sexfreundin. Du magst vielleicht nicht meine Freundin sein, aber du bedeutest mir etwas. Und ich weiß zu schätzen, dass du mit meinem Mist klarkommst, ich weiß, ich bin nicht gerade der einfachste Mistkerl.«

Ich seufze und atme den verblassten Duft seines Aftershaves ein. Ich werde den Duft vermissen, wenn der Sommer vorbei ist. Wenn ich ihn in Flaschen füllen und mitnehmen könnte, würde ich es tun.

»Was für ein Cologne trägst du?«, frage ich – als ob die Absicht hinter meiner Frage nicht voll offensichtlich wäre.

»Was?«, prustet er.

»Du riechst wirklich gut. Ich war nur neugierig. Ist egal.« Ich schmiege die Wange an sein Baumwollshirt.

Seine Finger tauchen in mein Haar ein, und meine Frage bleibt unbeantwortet. Und vielleicht ist das die Art des Lebens, mich daran zu erinnern, dass man im Moment leben soll. Ich werde den Namen seines Colognes nie erfahren, und wahrscheinlich werde ich nie wieder an diesen Privatstrand in dieser unbedeutenden Stadt mitten im Nichts kommen.

Im Moment ist dieser Moment alles, was wir haben.

Und vielleicht ist das, genau jetzt, alles, was wir brauchen.

# 24. KAPITEL

## Zane

»Rues Haus ist übrigens verkauft.« Der Mond beleuchtet Delilahs Gesicht durch das Beifahrerfenster, als wir am Dienstagabend zurück nach Laguna Palms fahren, mit Sand in den Schuhen und den Überresten unserer Strandsex-Orgasmen in den Adern.

Wir haben uns am Strand geliebt.

Es war nicht nur Sex.

Es war so viel mehr.

Ohne jeden Anflug von schmutzigen Worten. Sie bat nicht darum, und ich behandelte sie nicht wie ein sexhungriges Tier. Es war langsam und sinnlich, die Art Sex, der etwas bedeutet.

Die Art Sex, den ich nicht mehr hatte seit Mirabelle …

»Ab Ende Juli sind wir weg«, fährt sie fort.

Mir dreht sich der Magen um. »Tja, das ist irgendwie ein Schlag.«

»Irgendwie?« Sie knufft mich scherzhaft mit dem Ellbogen.

»Schätze, wir werden tatsächlich das Beste aus der Zeit machen müssen, die wir noch haben«, sage ich. »Ich sage, wir schließen einen Pakt.«

»Was für einen Pakt?«

»Kein Streit. Nur Sex. Und Spaß.« Ich drehe mich zu ihr um und fühle ihren Blick. Ihre Lippen gehen an einer Seite hoch. »Lass uns diesen Sommer zu einem machen, den keiner von uns je vergessen kann.«

»In Ordnung. Abgemacht.«

Wir schütteln uns die Hände und sehen einander eine Sekunde zu lange in die Augen.

Als wir in meine Straße einbiegen, fahre ich, ganz entgegen meiner Gewohnheit, in meine Einfahrt. Mein Körper ist warm und entspannt, und mein Verstand ist erschöpft, nachdem ich meine Lebensgeschichte enthüllt habe. Ich greife nach Delilahs Hand und atme tief durch.

»Willst du heute Nacht hier schlafen?«, frage ich.

Sie drückt die Knie zusammen. »Oh, ähm. Also, nicht dass du denkst, dass ich keinen Sex mit dir will, aber …«

»Nein«, sage ich. »Das meine ich gar nicht. Ich möchte, dass du über Nacht bleibst.«

Sie dreht sich langsam zu mir um und runzelt die Stirn. »Wirklich?«

»Ja.« Ich zucke mit den Schultern ohne den Blick abzuwenden. »Ich möchte das.«

Ich stelle den Wagen auf Parken, und sie nimmt ihre Tasche und blickt zwischen meinem Haus und dem von Rue hin und her. Wir steigen aus, gehen um das Auto herum und treffen uns an der Motorhaube.

»Woran denkst du?«, frage ich.

Sie kaut an ihrer Lippe. »An vieles.«

Ich ziehe die Augenbrauen hoch und will, dass sie das näher ausführt. »Wie zum Beispiel?«

Delilah öffnet den Mund, um etwas zu sagen, doch dann hält sie sich zurück. »Nichts, das gerade jetzt gesagt werden muss. Es ist spät. Ich bin erschöpft. Und du auch.«

Ich nehme ihre Hand und ziehe sie an mich. »Kommst du mit hinein, oder muss ich dich über die Schulter werfen und tragen?«

Ihre Lippen verziehen sich zu einem Grinsen, und dann

gähnt sie. »Mach mit mir, was du willst, de la Cruz. Heute Abend hast du dir ein paar Bonuspunkte verdient.«

»Keine Mitleidspunkte, hoffe ich.«

»Nein. Nur Netter-Kerl-Punkte.«

Ich kneife fest die Augen zu und strecke die Zunge heraus. »Lahm.«

»Nicht lahm. Gar nicht lahm.«

Ohne Zögern werfe ich sie mir über die Schulter, fahre mit den Händen über die Rückseiten ihrer Oberschenkel und gebe ihr einen Klaps auf den Po. Sie hämmert mit den Fäusten auf meinen Rücken.

»Ich dachte, das mit dem über den Rücken werfen war ein Witz«, lacht sie.

»Nein. Das wollte ich immer schon mal mit jemandem machen.« Ich gehe mit ihr hinein und lasse sie auf mein Bett am Ende des Flurs fallen. Dann hole ich ein T-Shirt aus meiner Kommode und werfe es ihr zu. »Du kannst nackt oder in einem meiner Shirts schlafen. Wie es bequem für dich ist.«

»Entscheidung des Gastgebers.« Sie zieht den Reißverschluss ihres Kleides auf, lässt es zu Boden fallen und trägt nun nichts als BH, Höschen und ein Lächeln.

»Ich weiß, ich habe gesagt, dass ich nicht mit dir schlafe, wenn du heute hier übernachtest, aber es wird echt schwer, zu meinem Wort zu stehen, wenn du da stehst und so aussiehst, und das mit diesen Lippen.«

Ich löse meine Krawatte und öffne fieberhaft schnell meine Knöpfe, während sie ihren BH auszieht und aus dem Höschen steigt. Ich kann mich jetzt schon kaum zurückhalten. Ich schätze, ich habe mein bestes Stück unterschätzt. Es hat noch eine Menge Leben in sich heute Abend.

»Wo willst du mich haben?« Ihr Lächeln ist scheu, und ihre Brüste sind lebhaft und voll.

Ich mustere mein Sexkätzchen genau und versuche, die richtigen Worte zu finden, um dieses Lächeln auf ihren Lippen und die Energie zwischen ihren Beinen nicht zu verlieren.

»Auf die Knie«, sage ich.

Sie gehorcht, und da begreife ich.

Ich begreife, warum Delilah Rosewood im Schlafzimmer gern so *gar nicht* wie Delilah Rosewood behandelt werden will. Es ist befreiend, jemand anders zu sein.

Das Leben ist hart.

Manchmal brauchen wir alle eine Pause.

Manchmal brauchen wir es, jemand anders als wir selbst zu sein, denn das sind die einzigen Momente, in denen wir frei sind von unseren selbst angelegten Fesseln.

»Komm näher. Lass mich diesen hübschen Mund vögeln«, knurre ich, und sie lächelt breiter, greift nach meinem Schwanz und umkreist ihn mit Daumen und Zeigefinger.

Sie führt die Zunge an meine Eichel, umkreist sie und lässt ihn dann in ihren Mund gleiten, während sie ihn an der Wurzel zugleich mit flüssigen Bewegungen massiert.

»Gott, du kannst echt gut blasen«, stöhne ich. Mir wird schwindelig vor Lust, wenn ich nur daran denke, wie gut sie in einer Minute schmecken wird. »Komm auf das Bett.«

Delilah löst die Lippen von meinem Schaft, steht auf und hockt sich auf den Bettrand. Ich lege mich mitten darauf und ziehe sie über mich, bis ihr Kopf über meinem harten Schwanz und mein Mund über ihrer empfindlichsten Stelle schwebt.

Wenn das nicht der Himmel ist, dann weiß ich nicht, was.

# 25. KAPITEL

## *Delilah*

»Du bist der erste Sexfreund, den ich je hatte«, platze ich heraus, als ich am Mittwochmorgen das Geschirr vom Frühstück spüle. Ich stehe da, habe nichts als eine Schürze am nackten Leib und die Arme bis zu den Ellbogen in Spülwasser mit Seifenbläschen. »Und wahrscheinlich auch der letzte.«

Zane zieht die rechte Augenbraue hoch. »Wieso das?«

»Ich kann mir nicht vorstellen, das mit irgendwem anders zu tun«, antworte ich. »Die Sache von wegen ›keine Verpflichtungen‹. Das ist schwer. Das war es, worüber ich nachdachte gestern Abend in der Einfahrt – als du gefragt hast.«

»In Ordnung. Was ist schwer daran?« Er grinst und blickt hinab auf sein Gemächt. »Abgesehen vom Offensichtlichen.«

»Ich weiß nicht. Ich schätze … nach gestern Abend. Da habe ich einfach diese andere Seite von dir gesehen. Und dann haben wir diesen Pakt geschlossen.« Ich seufze. »In sechs Wochen, mehr oder weniger, bin ich weg. Ich meine, ist das dann alles? Ich sage einfach Lebewohl, hüpfe in ein Flugzeug und sehe dich nie wieder? So gesehen, ist diese ganze Erfahrung für dich austauschbar?«

Er geht um die Kücheninsel herum und dringt in meinen persönlichen Raum. Seine Hände legen sich an meinen Rücken, und er beugt sich nieder, um mich auf den Scheitel zu küssen. Seine Wärme wärmt mich, und seine Berührung jagt mir Schauer über den Rücken.

»Du könntest nie austauschbar sein«, sagt er. »Immer wenn du auch nur ein wenig scharf bist, dann ruf mich an, und ich besorge dir den nächsten Flug hierher.«

»Also fliegt das Flugzeug nur in eine Richtung?«

Er dreht sich um, lehnt sich mit dem Rücken an die Kücheninsel und stützt die Ellbogen auf den Marmortresen. »Tja, und genau da wird es kompliziert, weißt du, denn wenn wir hin- und herfliegen, um einander zu sehen, dann strecken wir unsere Zehen auf Fernbeziehungsterritorium aus, und so etwas geht nie für irgendwen gut aus.«

»Ich schätze, ich will wohl einfach wissen, was ich dir bedeute. Und es tut mir leid, wenn ›Sexfreunde‹ sich nicht wie notgeile Freundin anhören soll. Ich versichere dir, dass ich das nicht bin. Es liegt in meiner Natur, für alles eine Erklärung zu brauchen.« Ich spüle den letzten Teller ab und gebe ihn ihm, um ihn abzutrocknen.

Er zögert, und seine Miene wird ernst, als er mir in die Augen sieht. »Himmel, Delilah. Ja. Du bedeutest mir wirklich etwas – auf eine Weise, wie noch nie jemand anderes zuvor.«

Meine Unterlippe zittert, und ich schließe die Augen. Ich hole tief Luft. Das ist genau das, was nicht passieren sollte.

Ich wollte keine Gefühle entwickeln.

Ich wollte mich nicht in ihn verlieben.

Ich wollte mich nicht nach diesen liebevollen Erklärungen von Zuneigung sehnen, von dem einen Mann, der nicht darauf aus war, sie auszusprechen.

»Es ist nur … die Blumen, der Wein, der romantische Abend, und all die netten Dinge, die du neulich gesagt hast … es ist, als würdest du mich ständig verfolgen.« Ich lasse das Wasser aus dem Spülbecken, ohne den Blick von ihm zu wenden. »Und dann hängst du bei jeder Gelegenheit diesen Sexfreunde-Disclaimer dran.«

Er verzieht das Gesicht. »Ich dachte, das ist es, was du wolltest? Ich dachte, das ist es, was wir tun? Sex und Spaß? Kein Streit mehr?«

Meine Schultern sinken herab.

»So war es. Ich meine, so ist es.« Ich wende den Blick ab, aus dem Küchenfenster, das perfekt seinen glitzernden, saphirblauen Pool umrahmt. Genau das hatte Daphne gemeint, als sie sagte, ich solle das Komplizierte umarmen, und hier bin ich und renne voller Angst in die entgegengesetzte Richtung. »Vergiss, dass ich etwas gesagt habe, ja? Manchmal verliere ich mich zu sehr in meinen eigenen Gedanken.«

Er steht da, sieht mich wortlos an, und meine Wangen brennen. »Willst du damit weitermachen?«

Ich blicke auf in seine vertrauten honigbraunen Augen und nicke langsam, obwohl meine wahre Antwort sich am besten als eine Mischung zwischen »Ja« und »Nein« beschreiben lässt.

»Bist du sicher, Delilah? Bist du dir *wirklich* sicher? Denn ich will dich nicht verletzen. Ich könnte nicht damit leben, wenn ich noch einen Menschen verletze, der mir wichtig ist.« Und schon wieder sendet er mir uneindeutige Signale.

»Siehst du.« Ich gebe ein unbehagliches Kichern von mir. »Und schon sagst du wieder so etwas.«

»Was denn?«

»Dass ich dir wichtig bin und du mich nicht verletzen willst«, antworte ich. »Es lässt mich denken, dass deine Gefühle für mich hinausgehen über …«

Ich verstumme, und ich binde die Schürze auf. Ich komme mir lächerlich vor, als ich so nackt hier stehe und meine Brüste aus einer Küchenschürze quellen, die vorn bestickt ist mit »Javiers Concierge Services«.

Eine heiße Minute lang war es cool, aber ich kann nicht hier stehen, eine so ernste Unterhaltung mit ihm führen und dabei aussehen, als wäre ich drauf und dran, mich diesen Morgen zum zweiten Mal nageln zu lassen. Er muss mir zuhören und mich ernstnehmen. Ich brauche echte Antworten, ohne dass seine Augen dabei ständig in gefährliches Territorium wandern.

»Delilah.« Zane nimmt meine Hände und zieht mich an sich. »Hör auf, alles zu Tode zu analysieren. Denn genau das tust du gerade. Du *zerstörst* dieses wundervolle Arrangement, das wir haben. Und verdammt, es ist wundervoll. Die Chemie zwischen uns … die Anziehungskraft. Feuer und Eis. Es ist perfekt.«

»Ich will nur wissen, ob du es vermissen wirst, wenn es vorbei ist. Wenn ich längst weg und nur noch eine alte, verblasste Erinnerung bin.«

»Wie könnte ich nicht?« Seine Hände streicheln über mein Kinn, und mein Blick fällt auf seine tiefen Grübchen. »Hab. Einfach. Spaß. Uns bleibt nicht mehr viel Zeit. Lass uns die nicht damit verbringen, uns um die Zukunft zu sorgen. Das hier ist alles, was wir haben. Genau hier und genau jetzt. Hab Spaß, Delilah. Mit mir.«

»Ich versuche es«, beteuere ich. »Aber wenn du mich so ansiehst und nette Dinge zu mir sagst, ist es irgendwie schwer, zu trennen und aufzuteilen, was mein Verstand weiß und was mein Körper will, dass wir sein sollen, und dann muss ich noch bedenken, wie sich mein Herz fühlt.«

»Wie fühlt sich denn dein Herz?«

»Total durcheinander.« Ich verziehe das Gesicht.

Seine Hände umfassen meine Taille, und er dreht mich herum und hebt mich auf den Tresen. Jetzt sind wir fast auf Augenhöhe.

Zum ersten Mal, seit ich diesem geläuterten Mistkerl begegnet bin, weiß ich eins ganz sicher …

Ich will Zane de la Cruz' Freundin sein.

Ich will das einzige Mädchen sein, das er so ansieht, wie er mich ansieht.

Ich will das einzige Mädchen sein, bei dem er überhaupt an Sex denken würde.

Ich will das Erste sein, woran er denkt, wenn er aufwacht, und das Letzte in seinen Gedanken, bevor er einschläft.

Und vielleicht hätte ich diesem ganzen Sexfreunde-Ding nie zustimmen sollen, doch zu meiner Verteidigung sei gesagt, dass ich da irgendwie hineingestolpert bin, und ich bin mir ziemlich sicher, dass es irgendeine Art Superheldenkraft bräuchte, um seinem Charme zu widerstehen.

All diese Gefühle fressen mich auf, als ich hier stehe, in seiner Gegenwart, und mich einerseits total wohl fühle und zugleich total durcheinander. Wenn ich ihn ansehe und weiß, dass ich in sechs Wochen gehen muss, mit nichts als einer Handvoll Erinnerungen, tut mir das Herz weh, und mir bleibt die Luft weg.

Noch nie in meinem Leben hielt ich es für möglich, dass man sich davon, dass man jemanden hasst, dazu verändert, dass man denjenigen irgendwie mag und sich dann buchstäblich über Nacht in ihn verliebt. Aber ich weiß nur, dass etwas seit gestern Nacht anders ist, und ich bin nicht mehr in der Lage, ihn mit denselben Augen zu sehen wie vorher.

»Ich sollte gehen.« Ich löse die Anspannung mit einer Ausrede, die mir auf der Zunge liegt. »Rue wird jeden Moment nach Hause kommen, und ich sollte mich frischmachen. Sie will später mit mir essen gehen.«

Ich falte die Schürze unordentlich zusammen, lege sie auf die Kücheninsel und gehe, um meine Sachen einzusammeln und möglichst schnell hier zu verschwinden, bevor es noch peinlicher wird.

Alles in mir krümmt sich. Ich habe gesagt, was ich gesagt habe. Jetzt gibt es kein Zurück mehr. Es ist nicht wichtig, wie sehr ich ihn zu überzeugen versuche, dass ich mit unserem Arrangement klarkomme – er wird sich an das erinnern, was ich ihm heute gesagt habe. In seiner Küche. Nackt in einer Schürze und eingehüllt in den Geruch von Morgendämmerung.

Einige Minuten später bin ich angezogen, und meine Tasche hängt über meiner Schulter, als ich zur Haustür gehe. Ich bin nicht sicher, ob er gegangen ist oder warum er mich allein gehen lässt, aber irgendwo in der Magengegend fühlt sich etwas merkwürdig an.

»Zane?«, rufe ich, die Hand am Türknauf.

Stille.

Ich schlucke trocken, ziehe die Tür auf und gehe ohne Abschied.

Einfach zu gehen und dabei nicht zu wissen, wo wir stehen, dreht mir den Magen um. Wenn es jetzt schon so schwer ist, kann ich mir nicht vorstellen, dass es in sechs Wochen einfacher sein wird.

»Delilah.« Seine Stimme lässt mich auf der Stelle stehenbleiben, halb seine Einfahrt hinunter.

Ich drehe mich um, und meine Hoffnungen sind auf der Stelle vernichtet, als ich sehe, dass er mein Handy hochhält. Ich schenke ihm ein zaghaftes Lächeln und gehe auf seinen ausgestreckten Arm zu.

»Danke.« Ich nehme es, lasse es in meine Tasche gleiten und drehe mich um.

»Delilah.« Wieder sagt er meinen Namen, und mir tut das Herz weh.

»Ja?« Ich drehe mich zu ihm um, die Hand fest um den Riemen meiner Tasche geklammert.

»Du kommst doch wieder, ja?« Er blinzelt in die Morgensonne und schirmt seine Honigaugen mit der Hand ab. »Das ist nicht das Ende.«

Ich weiß nicht, ob er das fragt oder irgendeine Tatsache feststellt. So oder so, ich nicke.

»Klar«, sage ich und lasse den Ball in seinem Feld liegen.

»Ich weiß, du bist heute Abend beschäftigt«, meint er, »aber was hast du Freitagabend vor?«

Ich zucke mit den Schultern und runzele die Stirn. »Ich weiß nicht. Wieso?«

»Halt das Wochenende für mich frei und pack eine Tasche«, sagt er lächelnd, und auf einer Seite sieht man sein Grübchen. Ich bin nicht sicher, wie ich *darauf* Nein sagen soll. Wenn ich es versuchte, könnte ich es nicht.

Zane de la Cruz fragt mich, ob ich mit ihm wegfahren will.

»Ich bin nicht sicher, was du vorhast, de la Cruz«, sage ich.

»Gar nichts. Mir ist nur danach, eine Weile hier zu verschwinden«, meint er. »Dir nicht?«

Ich beiße mir auf die Lippe, um meine Aufregung zu verbergen, als ich mich umdrehe und gehe.

Etwas sagt mir, dass wir nächstes Wochenende ›kompliziert‹ auf eine ganz neue Ebene bringen werden.

# 26. KAPITEL

## *Zane*

»Ich bin noch nie in einem so kleinen Flugzeug geflogen.« Delilah ist blass und ihre Schultern beben, als sie in kurzen Zügen einatmet.

»Entspann dich, Schönheit.« Ich lege ihr die Hand auf die Schulter. »Wir sind hier in guten Händen.«

Ich nicke meinem Kumpel Rodrigo zu, einem pensionierten Pilot der Air Force, der zufällig einen Charterflugdienst außerhalb von Gainesville hat.

»In ein paar Stunden sind wir da«, beteuere ich. »Die vergehen wie im Flug. Buchstäblich.«

Sie lacht nicht, sondern mustert nur das Flugzeug, und ihr Blick flattert nervös hin und her.

»Du kannst die ganze Zeit meine Hand halten, wenn du willst.« Ich ziehe, halb scherzhaft, die Augenbrauen hoch. Dann nehme ich ihre Hand, während Rodrigo unser Gepäck einlädt und eine kleine Crew uns auf den Flug vorbereitet.

Ich führe sie näher zum Flugzeug hin, helfe ihr die Stufen hoch und schnalle sie an. Sie hat in den letzten zehn Minuten nicht mehr als ein paar Wörter gesagt.

»Wohin fliegen wir?« Sie verfolgt jede Bewegung von Rodrigo, als er ins Cockpit steigt, die Koordinaten ins Navigationssystem eingibt und startet.

»Seid ihr bereit für die Windy City?«, brüllt Rodrigo über das laute Dröhnen der Motoren.

Delilahs Gesicht leuchtet auf, und ihr Blick huscht zu mir. »Du fliegst mit mir nach Chicago?«

Ich lächele. »Ja. Ist das in Ordnung für dich?«

Sie nickt und grinst von einem Ohr zum anderen. »Was machen wir dort?«

»Alles, was du willst«, sage ich. »Wir müssen uns nur bedeckt halten. Ich kann nicht in Clubs oder irgendwohin gehen, wo wir die Aufmerksamkeit der Medien wecken könnten.«

Das Flugzeug rollt zur Startbahn, und ich bemerke, dass Delilah die Handflächen über ihre Jeans reibt. Ich greife hinüber und nehme ihre Hand, als das Flugzeug startet.

Wir checken getrennt in unser Hotel in der Michigan Avenue ein. Ich habe ein ›Dummy‹-Zimmer reserviert, das übers Wochenende leer bleiben wird, aber das ist der Preis, den ich zahlen muss, um mit Delilah irgendwohin zu können, und das ist völlig in Ordnung für mich.

»Bist du fertig?«, rufe ich vom Rand des King-Size-Bettes aus, das mitten in unserer Suite steht.

»Noch eine Minute«, ruft sie zurück.

»Das hast du schon vor einer Minute gesagt.«

Ich zappe durch die Kanäle, bis ich ESPN finde, und siehe da, es läuft ein Bericht über irgendeinen aufstrebenden Runningback aus Texas. Ein paar Vereine streiten sich darum, für welches Team er unterschreiben wird, und laut Kommentator gibt es Gerüchte, dass es auf entweder Gainesville oder Atlanta hinausläuft.

»So ein Bullshit.« Ich werfe die Fernbedienung hin. Ausnahmsweise hat Carissa mal nicht von vorn bis hinten gelogen.

»Okay, ich bin so weit.« Delilah steht in der Tür zwischen Schlafzimmer und Bad, die Hand an den Rahmen gedrückt.

Sie trägt ein enges schwarzes Kleid, das ihr bis an die Mitte der Oberschenkel geht.

Grinsend stehe ich auf, gehe zu ihr, und ganz plötzlich ist meine Boxershorts viel zu eng.

»Verdammt, du siehst umwerfend aus. Ich sage, wir lassen das Dinner aus und bleiben heute Nacht hier.« Ich drücke sie an meine Erektion, und sie grinst. »Vergessen wir den Hummer. Heute Abend bist du die Hauptspeise.«

»Der schlechteste Anmachspruch der Welt.«

»Ich versuche gar nicht, dich anzumachen, Baby. Ich habe dich ja schon.« Meine Lippen pressen sich auf ihre, und ihre Zunge schmeckt ganz nach Minze und Samt. Aber ich weiß, dass wir nicht hierbleiben können. Ich habe ein besonderes privates Dachdinner organisiert, von dem aus man auf den Lake Michigan hinausblicken kann. »Komm, Schönheit. Der Wagen wartet unten.«

Ich kann den Blick gar nicht von ihr wenden heute Abend.

Und verdammt, ich habe es echt versucht.

Mein Blick wird wie magisch von ihr angezogen.

Pfeif auf das Riesenrad oder den riesigen See oder die Menschenmassen unten. Es gibt so viel zu sehen, aber ich sehe nur Delilah.

Sie tupft sich die Mundwinkel mit ihrer Stoffserviette und legt sie dann beiseite. »Das war wundervoll. Der beste Hummer, den ich je hatte, und glaube mir, nachdem ich im Osten aufgewachsen bin, hatte ich eine Menge davon. Woher kennst du all diese Leute? Piloten? Küchenchefs?«

»Wenn man viel unterwegs ist, lernt man viele Leute kennen.« Ich zucke mit den Schultern.

Unser Kellner sieht ein letztes Mal nach uns und informiert uns dann, dass unser Wagen unten wartet.

»Bist du so weit?«, frage ich.

»Wohin geht es denn als Nächstes?« Eine Brise warmer Sommerwind wirbelt den Saum ihres Kleides hoch, und sie streicht ihn wieder nach unten.

»Ich dachte, wir könnten ein wenig herumfahren«, meine ich. »Vielleicht kannst du mich zu deinem College bringen? Mir dein Revier zeigen? Und vielleicht zeige ich dir meins.«

»Klar.«

Ich nehme ihre Hand, und wir marschieren zu dem geheimen Aufzug, der zu der Gasse hinter dem Restaurant meines Freundes führt, wo unser Fahrer mit der Limo wartet.

Sie bringt mich in ein bezauberndes Viertel im nordöstlichen Teil der Stadt, wo ein kleines, abgelegenes College in einem Hain aus alten Bäumen steht, mit sanierten Häusern und Villen aus der Jahrhundertwende, die in Studentenapartments umgewandelt wurden.

»Hier studierst du die Kunst der Psychoanalyse?«, frage ich, als die Limo langsam zum Stehen kommt, vor einem Ziegelgebäude mit großen weißen Säulen. Vor unserem anderen Fenster steht ein riesiges Viktorianisches Haus, strategisch in purpurroten, grünen und orangen Farbtönen gestrichen.

»So ist es«, antwortet sie atemlos. Sie dreht sich um und deutet aus meinem Fenster. »Und dort wohne ich während des Jahres. Das große rote Haus mit dem dreistöckigen Türmchen. Mein Zimmer liegt genau hier hinter der dritten Fensterreihe.«

»Dann bist du so etwas wie eine Prinzessin im Turm.«

»Wohl kaum«, prustet sie los.

Ich lasse meine Hand auf ihrem Oberschenkel liegen, und sie legt ihre Hand in meine.

»Wieso wolltest du sehen, wo ich zur Graduiertenschule gehe?«, fragt sie.

»Ich weiß nicht. Ich dachte mir, wenn wir schon in der Gegend sind, könnten wir hinfahren?« Ich warte darauf, dass sie mir Fragen stellt, aber sie tut es nicht, und so sage ich dem Fahrer, er soll uns in die Chaucer Street fahren. Ich will ihr das alte Haus meiner *abuela* zeigen. Das Haus, in dem ich aufgewachsen bin. »Und ich wollte dir beweisen, dass du mehr als nur eine Sexfreundin bist. Wir sind doch jetzt so ziemlich Freunde.«

Sie lächelt und knufft mich sachte mit dem Ellbogen.

»Du bist der einzige Mensch, der dann je das Zuhause meiner Kindheit gesehen hat«, sage ich. Und das stimmt. Mirabelle hatte nie die Chance dazu, und ich bin nicht sicher, ob ich damals gewollt hätte, dass sie es sieht. Damals hatte ich eine andere Geisteshaltung und wollte nichts mit meiner Vergangenheit zu tun haben. Nichts, das mich daran erinnern sollte, wie sehr ich Magda vermisste.

»Wirklich?«

»Wirklich.«

»Wow, de la Cruz. Das bedeutet eine Menge.«

Dreißig Minuten später hält unser Fahrer vor einem schiefen zweistöckigen Haus mit verzogener Haustür und kaputten Stufen. Vor fünfzehn oder zwanzig Jahren hatte es mal bessere Tage gesehen. Aber jetzt besteht es nur noch aus abgeblätterter Farbe und fehlenden Dachschindeln. Heute ist es bestimmt das hässlichste Haus in der Gegend, aber wenn ich die Straße entlangschaue, sehe ich, dass bereits Immobilieninvestoren dabei sind, die Gegend zu sanieren. Wird nicht lange dauern, bis Magdalenas Haus die Runderneuerung bekommt, die es verdient.

»Da ist es.« Ich zeige darauf. »Da habe ich gewohnt, seit ich neun war, bis zu meinem Abschluss an der Highschool. Es sah mal anders aus, aber das Gerüst ist noch da.«

»Es ist bezaubernd«, sagt sie.

»Du lügst.«

»Nein, ich stelle es mir in seiner Blütezeit vor. Mir gefällt die Dachschrägung, die so anders ist als beim Haus daneben, und ich kann erkennen, dass es einmal gelb gestrichen war. Eine fröhliche Farbe.«

»Magdas Lieblingsfarbe.«

»Und diese Holztür? Die kann man restaurieren lassen. Sie muss nur geschmirgelt und gebeizt werden.«

»Irgendwer wird sie eines Tages reparieren.« Ich steige aus dem Wagen, gehe zur Treppe und zur Tür, an der eine Nachricht zur Zwangsvollstreckung klebt. Die Lichter sind aus, und das Haus ist stockdunkel. Ich spähe hinein und sehe, dass es, abgesehen von Müll, der überall herumliegt, leer ist.

»Du solltest es kaufen.« Delilah steht hinter mir. »Du kannst es dir leisten, oder?«

»Was sollte ich damit anfangen?«

Sie zuckt mit den Schultern. »An jemanden vermieten, der sich darum kümmert? An künftige de la Cruzes vererben?«

Ich stemme die Hände in die Hüften. Künftige de la Cruzes. Das ist so weit von meinem Schirm entfernt, dass es nicht einmal lustig ist.

»Davon bin ich ganz weit entfernt, Schönheit«, sage ich.

»Trotzdem. Dies ist ein Stück deiner Vergangenheit, und du hast die Macht, es am Leben zu halten.« Sie legt eine Hand auf meinen Arm. »Egal, es ist nur so ein Gedanke.«

Ich bin nicht der Typ, der die Vergangenheit wieder aufwühlt oder zu lange auf der Memory Lane herumlungert, aber das Zuhause meiner Kindheit in so einem Zustand des Verfalls zu sehen, tut mir von Herzen weh. Magdalena hat hart für dieses Haus gearbeitet. Zwei Jobs. Tausende ausgeschnittene Coupons. Sie hat alles getan, was sie konnte, um mich in einer sicheren Gegend mit anständigen Schulen großzuziehen.

Ich blicke hinauf zu dem obersten Fenster auf der linken Seite und erinnere mich sofort an mich als einen Zwölfjährigen mit einer Besessenheit für Football und Träumen, die größer waren als seine Hosen.

Auf eine merkwürdige Art und Weise bin ich stolz auf ihn.

Er hat nie aufgegeben, nicht einmal dann, wenn es zu schwer wurde.

Ich drehe mich zu Delilah um und schenke ihr ein bittersüßes Lächeln. Ich kann hier nicht mehr lange bleiben.

»Lass uns zurück zum Hotel fahren.« Ich zeige zum Wagen, und sie nickt. Ihre Absätze klappern auf dem brüchigen Gehweg voll Unkraut.

Die Fahrt zurück verläuft größtenteils schweigend. Ich schätze, jeder von uns ist in seinen Gedanken versunken, aber immer wenn wir an einer Straßenlaterne vorbeifahren, die hereinscheint, ist ihr wunderschönes Gesicht beleuchtet, und mich überkommt ein Gefühl von Frieden.

Es ist fremdartig und aufregend auf eine Art, die ich mir mit ihr nie hätte vorstellen können.

Und vor allem anderen ist es total beängstigend.

Es gibt nicht viele Dinge in diesem Leben, vor denen ich Angst habe, nicht nach dem, was ich hinter mir habe, aber mich in jemanden wie Delilah zu verlieben ist einfach nur angsteinflößend …

Und es fühlt sich an, als würde es in Echtzeit passieren.

Manchmal langsam.

Manchmal alles auf einmal.

Manchmal kriege ich sie nicht aus dem Kopf und spiele unsere Momente zusammen in einer Art Zeitlupe wieder durch.

Streich das. Ich kriege sie die meiste Zeit nicht aus dem Kopf.

Aber so sollte es nicht sein, denn in etwas mehr als einem Monat ist sie weg, und das Leben geht weiter. Heute ist sie meine Freundin. Heute Nacht ist sie meine Geliebte. Und morgen …

Daran kann ich nicht denken. Ich darf nicht über das Hier und Jetzt hinaus denken.

Ich strecke die Hand aus und nehme ihre Hand.

Gott, es fühlt sich gut an, wieder jemandem nahe zu sein.

Sie rutscht näher, legt den Kopf an meine Schulter und gähnt. Heute Nacht wird es nicht um Sex gehen, und zum ersten Mal seit sehr langer Zeit ist das völlig in Ordnung für mich.

Aus irgendeinem verrückten Grund will ich einfach nur an ihrer Seite sein.

# 27. KAPITEL

## Delilah

Heute früh wachte ich auf mit Zanes Zunge zwischen meinen Beinen und einem Teller mit Speiseglocke vom Zimmerservice auf dem Nachttisch neben mir. Danach waren wir ein wenig Einkaufen und fuhren dann zum Flughafen, um den Flug am frühen Nachmittag zu nehmen.

Jetzt bin ich wieder in Laguna Palms und sitze an Tante Rues Küchentisch, während sie mich über meinen Wochenendtrip ausquetscht.

»Dieser Junge ist *so was* von lieb zu dir.« Sie sagt das, als wäre es etwas Schlechtes.

»Wir sind nur Freunde, Tante Rue.«

»Wer fliegt eine junge Dame denn einfach so einmal quer durchs ganze Land und spendiert ihr ein schickes Wochenende in Chicago?«

»Ich denke, er ist einsam.« Ich umfasse die Tasse mit Cappuccino vor mir und fühle das Gewicht von Tante Rues scharfem Blick. »Er hat eine Menge durchgemacht.«

Sie schnaubt, schlägt die Beine übereinander und stellt sie dann wieder gerade. »Immer noch keine Entschuldigung, sich wie ein verdammter Idiot zu benehmen.«

»Es ist einfach, ihn zu verurteilen«, antworte ich und werfe ihr einen Blick über den Tisch zu. »Er ist ein guter Mensch. Er meint es gut. Sein Auftreten braucht vielleicht noch etwas Schliff, aber er macht Fortschritte. Ich meine, er ist ein völlig anderer Mensch als der, dem ich letzten Monat begegnet bin. Ich konnte nicht mal in seiner Nähe sein, ohne rotzusehen, und jetzt freue ich mich darauf, ihn zu sehen.«

»Oh nein, Delilah. Sag mir bitte nicht, dass du in ihn verliebt bist.«

Ich lache. »Nicht verliebt. Wir genießen nur die Gesellschaft des anderen. Als *Freunde*.«

Sie wirft mir einen Blick von der Seite zu und steht auf, um sich Kaffee nachzuschenken. »Ich weiß nicht, Delilah. Ich halte ihn immer noch für einen Herzensbrecher. Warte nur ab, bis der Glanz verblasst.«

»Na danke auch.« Meine Lippen werden schmal.

»Ich meine das nicht persönlich. Jede Beziehung hat eine glanzvolle Phase, in der man über gegenseitige Bedenken hinwegsieht und nicht genug voneinander bekommen kann.«

»Zum Glück haben Zane und ich keine Beziehung, also …«

»Ihr jungen Leute und eure komplizierten sozialen Dynamiken. Ich werde das nie verstehen.« Sie setzt sich wieder und gibt mir einen Klaps. »Entweder man ist zusammen oder nicht. Da sollte es nichts dazwischen geben.«

»Es ist nur eine Sommerromanze.« Ich trinke einen Schluck und schiebe den Daumen durch den Henkel der Tasse. »Keine Verpflichtungen. Wir haben nur Spaß. Wenn einer von uns verletzt wird, dann ist es unsere eigene Schuld, wenn wir Gefühle entwickelt haben.«

»*Hast* du denn Gefühle entwickelt, Delilah?« Sie sieht mich über ihre Nase hinweg scharf an.

»Nein. Natürlich nicht.«

»Dann könntest du morgen von hier fortgehen, diesen Jungen nie wiedersehen, und dein Leben ginge problemlos weiter?«

Ich wende den Blick ab, versuche mir vorzustellen, wie sich

das wohl anfühlen würde, und stelle fest, dass ich Mühe habe, zu atmen.

»Da hast du die Antwort.« Rue klopft auf den Tisch.

»Ich habe das Gefühl, du bist wütend auf mich, Tante Rue …«

»Ich bin nicht wütend. Ich liebe dich nur so sehr, Liebes, dass ich nicht sehen will, wie du verletzt wirst. Wenn ich dich ansehe, sehe ich meine kleine Bohnenstange mit Zahnspange, Brille und wilden Locken, die an der Seite abstehen.« Sie hat ein warmes, melancholisches Lächeln im Gesicht. »Ich will, dass du für immer jung und unschuldig bleibst. Ich weiß, das ist egoistisch von mir.«

»Er ist ein guter Mensch, Tante Rue. Vielleicht war er das nicht immer. Aber jetzt schon. Du musst meinem Urteil vertrauen.«

Sie beugt sich vor, stützt den Kopf auf ihre Hand und runzelt die Stirn. »Ich schätze, du hast irgendwo recht.«

»Was er in der Vergangenheit getan hat, welcher Version der Wahrheit du auch anhängst«, sage ich und wünsche mir dabei so sehr, ich könnte ihr erzählen, was er mir erzählt hat. Aber ich kann nicht. Es wäre eine Verletzung unseres unausgesprochenen Vertrauens. »Ich bitte dich nur, es dabei bewenden zu lassen.«

»Ich lasse es dabei, solange er meiner Nichte nicht wehtut.« Rue schnalzt mit der Zunge.

»In Ordnung.«

»Also gut, nun, ich bin sicher, du hattest einen langen Tag.« Sie klopft auf den Tisch und blickt auf die Uhr, die sieben Uhr dreißig zeigt. »Ich gehe schlafen. Wir sehen uns morgen früh, Liebes.«

»Gute Nacht, Tante Rue.«

# 28. KAPITEL

*Zane*

»Alle da?«, brüllt Coach Roberts über das halblaute Gemurmel eines Haufens schwachköpfiger Footballspieler hinweg, die in einem riesigen Konferenzraum im Hauptquartier des Teams versammelt sind. Es ist Dienstagnachmittag.

Der Stuhl neben mir ist leer, und ich hole mein Handy heraus und schicke Delilah eine kurze Textnachricht. Wir wollen heute Abend mit Game of Thrones anfangen, und ich muss sie daran erinnern, dass sie noch Pizza im Supermarkt einkauft.

In vieler Hinsicht sind wir wie ein Paar.

Aber dennoch sind wir keins.

Die beste Art, die Dinge in letzter Zeit zu beschreiben, ist die, dass wir uns beide wohlfühlen. Niemand gibt sich zu viel Mühe. Egos werden beiseite gelassen. Wir verbringen einfach Zeit miteinander. Treiben es wie die Karnickel. Und bringen uns gegenseitig zum Lachen.

Tatsächlich weiß ich gar nicht mehr, wann wir zuletzt über mehr als Pizzabeläge gestritten hätten oder darüber, was wir uns als Nächstes auf Netflix anschauen.

Delilah ist ein cooles Mädchen, und ich werde sie unendlich vermissen, wenn sie weg ist.

Jemand setzt sich auf den Stuhl neben mir, gefolgt von einem Schwall Parfüm. Ich drehe ruckartig den Kopf zur Seite, und mir gefriert das Blut in den Adern, als ich eine lächelnde Carissa näherrutschen sehe.

»Hey, du da.« Sie lächelt breit, und sie hat den Nerv, ihre Hand auf meinen Unterarm zu legen.

Ich schaue hoch an das Kopfende des Tisches, wo ihr Vater sitzt, ein paar Stühle entfernt.

»Was machst du denn hier?« Ich achte darauf, leise zu sein.

Sie zuckt mit den Schultern, als wäre es keine große Sache. »Ich war gerade Mittagessen mit meinem Vater. Es wurde spät, also habe ich beschlossen, mitzukommen, damit er rechtzeitig kommt.«

Wie pflichtbewusst.

Ich wende mich von ihr ab, zu Kai und Weston rechts von mir, und klinke mich in ihre Unterhaltung ein.

Carissa bohrt mir den Finger in die Seite. Ich gebe ein lautloses Stöhnen von mir und drehe mich wieder zu ihr um.

»Also, ich habe nachgedacht«, sagt sie. »Die Kick-off-Party ist in ein paar Wochen. Willst du, dass ich ein rotes Kleid trage? Oder ein weißes? Weiß ist sommerlicher, aber Rot ist unglaublich sexy. Ich werde anziehen, was immer du willst, Babe.«

Ich knirsche mit den Zähnen. Sie hebt unsere Vereinbarung jetzt schon auf eine ganz neue Ebene.

»Zieh an, was du willst«, brumme ich und drehe mich wieder zu den Jungs um.

Sie piekt mich wieder. »Rot oder Weiß, Zane. Such eine Farbe aus. Du musst an der Planung unseres großen Dates teilhaben.«

Ich richte meinen harten Blick auf sie. »Großes Date?«

Carissa grinst breiter als ein Kind, das nach Disney World darf. »Ich bin so aufgeregt. Wir werden einen Riesenspaß haben. Und für danach habe ich etwas Besonderes geplant, also …«

»Whoa. Nein, nein, nein.« Ich schaue hoch, um sicherzugehen, dass ihr Dad nicht zuhört. »Ich habe nicht zugestimmt, dass danach noch irgendwas kommt. Wir gehen ein paar Stunden auf die Party. Dann ist das Ganze vorbei. Du hast es versprochen.«

»Die Party geht von acht Uhr bis Mitternacht«, antwortet sie. »Wir werden die ganze Zeit dort sein. Ich denke, es wäre geschmacklos, wenn der Star-Runningback und die Tochter des Eigentümers früh gehen, findest du nicht?«

»Ich gehe danach nirgendwo mit dir hin«, stelle ich mit zusammengebissenen Zähnen klar.

»Schlechte Idee, Zane.«

»Wie bitte?«

»Das ist meine Nacht. Du hast mir ein Date versprochen.«

»Ja. Die Party ist das Date.«

Sie klopft mir auf die Schulter. »Die Party ist eine berufliche Verpflichtung. Das richtige Date fängt erst an, wenn der letzte Gast gegangen ist.«

Gottverdammt.

»Bereit anzufangen?«, dröhnt Coach Roberts' Südstaatenakzent durch den Saal.

»Meine Antwort bleibt Nein«, flüstere ich Carissa zu.

In ihren leicht zusammengekniffenen Augen leuchtet Entschlossenheit auf, und sie hebt den Kopf gerade so weit, um mir wortlos mitzuteilen, dass sie nicht nachgeben wird.

Ich atme langsam ein und hebe den Blick – und genau da sehe ich Carissas Vater, der uns beide anstarrt. Seine Miene ist scharfsinnig und streng. In diesem Moment wirft Carissa ihm ein glückliches Lächeln zu, rutscht näher an mich heran und legt ihre Hand auf meine.

Herr im Himmel.

Er lächelt seiner Tochter zu, sieht dann wieder mich an, und sein Lächeln schwindet.

Er sieht mich an, als wolle er mich umbringen.

Oder als suche er nach einem Grund, um mich aus dem Team zu werfen.

Und ich weiß genau hier und jetzt: nur eine falsche Bewegung, und ich fliege aus dem Team.

Diesmal hat Carissa mich echt aufs Kreuz gelegt.

Ich spüre, wie sie mich beobachtet und dabei strahlt, als würde ich ihr gehören – als wäre ich ein glänzendes neues Spielzeug, das ihr Vater ihr im Laden gekauft hat.

Meine Faust ballt sich fest um einen Bleistift. Der bricht in der Mitte durch, und Kai Santana lehnt sich zu mir und flüstert: »Was zum Geier ist denn los, Mann?«

# 29. KAPITEL

## Delilah

»Du warst beschäftigt diese Woche.« Ich werfe mein Badehandtuch auf einen Stuhl in Zanes Garten und bewundere gleichzeitig sein steinhartes Eightpack. Passiert selten, dass ich es zu sehen bekomme, bevor die Sonne untergegangen ist, und hier ist es, gebräunt und wundervoll.

»Ja. Um diese Zeit ist das immer so.« Er schiebt seine Sonnenbrille hoch und mustert mich schamlos von Kopf bis Fuß, als ich meine Shorts abstreife und mir das Tanktop über den Kopf ziehe. »Ist der neu?«

Ich zupfe an den Trägern des neonpinken Bikinis, den ich trage. »Gefällt er dir?«

»Ich liebe ihn.«

Ich setze mich auf den Stuhl neben ihm, nehme ihm die Flasche mit Sonnenlotion aus der Hand und reibe mich mit der Creme mit Kokosduft ein. Ich werde diese faulen Sommertage vermissen. Den Geruch von Chlor in meinem Haar. Den Geschmack von Zanes Lippen auf meinen. Das Gefühl unserer Haut, warm und miteinander verschmolzen.

Ich seufze und blicke geradeaus auf die Wasseroberfläche.

»Willst du heute schwimmen?«, frage ich.

»Ja. Ich drehe ein paar Runden.«

Er ist schrecklich still. Mehr als sonst. Und als er die Sonnenbrille wieder über die Augen schiebt, verbirgt die nicht wirklich seinen nachdenklichen Gesichtsausdruck.

»Woran denkst du gerade?«, frage ich. Ich bin sicher, dass ihm eine Menge durch den Kopf geht. Seit wir letzte Woche aus Chicago zurückkamen, habe ich ihn nur zweimal gesehen. Zwischen seinen Meetings und persönlichen Trainingseinheiten und Wohltätigkeitsveranstaltungen und Teamtreffen war er beinahe unerreichbar.

Aber er hat mir den heutigen Tag geschenkt. Er sagte, er gehöre ganz mir. Also nehme ich heute. Mit Freuden.

Zane stöhnt und hebt die Hände in den Nacken, sodass seine Bizepse spielen, und eine Sekunde lang bin ich drauf und dran, die entspannte Begegnung am Pool zu überspringen für einen Quickie drinnen. Aber ich bin sicher, dass wir dazu später noch kommen.

»Ich weiß nicht.« Er starrt geradeaus. »Ich denke nur immer daran, dass du nächsten Monat weggehst. Die Zeit ist einfach so schnell vergangen. Und ich habe so viel um die Ohren.«

»Och, dann wirst du mich also vermissen.« Ich strecke die Hand aus und kneife ihn sanft in die Schulter, doch unter meinen Fingern spüre ich nur stahlharte Muskeln.

Zane dreht sich in einem Moment seltener Ernsthaftigkeit zu mir. »Natürlich werde ich dich vermissen, Delilah.«

Seit meinem emotionalen nackten Zusammenbruch in seiner Küche vor ein paar Wochen habe ich mir konsequent jedes Wort darüber verkniffen, was wir sind, was diese Beziehung ist oder wie sehr sie mich durcheinanderbringt. Wir haben uns auf Spaß und Sex konzentriert, genau wie wir es abgemacht hatten.

Aber das hat nichts an meinen Gefühlen für ihn geändert.

Ich kann die Schmetterlinge nicht täuschen. Ich kann die Aufregung nicht leugnen, die ich empfinde, wenn ich weiß, dass ich ihn wiedersehen werde. Es ist, als würde mein ganzes Ich zum Leben erwachen, und ich bin schwerelos, und es gibt nur noch ihn.

Ich weiß nicht einmal, wie ich das nennen soll. Es ist weniger als Liebe. Aber mehr als Lust. Besser als alles, was ich je kennengelernt habe.

»Bläst du deswegen Trübsal?« Ich lege eine neckende Leichtigkeit in meinen Tonfall. »Weil du mich vermissen wirst, wenn ich weg bin?«

Er zuckt mit den Schultern, und sein Mund bekommt einen harten Zug. »So in der Art.«

»Was ist aus Leben im Augenblick geworden?«, frage ich.

»Manchmal passieren Dinge«, sagt er. »Und man muss an die Zukunft denken, weil man keine Wahl hat.«

Ich lache verwirrt auf. »Was ist passiert?«

Er schüttelt den Kopf, schluckt und lässt die Arme sinken. Dann atmet er aus und dreht sich zu mir.

»Können wir über etwas anderes reden?«, fragt er. »Zum Beispiel darüber, wie verdammt sexy du in diesem Stringbikini aussiehst?«

Ich lehne mich auf meinem Liegestuhl zurück, schirme die Augen mit der Hand ab, zwinkere ihm zu und lächele.

So mag ich es mit uns. Spaß. Keine Sorgen. Wir haben uns von den Menschen, die wir einmal waren, in noch bessere Versionen unserer selbst verwandelt.

Dass ich letzten Monat als Spaßbremse auf seiner Party aufgetaucht bin, war das Beste, was mir hätte passieren können.

»Komm hier rüber«, meint er mit einem scherzhaften Knurren und streckt die Hand nach mir aus.

Ich klettere rittlings auf seinen Schoß, und seine Hände gleiten an meinen Seiten nach oben. Als seine Finger unter mein Bikinioberteil schlüpfen, sehe ich mich um.

»Komm schon, es ist helllichter Tag«, sage ich und lege meine Hände auf seine.

Ohne Zögern hebt er mich hoch und trägt mich ins Haus. Er trägt mich immer, dieser Wüstling von einem Mann, und gibt mir das Gefühl, eine Feder und zugleich in Sicherheit zu sein. Ich schätze, mit all diesen Muskeln ist er dafür gut ausgestattet. Ich beklage mich nicht. Tatsächlich ist es ziemlich sexy.

»Ich wusste, dass du die Hände nicht lange von mir lassen kannst.« Ich umfasse sein kräftiges, kantiges Kinn und stehle mir einen Kuss. Eine Minute später legt er mich auf sein Bett, und sein Blick ist eindringlich und konzentriert, als er mir mit einer langsamen Bewegung die Hose nach unten zieht. »Fürs Protokoll: Ich werde dich auch vermissen, wenn ich weg bin.«

Er senkt sich auf mich, drückt die Lippen auf meinen Hals und arbeitet sich hoch an mein Ohr. Mein Herz rast, und mein ganzer Körper steht in Flammen. Jedes Mal mit ihm fühlt sich an wie das erste Mal, und ich bekomme nie genug davon.

Mit den Händen an meinen Hüften rollt er mich zur Seite, legt sich nieder und zieht mich auf sich.

»Zeig es mir.« Seine Stimme klingt tief, animalisch, und seine Hände erforschen die Hitze zwischen meinen Beinen, während seine pralle Eichel sich an mir reibt. »Zeig mir, wie sehr du mich vermissen wirst.«

# 30. KAPITEL

## *Zane*

Ich glaube, ich liebe sie.

Entweder das, oder ich verliere den Verstand.

Vielleicht ein wenig von beidem?

In den letzten drei Wochen sind wir nach Chicago und wieder zurück geflogen, haben jede vorhandene Episode von Game of Thrones angesehen, privaten Kochunterricht bei einem spanischen Koch genommen, um die Kunst der perfekten Galicischen Empanada zu erlernen, und einander in Dutzenden Runden Madden NFL herausgefordert.

Delilah Rosewood ist wahrlich die Quintessenz des Mädchens von nebenan – nur besser.

»Hey, dieser Superheldenfilm, den du sehen wolltest, erscheint in zwei Wochen.« Sie sitzt in meiner Küche, über einen iPad gebeugt, am Sonntagmorgen, während ich mich mit dem Waffeleisen plage und die Eier umdrehe. »Das ist mein letztes Wochenende hier. Wolltest du ihn anschauen? Vielleicht können wir ein paar Stunden fahren zu irgendeinem Kleinstadtkino und hineinschlüpfen, wenn die Lichter aus sind?«

»Magst du Superheldenfilme überhaupt?«

»Nicht wirklich. Aber der hier sieht gut aus. Ich sehe ihn mir an, wenn du willst.« Sie blickt zu mir auf, knabbert an ihrem Fingernagel und sieht dabei unschuldig liebenswert auf. »Es sei denn, du willst lieber mit deinen Freunden gehen.«

Ich deute mit dem Pfannenwender auf sie.

»Klar. Weil ich mir ja so gern eine Schüssel Popcorn mit Kai teile.« Ich verziehe das Gesicht und fahre fort: »Nein, Schönheit. Ich würde sofort mit dir hingehen.«

Ihre Mundwinkel gehen hoch, sie widmet sich wieder ihrem Tablet, und ich werfe einen Blick auf den Kalender am Kühlschrank.

»Zwei Wochen? Oh. Shit.« Ich gebe die Eier auf Teller, bevor sie verbrennen, und kippe das Waffeleisen. Das ist das Wochenende der Kick-off-Party.

»Was? Was ist los?«, fragt sie.

Ich schüttele den Kopf und winke ab. »Nichts.«

»Hast du etwas angebrannt?«

»Nein.«

Ich habe ihr nicht von Carissa erzählt und habe auch nicht vor, es zu tun. Sie würde es nicht verstehen. Es würde diesen letzten zwei Wochen, die uns noch bleiben, nur einen Dämpfer versetzen.

Außerdem, wenn es andersherum wäre, wäre ich außer mir vor Eifersucht, wenn ich mir nur vorstelle, dass sie an einem Samstagabend am Arm eines anderen Mannes geht. Selbst wenn sie sagen würde, dass es nichts bedeutet. Selbst wenn sie mir lang und breit erklären würde, dass sie dazu gezwungen wurde. Es würde trotzdem wehtun.

Ich würde es mir nie verzeihen, wenn ich Delilah verletzen würde.

»An dem Samstag kann ich nicht ins Kino«, sage ich und schaue noch einmal auf den Kalender. Eine Handvoll Termine und Treffen stehen unter Freitag. »Vielleicht Sonntagnachmittag? Ich werde etwas Besonderes planen. Vielleicht eine Fahrt zur Küste?«

Sie stützt ihr Kinn auf ihre Hand und späht durch das Fenster in den Garten.

»Was ist das für ein Termin, den du hast?«, fragt sie.

»Der Eigentümer gibt jedes Jahr eine Kick-off-Party, bevor das Training beginnt. Alle Spieler müssen hingehen. So ein Ding mit Abendgarderobe. Ziemlich langweilig.«

»Ich bin sicher, du wirst das Beste daraus machen.« Sie lässt das Thema fallen, und trotz der Tatsache, dass sie und ich beide wissen, dass wir unser kleines Arrangement den ganzen Sommer lang geheimhalten mussten, fühle ich mich wie ein totaler Scheißkerl, weil ich sie nicht mitnehmen kann.

Ich bringe ihren Teller mit, setze mich neben sie und sehe zu, wie sie weiche Waffelstücke abreißt und dabei ganz vertieft ist in einen Onlineartikel über die Psychologie der Werbung.

In zwei Wochen wird Delilah zum letzten Mal hier sitzen.

In drei Wochen wird sie fort sein.

Die Realität klatscht mir an den Kopf wie eine Ohrfeige, drückt mich nieder, und mir vergeht der Appetit. Ich will jetzt nicht essen. Ich will nur hier sitzen, ihr zusehen und ganz irrational versuchen, die Schönheit dieses Augenblicks festzuhalten, bevor er zu einer unbekannten Zukunft wird.

# 31. KAPITEL

## *Delilah*

»Ich traue Möbelpackern nicht. Habe ich nie.« Es ist Donnerstagmorgen, und Rue wirft ein paar Bücher in einen Pappkarton, während ich ihr das Paketklebeband gebe. »Als ich quer durchs Land gezogen bin, haben die meine Sachen drei Monate lang in Denver, Colorado, eingelagert, Delilah. Drei Monate!«

Die Geschichte habe ich schon Dutzende Male gehört, aber ich nicke lächelnd und packe weiter vorsichtig ihren Krimskrams ein und lege ihn in eine gepolsterte Kiste.

»Ich weiß deine Hilfe hier zu schätzen«, sagt sie. »Wirklich. Ich traue einfach nicht vielen Leuten zu, meine Sachen mit derselben Liebe und Fürsorge zu behandeln, die ich ihnen zuteil kommen lasse.«

»Ist schon in Ordnung, Tante Rue.« Ich falte die Ecken des Kartons zusammen und ziehe Paketklebeband darüber, bis alles dicht verschlossen ist. Das ist der zehnte Karton, den wir heute schon gepackt haben, und wir kommen kaum voran. Tante Rues ganzes Leben ist in diesem großen Haus verteilt, und wir haben beide beschlossen, dass der beste Angriffsplan darin besteht, ein Zimmer nach dem anderen in Angriff zu nehmen. »Deshalb bin ich ja hier.«

»Wie läuft es mit dir und dem Jungen?«, fragt sie und schaut mich über den Rand ihrer Brille hinweg an.

»Er war beschäftigt diese Woche. Wohltätigkeitsanlässe

mit den Cougars. Teammeetings. Physiotherapie. Persönliches Training. Diese Jungs haben nie wirklich Saisonende.«

»Du klingst traurig.« Sie schiebt die Unterlippe vor.

»Nun ja. Ich hatte Spaß mit ihm. Und in weniger als zwei Wochen bin ich wieder zu Hause.«

»Alles Gute hat irgendwann ein Ende.« Rue seufzt. »Oh, noch einmal jung sein. Ich habe ganz vergessen, was es für ein Gefühl ist, jemanden zu vermissen, noch bevor derjenige überhaupt weg ist.«

Rue steht mit knackenden Knien auf und klatscht in die Hände.

»Ich denke, wir sind fertig für heute«, meint sie. »Bereit, das Ganze in die neue Wohnung zu bringen?«

Ich greife nach dem Handy in meiner hinteren Tasche, hole es heraus und schaue auf dem Bildschirm, ob es irgendwelche verpassten Anrufe oder Nachrichten von Zane gibt – nicht dass mir die entgangen wären. In letzter Zeit lasse ich das Ding nicht aus den Augen, um nur ja keinen Moment mit ihm zu verpassen, nun da unsere Tage zu Ende gehen.

Ich weiß, dass er beschäftigt war, und es ist nicht so, als wäre ich seine Freundin, aber ich hatte gehofft, wir könnten heute Abend Zeit miteinander verbringen.

Es klingelt an Rues Tür, und ich stehe auf. »Ich gehe aufmachen.«

Sekunden später spähe ich durch den Türspion, und mein Herz hüpft, als ich sehe, wer draußen steht.

»Hey.« Zane steht vor mir, breitbeinig, in Basketball Shorts und einem Tanktop. »Ich gehe joggen, willst du mit?«

»Oh.« Ich blicke nach unten auf meine Yogahose und die nackten Füße. »Ich bin gerade fertig mit Packen. Rue und ich wollten heute Abend eine Ladung Sachen in die Wohnung bringen.«

»Braucht ihr Hilfe?«

»Die Fahrt dauert drei Stunden. Wir werden erst spät zu Hause sein.«

»Das ist okay. Ich will nur Zeit mit dir verbringen.« Er schenkt mir ein jungenhaftes Grinsen, und ich schmelze auf der Stelle dahin. »Selbst wenn das heißt, dass ich sechs Stunden lang mit Rue Rosewood in einem Auto festsitze.«

»Delilah, wer ist da an der Tür?«, ruft Rue hinter mir.

»Nur der Junge von nebenan.« Ich lächele ihm zu, und er lächelt zurück.

Gott, wie ich das vermissen werde.

»Hi, Zane.« Rue kommt hinter mir heraus. »Hast du einen schönen Nachmittag?«

»Ich wollte Joggen gehen, aber Delilah meinte gerade, dass ihr Sachen zu der neuen Wohnung bringen wollt. Was dagegen, wenn ich mitkomme und helfe?«

Rue wirft ihm einen Blick von der Seite zu und blickt ihn dann von oben herab an. »Du willst wirklich meine Sachen umziehen helfen?«

»Wenn ich ehrlich sein soll, will ich nur Zeit mit deiner Nichte verbringen, bevor sie nach Hause fährt. Das sind kostbare Stunden, die wir hier verbrennen.« Zane strafft die Schultern, unbeeindruckt von Rues Adlerblick. Er hebt den Oberarm und beugt ihn, bis der Bizeps deutlich anschwillt. »Natürlich trage ich alle schweren Sachen. Ihr Damen müsst keine Sekunde ins Schwitzen kommen.«

Rue versucht, nicht zu lächeln. »Es würde keinen Sinn ergeben, wenn ich mitkäme. Ich wäre nur das fünfte Rad am Wagen. Fahrt nur ihr beide. Macht euren kleinen Roadtrip. Delilah, die Schlüssel hängen in der Küche. Die Adresse ist in das Navi in meinem Auto einprogrammiert.«

»Bist du sicher, dass du nicht mitkommen willst?«, frage ich.

Ich fühle mich schlecht. Obwohl ich mir sicher bin, dass es unzählige Dinge gibt, die sie hier lieber tun würde.

»Ach nein. Ich gehe mal zum Clubhaus. Vielleicht gehe ich Abendessen mit Ethel und den Mädels.«

»Ooh. Dinner mit der neuen Vorsitzenden. Wie schick«, ziehe ich sie auf.

»Fahrt vorsichtig, hörst du?« Ihr Blick ist auf Zane fixiert.

Er drückt sich die Hand aufs Herz. »Ich werde sie mit meinem Leben schützen.«

Zwei Stunden später haben wir jeden Quadratmillimeter in Rues Lexus mit Kartons beladen und brausen über den Highway nach Palm Beach. Noch zwei Stunden Fahrt liegen vor uns.

»Elf Tage.« Zane klopft mit der Handfläche an das Lenkrad, im Takt zu der kubanischen Musik, die leise aus den Lautsprechern kommt und singt leise mit: *»Ay, candela, candela …«*

»Ja.« Ich lehne mich an die kühle Fensterscheibe und zähle die Palmen, an denen wir vorbeifahren. Bisher bin ich bei einhundertachtundsechzig, aber ich bin sicher, dass ich dabei ein paar verpasst habe. »Ich versuche, nicht daran zu denken.«

»Ich auch.«

# 32. KAPITEL

## *Zane*

»Sehr schön.« Ich stelle – vorsichtig – einen Karton an der Wohnungstür in Palm Beach ab. Es ist blitzblank hier, buchstäblich unbelebt und schick ohne Ende. Alles weiß, glänzend und futuristisch. Ich hoffe, wenn ich mal fünfundsiebzig bin, dass ich dann wenigstens halb so cool bin wie Rue Rosewood.

»Wollen wir uns mal umsehen?« Delilah nimmt meine Hand und geht mit mir durch die Zimmer, und wir machen überall Licht an und schauen in alle Schränke.

»Warum so viele Zimmer?«, frage ich nach dem dritten.

Delilah bleibt im Flur stehen und dreht sich zu mir um. »Rue will die Wohnung mir und meinen Geschwistern vererben. Sie will, dass wir sie als eine Art gemeinsame Ferienwohnung nutzen, und sie wollte etliche Schlafzimmer, damit wir irgendwann auch unsere Familien mitbringen können.«

Sie verstummt.

»Wie lustig wäre es, wenn …« Sie unterbricht sich, ohne den Gedanken zu Ende auszusprechen. »Egal. Das ist verrückt. Es würde nie dazu kommen.«

Ich stehe ihr gegenüber, verliere mich in ihren warmen braunen Augen und versuche, mir eine ältere Version dieser wunderschönen Frau vorzustellen, mit dem Ring eines anderen Mannes am Finger, Schwangerschaftsbauch und ein paar kleinen Kindern, die durch diese Flure toben.

Mir wird das Herz schwer.

Eines Tages wird Delilah Rosewood irgendeinen Typen heiraten, der sie nicht verdient hat, und ich werde nur eine Sommeraffäre sein. Eine ferne Erinnerung, die mit jedem neuen und aufregenden Meilenstein, den Delilah in ihrem Leben erreicht, verblassen wird.

Es ist über einen Monat her, seit sie in meiner Küche ausgeflippt ist, mir gesagt hat, dass ihr Herz durcheinander ist, und sich gefragt hat, was danach kommt. Seitdem hat sie kein Wort mehr dazu gesagt. Keinen Ton. Sie beklagt sich nicht, noch stellt sie Fragen oder sinniert über die Zukunft, wenn sie nackt und atemlos in meinen Armen liegt.

»Ich sehe mir mal die Küche an.« Sie beißt sich auf die Lippe, zeigt in den Flur, und nur Sekunden später spaziert sie davon und summt leise eine Melodie vor sich hin.

Ich folge ihr, bleibe abseits stehen und sehe zu, wie sie Schubladen aufzieht und Geräte inspiziert.

In den letzten fünf Wochen hat sie die Rolle der Sexfreundin perfekt gespielt. Liebenswert. Frech. Ohne Verpflichtungen.

Und ich? Ich habe die Rolle des Kerls gespielt, der sich insgeheim und törichterweise immer mehr in sie verliebt, jedes Mal, wenn ich sie sehe.

Die Worte sind da, liegen mir auf der Zunge, und betteln darum, ausgesprochen zu werden.

*Müssen* ausgesprochen werden.

*Ich.*

*Liebe.*

*Dich.*

Ich räuspere mich, mein Puls rast und mir wird verschwommen vor Augen. Es ist Jahre her, seit ich diese Worte gesagt habe, und wenn ich sie sage, will ich, dass sie sie hier und jetzt hört. Ich will nicht damit warten, denn dann kneife ich vielleicht.

»Delilah, ich …« Ich hole tief Luft, und der Boden unter meinen Füßen fühlt sich ein wenig unsicher an, aber das auf faszinierendste Art und Weise.

Plötzlich kreischt Delilah auf und springt locker einen halben Meter hoch. Der durchdringende Schrei tut meinen Trommelfellen weh. Hastig wirft sie sich in meine Arme, packt mich am Shirt und zieht mich mit sich zur Tür.

»Da ist eine Maus, eine Maus, eine Maus, eine Maus …«, wiederholt sie immer wieder, bis wir draußen sind. Delilah zittert wie Espenlaub und streckt die Zunge heraus, während ich die Schlüssel nehme und die Tür absperre. »Wie kann da drin eine Maus sein? Die Wohnung ist brandneu!«

»Über die Straße ist ein leeres Feld. Hier ist ein Neubaugebiet. Da kommt so etwas vor«, sage ich.

»Ich weiß nicht, wie du so ruhig bleiben kannst.« Ihr Körper verkrampft sich wieder, und sie streckt die Zunge heraus, als würde sie gleich würgen.

»Na komm, lass uns zurückfahren, bevor es zu spät wird«, sage ich.

Blöde Maus.

# 33. KAPITEL

## *Delilah*

Zwei Tage.

In achtundvierzig Stunden sitze ich in einem Flugzeug und fliege zurück nach Rixton Falls, und alles, woran ich denken kann, ist, wie viel Spaß ich hier hatte und wie gern ich bleiben will.

»Ich kann nicht glauben, dass du wieder da bist.« Ich sehe meiner Schwester zu, die sich gerade für die Party heute Abend zurechtmacht. Weston hat sie extra einfliegen lassen, damit sie mit ihm hingeht. Morgen wird sie Rue mit ein paar Dingen helfen, und am Montag fliegt sie mit mir zurück. »Ich meine, ich kann es nicht glauben, wegen … Weston.«

Daphne verdreht die Augen und hat ein breites Grinsen im Gesicht. »Seit ich weg war, haben wir uns ununterbrochen Nachrichten geschickt und die ganze Zeit telefoniert. Er ist so nett, Del.«

»Ich weiß.«

»Es ist so, als ob wir immer zu viel Zeit und Energie damit verschwenden, Mistkerlen und Trotteln nachzujagen, und die netten Kerle bekommen nie die Anerkennung, die sie verdienen.« Daphne nimmt ihren Mascara und tuscht sich die Wimpern. »Pfeif auf französische Männer. Pfeif auf Hipster. Ich bin ganz für die netten Kerle.«

»Freut mich zu hören, dass du dich offiziell von Idioten zurückziehst.«

»Wie steht es mit dir und Zane? Eine gute Geschichte für mich?« Sie zwinkert mir zu.

Ich sitze auf dem Rand der geschlossenen Kloschüssel und stütze die Ellbogen auf die Knie. »Ich habe genau das getan, was du gesagt hast, Daph. Ich habe das Komplizierte umarmt.«

»Und?«

»Und alles … hat sich komischerweise ergeben.« Ich zucke mit den Schultern.

Sie dreht sich zu mir um und zieht die linke Augenbraue hoch. »Wirklich? Ich meine, das ist gut.«

»Das Komplizierte ist immer noch da«, sage ich. »Glaub mir. Wir reden nur nicht darüber.«

»Okay, also du fährst in zwei Tagen. Habt ihr beide *darüber* geredet?«

»Nein.«

Meine Schwester verzieht das Gesicht. »Dann willst du also nur ein letztes Mal Zeit mit ihm verbringen, und dann steigst du in ein Flugzeug und siehst ihn nie wieder?«

»Wir sind kein Liebespaar. Es gibt keinen Grund für ein großes, produktives, emotionales Lebewohl.«

»Ja, aber ihr solltet zumindest darüber reden, wie ihr in Zukunft mit Kontakt umgehen wollt. Ist die Tür immer offen? Wird es Besuche geben? Wollt ihr in Kontakt bleiben? Solche Dinge.«

Ich schüttele den Kopf. »Ich akzeptiere kompliziert bis zum bitteren Ende, und ich ziehe es durch. Außerdem redet Zane nicht gern über Vergangenheit oder Zukunft. Das habe ich sehr schnell gelernt.«

»Nett. Man muss einen Mann respektieren, der in der Gegenwart leben kann. Das ist nicht einfach.«

Daphne verlässt das Badezimmer und geht auf Zehenspitzen zurück in ihr Zimmer, wo ein verführerisches Abendkleid in Pfirsich und Gold auf ihrem Bett liegt. Sie schlüpft hinein, zieht den Reißverschluss hinten zu und prüft ihr Äußeres in einem Drehspiegel in der Nähe. Die Goldtupfen im Kleid betonen ihre gebräunte Haut und das platinblonde Haar.

»Du siehst wie eine Barbieprinzessin aus«, sage ich.

»Auf eine gute Art?«

»Natürlich.«

Daphne streicht das Kleid an den Seiten glatt. »Ich hoffe nur, dass es nicht zu viel ist. Ich will Weston nicht blamieren.«

Mir bleibt der Mund offen stehen. »Ihn blamieren? Süße, er wird bei jeder Gelegenheit mit dir angeben. Alle Augen werden heute Abend auf dich gerichtet sein, das kannst du glauben. Und er wird herumstolzieren wie der stolzeste Hahn im Korb.«

Daphne kichert. »Ich kann mir Weston gar nicht beim *Stolzieren* vorstellen … aber okay.«

Als meine Schwester letzte Hand an ihren tief sitzenden Haarknoten anlegt, klingelt es an der Tür, und mein Herz macht einen Satz in mitfühlender Aufregung. Bis jetzt war mir egal, dass ich nicht mit Zane auf die Party gehen kann, aber jetzt bin ich doch ein wenig enttäuscht.

»Du wirst richtig Spaß haben heute Abend«, sage ich und geleite sie zur Tür, wo Weston in einem schwarzen Smoking steht.

Seine Augen leuchten auf, als er sie sieht.

»Hi.« Sie kommt mit vorsichtigen Schritten auf ihn zu.

Westons Blick ist auf sie fixiert. Ich glaube, ihm fällt nicht einmal auf, dass Rue und ich auch da stehen. Er ist vollkommen bezaubert von ihr.

Rue drückt sich die Hand aufs Herz und greift mit der anderen nach meiner Hand. Sie drückt sie fest, und ich nicke. Wir werden gerade Zeugen von etwas Besonderem.

Das ist mehr als nur ein Sommerflirt.

»Okay, dann fahren wir jetzt.« Daphne winkt uns zu und legt ihre Hand in die von Weston. »Wartet nicht auf mich.«

Ich drehe mich zu Tante Rue um, die ebenfalls von Kopf bis Fuß gestylt ist. »Und wo gehst du heute Abend hin?«

»Heißes Date in letzter Minute.« Sie zwinkert.

»Aber du ziehst doch morgen um?« Ich verschränke die Arme und grinse amüsiert über ihre Kühnheit.

»Und? Das weiß er doch.« Rue zuckt mit den Schultern. »Und wenn er etwas von mir will, weiß er ja, wo er mich findet.«

# 34. KAPITEL

## Zane

»Würdest du freundlicherweise mal lockerlassen«, sage ich Carissa ins Ohr und achte dabei darauf, leise zu sprechen und weiterhin zu lächeln. »Mir war nicht klar, dass der Besuch der Party heute Abend mit dir bedeuten würde, dass du die ganze Zeit buchstäblich an mir hängst.«

Wir sind seit vierzig Minuten hier, und bisher war die einzige Gelegenheit, bei der sie mich losgelassen hat, die, als ich zum Pinkeln ging, und dabei musste ich nicht einmal. Ich brauchte einfach einen Moment für mich allein zum Luftholen.

»Da ist ja meine wunderschöne Tochter!« Carissas Mutter, Caitlyn Forbes, schwebt auf uns zu, mit ausgestreckten Armen und voll ausgeprägtem Südstaatenakzent. »Meine Güte, du siehst strahlend aus, Carissa. Und Zane, du siehst wirklich gut aus. Ich bin sicher, Carissa hat dich von Kopf bis Fuß eingekleidet. Sie spielt immer so gern ›schick anziehen‹ mit all ihren Auserwählten.«

Auserwählten?

»Mutter.« Carissa tut verärgert. »Tatsächlich hat Zane sich heute Abend selbst eingekleidet.«

»Tja, so was.« Ihre Mutter tätschelt meine Hand und wirft mir ein Grinsen von der Seite zu. »Dann musst du wohl wissen, wie du dich bei ihr behaupten kannst. Ich würde sehr gern später noch mit dir reden und mir ein paar Tipps von dir holen.

Seit dem Tag ihrer Geburt wickelt sie ihren Vater und mich regelmäßig um den Finger.«

Carissas Vater kommt durch eine Gruppe Gäste heran, begrüßt sie und bleibt dann neben seiner Frau stehen.

»Sehen die beiden nicht reizend aus?«, meint Caitlyn. »Ich könnte sie einfach auffressen. Ein Anblick wie im Bilderbuch. Oh. Da fällt mir ein: Ich sollte ein Foto von ihnen machen.«

»Nein«, wehre ich ab.

Carissa wirft mir einen Blick zu, und Caitlyn hat einen eigenartig anzüglichen Blick im Gesicht.

»Wie bitte?«, fragt Caitlyn.

Mr Forbes wirft mir einen bösen Blick zu, noch etwas böser als der, den er mir zugeworfen hatte, als wir das letzte Mal so nahe beisammenstanden.

»Ich habe es nicht so mit Fotos«, sage ich.

»Es wäre für unsere Familienalben«, antwortet sie. »Carissa ist unsere einzige Tochter. Wir dokumentieren einfach gern alles. Meine Güte, ich glaube, ich habe jedes Schulfoto, alle Milchzähne und jede einzelne Barbiepuppe aufgehoben.«

»Komm schon, Baby. Die sieht niemand außer unserer Familie.« Carissa massiert die Unterseite meines Arms, legt den Kopf schief und setzt ein süßes Lächeln auf, während ihre Eltern zusehen. »Es würde Mama so glücklich machen.«

Mr Forbes räuspert sich und wirft mir noch einen bösen Blick zu, doch dann geht sein Blick durch mich hindurch und fällt auf die andere Seite des Raums, wo sein Sohn Taylor steht und sich mit ein paar Spielern unterhält. Ich sehe, wie er ihnen seine Visitenkarte gibt.

Taylor fucking Forbes.

Der Typ ist nicht nur ein berüchtigter Trottel und der Bruder meiner kriminell irren Stalkerin, sondern einmal hat er auch versucht, mir Mirabelle auszuspannen, indem er ihr erzählt hat, sie hätte etwas Besseres verdient als dreckigen Abschaum wie mich. Dafür wird er auf ewig auf meiner schwarzen Liste stehen.

Das Traurige daran ist: Wäre sie mit Taylor durchgebrannt, würde sie jetzt nicht den Rest ihres Lebens in einer betreuten Pflegeeinrichtung verbringen.

Manchmal ist das Leben einfach ein elendes Miststück.

An dem Tag, als ich ihn aus Rues Haus kommen sah, habe ich ihn auf dem Gehweg mit der Schulter angerempelt und ihm gesagt, dass Delilah mir gehört, ungeachtet der Tatsache, dass das so gar nicht stimmte. Vielleicht ging es in dem Moment nur um Arroganz und Charme, aber ein Instinkt tief in mir wusste, dass sich da noch etwas anderes zusammenbraute.

»Komm schon, Baby«, säuselt mir Carissa ins Ohr. »Lass uns noch etwas zu trinken holen. Sei ein Gentleman und bestelle mir einen Lemon Drop Martini, ja?«

Ich bin abgelenkt und sehe mich im Raum nach einer Uhr um, damit ich sehen kann, wie viele Stunden mir noch in der buchstäblichen Hölle bevorstehen, und als ich mich umdrehe, steht Carissa vor mir, geht auf Zehenspitzen und drückt ihren Mund auf meinen für einen innigen Kuss ohne Zunge.

Als mir klar wird, was gerade passiert ist, ist das Erste, was mir einfällt, mich im Raum umzublicken, um sicherzugehen, dass das niemand gesehen hat. Es gibt eine Handvoll Reporter mit Presseausweis hier, und das Letzte, was ich gebrauchen kann, ist die Verewigung dieses ungewollten Kusses mit einem einzigen Foto.

»Zane?«, höre ich da eine Frauenstimme hinter mir.

Ich drehe mich um – und erkenne sofort Daphne Rosewood. Weston steht hinter ihr und sieht mich mit der Sorte besorgtem Blick an, den man nie im Gesicht seines besten Freundes sehen will.

»Ich bin etwas verwirrt …« Daphne legt den Kopf schief, den Blick auf Carissa gerichtet, die gerade mit jemandem plaudert, sich dabei aber dennoch den Moment nimmt, von hinten die Arme um meine Taille zu schlingen.

Fuck.

Fuck. Fuck. Fuck.

»Es ist nicht so, wie es aussieht«, sage ich leise. »Ich kann das erklären.«

»Spar dir das.« Daphnes sonst so liebenswerte Haltung wird düster, und sie runzelt die Stirn. »Und halte dich bloß von meiner Schwester fern.«

»Daphne«, rufe ich, als sie weggeht. »Weston.«

Die beiden sind längst weg, und ich sitze hier fest mit diesem schwarzhaarigen Fliegengewicht in einem Kleid, das besser zu einem Engel passen würde.

Ich kriege keine Luft.

Ich packe Carissas Hände, schiebe sie von mir und löse mich aus ihrer Umklammerung.

»Hey.« Sie macht einen Schmollmund, und ich stürme davon. »Wo willst du hin?«

»Gib mir eine gottverdammte Minute für mich.« Ich schreie sie an, und meine Stimme dröhnt so laut, dass sie in meinen eigenen Ohren schmerzt. »Gott, ich kriege keine Luft, wenn du mir so am Hals hängst.«

Carissas Unterlippe zittert, und ihre Augen werden glasig, als ihr Vater an ihre Seite kommt.

Es ist einfach so passiert …

Ich bin geliefert.

# 35. KAPITEL

## *Delilah*

»Morgen, Sonnenschein.« Es ist Sonntagmorgen, und ich koche gerade eine Kanne Kaffee, als meine Schwester in die Küche stolpert.

Es wird ein langer Tag. Wir müssen noch einiges packen, bevor der große Möbelwagen kommt. Irgendwann war ich glücklicherweise in der Lage, Rue zu überzeugen, dass ich es nicht schaffe, ihren Geschirrschrank, ihr King-Size-Bett oder ihren extragroßen Kleiderschrank umzuziehen.

»Wie war die Party? Erzähl mir alles.« Ich hole zwei Becher aus dem Schrank und werfe einen Blick auf die Uhr. Wenn wir in den nächsten paar Stunden fertig werden können, bleibt mir immer noch der größte Teil des Tages, um Zeit mit Zane zu verbringen. Ich denke schon das ganze Wochenende daran, und mein Verstand und mein Herz führen Krieg darum, was ich heute Abend sagen oder nicht sagen sollte.

Aber ich habe beide überstimmt.

Zum ersten Mal in meinem Leben werde ich mit dem Strom schwimmen und sagen, was sich in dem Augenblick richtig anfühlt. Ich werde keine Art Rede oder alberne Erklärung planen. Was passiert, passiert eben, und was gesagt wird, wird eben gesagt.

Wenn überhaupt, will ich es auf dem Höhepunkt und mit der Tür weit offen beenden. Wenn wir zumindest das hinbekommen, werde ich diesen Sommer einen Erfolg nennen. Und ich werde privat und persönlich damit klarkommen, dass er mir fehlen wird, und hoffentlich werde ich eines Tages über diese kleine Sommeraffäre hinweg sein.

Daphne nimmt ihren Kaffeebecher entgegen. Sie meidet meinen Blick. »Danke.«

»Setz dich«, sage ich. »Wie war die Party?«

Meine Schwester räuspert sich. Ihre babyblauen Augen werden feucht, als sie in die Ferne blickt.

»Oh Gott«, sage ich. »Weston. Was hat er getan? Hat er Schluss gemacht?«

Ich gehe zu ihr und lege die Arme um sie. Verschwunden sind das Licht in ihren Augen und die süße Harmonie in ihrer Haltung. Ich erkenne das gebrochene Herz in ihren Augen. Ich habe es schon einmal gesehen. Sie ist verletzt. Aufgebracht.

Sie schüttelt den Kopf und reibt dann das Kinn an ihrer Schulter. »Delilah, da ist etwas, das ich dir über gestern Abend sagen muss.«

»Was? Jetzt machst du mir Angst.« Ich hole tief Luft und halte den Atem an. Mein ganzer Körper ist angespannt.

»Zane war mit einer anderen Frau auf der Party.« Ihre Worte sind nur ein Flüstern.

Wenn Herzen zerbrechen könnten, wäre meines jetzt in unzählige Stücke zerschmettert. Ich bin wie betäubt. Und doch fühle ich alles auf einmal.

»Vielleicht war es ein Missverständnis?« Ich blinzele die Tränen weg, die mir in die Augen steigen wollen.

Daphne beißt sich auf die Zunge und schüttelt langsam den Kopf.

»Als wir hinkamen, sah ich ihn neben ihr stehen, und sie hat ihn geküsst, und als ich ihn darauf ansprach, wollte er sagen, dass es nicht so ist, wie es aussieht, aber sie hing voll an ihm dran. Sein Gesicht, Delilah … Er war kreidebleich. Er hatte nicht damit gerechnet, mich zu sehen. Er sah aus wie jemand, der in flagranti ertappt wurde.«

»Also hat er gelogen.« Meine Worte sind monoton. »Er hat mich belogen.«

Daphne legt ihre Hand auf meine.

»Er hat mir erzählt, er könne nicht mit mir zur Party gehen, weil er gerade irgendwelchen Einschränkungen unterliegt und denkt, dass er seinen Vertrag verliert, wenn er dagegen verstößt«, erzähle ich und runzele die Stirn. Ich gebe ein kurzes, trockenes Lachen von mir, aber nichts daran ist lustig. »Ha. Und dann geht er mit einer anderen hin.«

»Es tut mir so leid, Süße.«

Ich versuche zu lächeln und so die Tränen fernzuhalten, aber eine entwischt doch irgendwie, läuft mir über die Wange und tropft auf meine Hand. »Ich hasse mich dafür, dass ich es überhaupt wissen will, aber ich kann einfach nicht anders … wie sah sie aus?«

Daphne atmet langsam aus und kneift die Augen zusammen. »Weißt du, ihr Gesicht habe ich gar nicht gesehen. Sie haben sich geküsst, und als er sich dann umdrehte, stand sie hinter ihm. Sie hatte dunkles Haar. Glaube ich. Egal, es spielt keine Rolle, weil er ein Mistkerl ist und du etwas Besseres verdient hast.«

»Ich begreife es einfach nicht. Wir haben diesen Sommer so viel Zeit zusammen verbracht. Alles lief gut. Wir waren uns nahe. Ich meine, wir waren Freunde. Zumindest dachte ich das.« Ich stütze das Kinn auf die Hand und starre geradeaus auf die Druckgrafik einer Milchkuh, die neben Rues Küchentisch hängt. Sie hat dieses Ding schon ewig. Ich bin mir ziemlich sicher, dass ich es aus dem Gedächtnis nachzeichnen könnte, wenn ich müsste. Doch ab jetzt werde ich jedes Mal, wenn ich diese Kuh ansehe, an diesen Moment denken. »Und da glaubt man, man kennt jemanden.«

In meinem Kopf laufen die letzten sechs Wochen noch einmal ab. Chicago war ein großer Wendepunkt für uns. Wir haben einiges über uns miteinander geteilt. Er hat sich geöffnet. Wir haben gelacht. Wir hatten Sex. Ich schätze, die letzten paar Wochen wirkte er eher distanziert. Ich dachte, dass er arbeitet. Vielleicht war er bei … *ihr*?

»Es tut mir so leid.« Daphne schüttelt den Kopf. »Ich wollte es dir nicht sagen. Ich habe hin und her überlegt, ob ich soll oder nicht, nachdem du ja morgen abreist. Aber ich dachte, du hast das Recht, es zu erfahren. Und sogar Weston war aufgebracht. Er hatte keine Ahnung, dass Zane ein Date dort hat, aber um fair zu sein, wollte Weston eigentlich gar nicht hingehen, weil sein Bruder heiraten wollte, aber die Hochzeit wurde abgesagt, und deshalb ging er am Ende doch hin, aber egal. Weston war genauso geschockt wie ich. Danach blieben wir nicht mehr lange. Vielleicht zwanzig Minuten. Lange genug, um Hallo zu sagen und von allen richtigen Leuten gesehen zu werden, und dann waren wir weg.«

Ich schnaube. »Ich schätze, es ist nicht so, als wäre er mein Freund gewesen. Ich meine, rein technisch ist es kein Betrug.«

»Warst du nur mit ihm zusammen?«

»Ja. Aber offensichtlich war mein Bemühen einseitig.«

Mein Handy summt leise auf dem Tisch, und Daphne sieht mit angehaltenem Atem zu, wie ich danach greife und es zu mir ziehe. Zanes Name leuchtet auf dem Display auf.

»Wenn man vom Teufel spricht.« Ich denke nicht zweimal darüber nach, als ich auf den roten Button tippe. »Nein danke.«

Noch ein paar Taps mehr, und seine Nummer ist offiziell auf meinem Handy geblockt.

»Ich bin damit fertig«, erkläre ich und begrüße die Taubheit, die mich überkommt und mich daran erinnert, dass geschehen ist, was geschehen ist, und dass das alles eines Tages eine ferne Erinnerung sein wird. »Ich habe deinen Rat befolgt und das Komplizierte umarmt, und eine Zeitlang war es Spaß, aber ich lasse mich nicht belügen. Dafür habe ich zu viel Selbstachtung.«

»Gut für dich.«

Ich stehe auf und trinke einen Schluck Kaffee, bevor ich das Handy in meine hintere Hosentasche schiebe.

»Bereit für die Arbeit?«, fragt sie.

»Ja. Lass uns die letzten kleinen Kartons einladen. Die Möbelpacker werden gegen Mittag da sein«, sage ich. »Versprich mir nur eins.«

»Klar?«

»Erzähl Tante Rue nichts davon. Ich bin nicht in der Stimmung für einen ihrer Vorträge, und ich weiß, sie würde da direkt hinübermarschieren und ihm eine Standpauke halten, und ich will einfach meinen letzten Tag hier nicht mit so etwas verbringen.«

»Ich sage kein Wort.« Daphne legt den Arm um meine Schulter, und wir gehen in eines der hinteren Zimmer, wo Rue ihre Puppen- und Porzellansammlung aufbewahrt.

»Und versprich mir noch etwas«, bitte ich sie auf dem Weg.

»Natürlich.«

Ich beiße mir auf die zitternde Lippe und hoffe, dass der körperliche Schmerz den emotionalen überdeckt. »Versprich mir, dass es sich nicht für immer so anfühlen wird.«

»Wird es nicht. Es wird besser. Versprochen.«

Wir bleiben im Flur stehen, und sie nimmt mich in die Arme. Sie ist über sieben Zentimeter größer als ich, und ich lege meinen Kopf an ihre Schulter.

»Ich verstehe es nicht.« Meine Worte klingen dumpf an ihrem Shirt.

»Und das wird immer so bleiben.« Sie streichelt mir in Kreisen über den Rücken. »Du kannst nur dein Leben weiterleben und versuchen zu vergessen.«

Unsere süße Sommeraffäre hat offiziell einen üblen Nachgeschmack hinterlassen. Ich habe den Sommer high mit Endorphinen und Adrenalinschüben, mit Oxytocin und Lust verbracht. Aber jetzt ist daraus eine toxische Kombination geworden, die durch meine Adern fließt und mich krank macht.

Ich will vergessen.

Ich will alles von ihm vergessen.

# 36. KAPITEL

## Zane

Fünf Anrufe. Vier Textnachrichten. Nichts kommt an.

Sie hat mich geblockt.

Was bedeutet, dass sie nicht mit mir reden will …

Was bedeutet, dass sie nie die Wahrheit hören wird …

Was bedeutet, dass sie morgen abreist und verletzt ist, wegen etwas, von dem sie denkt, dass ich es getan habe.

Ich werfe mein Handy hin und schaue aus dem Fenster, gerade rechtzeitig, um einen Umzugswagen in Rues Einfahrt fahren zu sehen.

Daphne marschiert über die Einfahrt, bedeutet dem Truck, noch etwas näher zu fahren und gibt dann das Zeichen, dass er anhalten soll.

Mein Herz rast, hämmert so sehr, dass ich nicht geradeaus denken kann. Ohne zu zögern oder irgendetwas zu überdenken, schnappe ich mir ein Blatt Papier und kritzele eine Notiz.

*Schönheit,*

*Bitte nimm meine Anrufe an. Bitte komm zu mir, bevor du abreist. Es ist nicht so, wie du denkst.*

*Ich liebe dich.*

*de la Cruz*

Ich lese die Notiz und zerknülle sie dann. Ich werde ihr nicht auf einem Blatt Papier sagen, dass ich sie liebe. Das ist total lahm. Wir sind nicht mehr in der Highschool.

Ich nehme ein neues Blatt und schreibe die Notiz neu, nur

lasse ich diesmal den Teil, dass ich sie liebe, weg. Eines Tages, wenn ich die Chance dazu bekomme, werde ich es ihr ins Gesicht sagen. Sie wird es direkt von mir hören.

Ich ziehe Tennisschuhe an und renne hinaus, bevor Daphne verschwindet. Ich ignoriere ihren entsetzten Gesichtsausdruck, als sie mich kommen sieht.

»Daphne, ich schwöre dir, es ist nicht so, wie es aussah. Was hast du ihr gesagt?« Ich stemme die Hände in die Hüften und blinzele. Die Notiz habe ich sauber gefaltet in der linken Hand.

»Ich habe ihr gesagt, was ich gesehen habe.« Ihr Tonfall ist voller Abscheu. Das ist nicht die Daphne, die ich vor ein paar Monaten kennengelernt habe. Diese Daphne hasst mich abgrundtief. »Und du solltest nicht hier sein. Ich will nicht, dass meine Schwester dich sieht, vor allem nicht, nachdem ich den ganzen Morgen damit verbracht habe, sie zu beruhigen.«

»Herrgott.« Ich raufe mir die Haare. Delilah zu verletzen ist das Letzte, was ich will. »Daphne, du musst ihr das hier geben.«

Ich gebe ihr die Notiz.

»Sie nimmt keine Anrufe oder Textnachrichten von mir an, und ich muss ihr alles erklären, bevor sie morgen abreist.«

Daphne legt den Kopf schief und mustert mich prüfend. Hinter ihr steht einer der Umzugsleute mit einem Klemmbrett. Offensichtlich braucht er ihre Aufmerksamkeit. Aber ich brauche sie dringender.

»Egal welche Erklärung du ihr gegenüber abgeben willst, die, davon bin ich überzeugt, eine Variation der Wahrheit sein wird, die dich im Licht eines Heiligen darstellt … wird das überhaupt irgendetwas ändern? In einem Monat geht sie zurück aufs College, und du spielst hier Football. Du hast ihr diesen Sommer schon glasklar gemacht, dass sie nicht mehr ist als dein persönliches Sexspielzeug.« Daphne schnaubt. »Du hattest deinen Spaß. Ist mir klar. Aber jetzt ist sie verletzt, und du hast den Nerv, hier zu stehen und so zu tun, als würdest du eine zweite Chance verdienen?«

»Ma'am?« Der Fahrer des Umzugswagens hebt einen Finger. »Tut mir leid, Sie zu unterbrechen. Aber ich habe noch ein paar Fragen, bevor wir anfangen.«

»Ja. Tut mir leid.« Daphne dreht sich um und beendet damit unsere Diskussion, bevor ich die Chance habe, ihr zu sagen, dass Delilah so viel mehr war, als ich ihr für diesen Sommer zugetraut hätte.

In vielerlei Hinsicht hat sie mich gerettet.

Ich sehe zu, wie Daphne die Notiz in ihre Hosentasche schiebt und die Umzugsleute ins Haus geleitet.

Ich bleibe noch einen Moment lang stehen und beobachte die Tür, für den unwahrscheinlichen Fall, dass Delilah vielleicht herauskommt, aber das passiert nicht.

Heute Abend werde ich Kiesel an ihr Fenster werfen.

Heute Abend werde ich alles tun, was nötig ist.

Ich muss sie ein letztes Mal sehen.

Sie kann nicht von hier verschwinden in dem Glauben, dass sie mir nichts bedeutet.

Sie kann nicht von hier verschwinden, ohne je zu erfahren, dass ich sie *geliebt* habe.

Und dass ich sie immer noch liebe.

# 37. KAPITEL

## *Delilah*

*Zwei Monate später …*

Ich klappe meinen Laptop zu und schließe mein Lehrbuch. Ich habe fünf Stunden durchgehend an dieser Facharbeit gesessen, und langsam wird mein Blick verschwommen von zu viel Zeit vor dem Bildschirm.

Es sind sechs ganze Schritte durch meine Einzimmerwohnung, dann bin ich bei dem Fenster der Kitchenette und öffne es, um etwas frische Luft hereinzulassen. Ich sehe ein paar Studenten über den Gehweg schlendern, Taschen über der Schulter, lachend und plaudernd. Es ist nicht richtig, dass ich mich in diesem kleinen Apartment verkrieche, wenn es Herbst ist in Chicago und das Wetter wunderbar schön ist.

Ich sollte ein wenig frische Luft schnappen. Vielleicht hilft mir das dabei, mich zu konzentrieren. Und mich wieder wie ein Mensch zu fühlen.

Ich schnappe mir eine Flasche Wasser, meine Sneaker und das Handy, und dabei sehe ich eine verpasste Textnachricht von meiner älteren Schwester Demi, zusammen mit einem Screenshot ihres Fernsehers. Es ist verschwommen, und ich kann das Foto kaum erkennen, aber es sieht aus, als würde sie ESPN schauen.

Ich tippe auf den Bildschirm, rufe sie an, und sie hebt schon beim zweiten Läuten ab.

»Oh mein Gott, Delilah. Hattest du nicht einige Dates mit Zane de la Cruz?« Demi spricht schnell und aufgeregt.

»Es waren keine *Dates*«, antworte ich. »Aber was ist mit ihm?«

»Schalte ESPN ein«, sagt sie. »Da läuft ein Special über Lokalhelden oder so. Ich saß hier mit Royal und habe bei Sports Center weggehört wie immer, doch dann hörte ich, wie sie seinen Namen nannten. Wusstest du, dass er jetzt in Chicago ist? Er spielt für die Chicago Thunder.«

Ich bin zu Stein erstarrt und stehe einfach nur da, unfähig, mich zu rühren. Das Handy gleitet mir aus der Hand, aber ich kann es noch auffangen, bevor es auf den Boden fällt.

»Schalte den Fernseher an«, drängt Demi. »Die Sendung hat erst vor etwa fünf Minuten angefangen.«

Mit schwitzenden Händen und Herzklopfen werfe ich die Sofakissen auf meiner Couch hin und her, bis ich die darunter vergrabene Fernbedienung finde. Ich weiß nicht einmal, auf welchem Kanal ESPN läuft, oder ob ich den Sender überhaupt empfange, aber ich zappe durch die Kanäle, als würde mein Leben davon abhängen.

Gefunden.

Die Kamera schwenkt über ein Footballfeld, auf dem Männer in Schwarz und Grau Trainingsübungen machen, und richtet sich dann auf Kopf und Schultern von Zane, der gerade interviewt wird.

Er lächelt, und seine Grübchen sind so deutlich wie zuvor, und alles um mich herum verschwindet in weite Ferne. Ich sehe ihn, und nur ihn.

Ich drücke meine Schwester weg, und im Lauf der nächsten Stunde verliebe ich mich wieder von Neuem in ihn. Und als die Sendung vorbei ist, tut mir das Herz weh. Aller Schmerz, den ich in den letzten zwei Monaten mühsam verarbeitet und verdrängt habe, ist jetzt wieder aufgewühlt und an die Oberfläche gekommen.

Die Tatsache, dass er in derselben Stadt ist wie ich …

»Es ist gut, zu Hause zu sein.« Seine Stimme erfüllt mein Apartment, und er blickt direkt in die Kamera.

Ich schaue die Doku zu Ende, merke dann erst, dass ich das ganze Ding auf der Sofakante balancierend gesehen habe, völlig verkrampft, und als der Abspann kommt, sinke ich rücklings in die Kissen.

»Er ist hier«, flüstere ich laut, denn offenbar muss ich es hören, um es wirklich zu glauben. Es fühlt sich alles unglaublich surreal an.

An dem Tag, als Daphne und ich Tante Rues Sachen umzogen, hat sie mir ein Blatt Papier zugesteckt, das Zane ihr offenbar gegeben hatte. Zu dem Zeitpunkt war ich zu verletzt, um es mir anzusehen, also legte ich es achtlos auf Rues Geschirrschrank im Esszimmer. Später am Nachmittag, als die Möbelpacker weg waren, war die Nachricht verschwunden.

Ich hatte nie die Chance, sie zu lesen.

Und die folgenden Wochen hatte ich damit verbracht, mir einzureden, dass es sowieso nichts geändert hätte.

*Ich* machte weiter.

*Wir* waren Geschichte.

Ich hole mein Handy heraus und starte eine schnelle Suche. Es gibt nicht viele detaillierte Informationen, aber soweit ich erkennen kann, haben die Cougars irgendeinen Anfänger aus Texas als Runningback unter Vertrag genommen und Zane kurz nach Beginn der Trainingssaison aus dem Vertrag entlassen. In letzter Minute hatte der Runningback der Thunder einen Kreuzbandriss beim Training, und sie nahmen Zane.

Ich lege mich hin, rolle mich mit einem Kissen ein, schließe die Augen und spiele im Geiste jede Erinnerung durch, die ich festgehalten habe. Die bitteren. Die süßen. Das herzzerreißende Ende, das ich so gar nicht hatte kommen sehen.

Hier in Chicago fühlte ich mich sicher. Ich dachte, ich sei Welten entfernt … von ihm. Und jetzt werde ich bei jedem Schritt über die Schulter blicken, mich fragen, ob ich ihm vielleicht begegne, und wie besessen darüber nachdenken, was ich wohl sage, sollten wir uns je wiedersehen.

Ich wälze mich in einem hemmungslosen Pool bittersüßer Erinnerungen, kneife fest die Augen zu und rufe dann ein Selfie auf meinem Handy auf. Es stammt von dem Abend, als wir uns in seinem Garten das Feuerwerk zum Vierten Juli ansahen. Wir lächeln, glücklich und in seliger Unwissenheit dessen, was kommen sollte.

Es war einmal, dass wir im Moment lebten.

Und ich will zugeben, dass ich von Zeit zu Zeit durchaus an die Zukunft dachte.

Aber nicht einmal in meinen wildesten Träumen hätte ich mir ausgemalt, dass alles in Flammen aufgehen würde.

Mit jeder Sekunde treibe ich in etwas, von dem ich hoffe, dass es ein wohltuendes Nickerchen ist. Ich muss allem ein wenig entfliehen. Meinen Verstand zur Ruhe bringen. Meine Gedanken zum Schweigen bringen. Und ich bin fast schon so weit …

*Klopf, klopf, klopf.*

Ein kurzes Zischen durchfährt mich, jagt durch meinen Oberkörper und breitet sich bis in meine Fingerspitzen aus. Ich bekomme keine Luft.

Leise durchquere ich auf Zehenspitzen mein winziges Apartment, spähe durch den Türspion …

… und öffne die Tür.

»Hey, Hayden«, sage ich. »Komm rein.«

# 38. KAPITEL

## *Zane*

Ich stehe vor dem ausladenden purpurroten viktorianischen Haus und starre hoch zum dritten Fenster oben am Turm, in dem Delilah während des Schuljahres zu wohnen behauptet hat.

Ich weiß nicht, ob sie noch dort wohnt oder ich mich mit meiner Aktion zum absoluten Depp machen werde, aber heute Abend bin ich bereit, es darauf ankommen zu lassen.

Ich bin seit über einem Monat wieder in Chicago, meine Tage und Nächte sind voll mit Chicago Thunder, aber es ist nicht eine Nacht vergangen, in der ich mich nicht gefragt habe, wo sie ist. Was sie gerade tut. Ob sie in ihrem Bett liegt und auch an mich denkt.

Ich drücke auf alle Klingeln am Eingang, bekomme ein paar Fragen über die Sprechanlage und höre schließlich das schwere Klicken, mit dem die Tür aufgeht. Ich bin nicht sicher, was ich davon halten soll, dass Delilah in einem »gesicherten« Apartment lebt, wo die Bewohner einfach blind für Fremde auf dem Summer drücken, aber jetzt bin ich drin, und das ist alles, was zählt.

Ich steige drei Stockwerke hoch und komme in einen Flur mit drei Apartmenttüren, vor denen ich kurz stehenbleibe, um mich zu orientieren.

Norden.

Der Turm ist im Norden.

Dann stehe ich vor einer Tür, auf der 3B steht, und höre Stimmen. Zwei. Einen Mann und eine Frau.

Delilah.

Ich höre die beiden lachen und ihre Stimmen, gedämpft durch die dicke Holztür. Ich komme näher und will beinahe mein Ohr an die Tür pressen.

»Ich weiß gar nicht, was ich ohne dich machen würde …«, sagt sie. »Im Ernst. Du warst immer so wundervoll. Ich habe das gar nicht verdient.«

Da drin ist ein anderer Mann, und wie es sich anhört, hält Delilah ihn für verdammt toll.

Ich balle die Fäuste und beiße die Zähne zusammen.

Ich bin hin und her gerissen zwischen Bleiben und Gehen, als die Tür aufgeht und mir die Wahl abnimmt.

Ein Mann steht auf der anderen Seite. Adrett. Gut gekleidet. Richtig *preppy*. Er trägt ein kariertes Hemd, eine dicke Hipsterbrille, und sein sandblondes Haar ist am Scheitel nach hinten gekämmt. Er ist schlaksig und ernst. Dieser Mann ist das genaue Gegenteil von mir – in allem.

»Wer bist du denn?«, fragt er.

»Hayden, wer ist da?« Delilah kommt hinter ihm heran und bleibt stehen. Sie wird blass.

»Hi Delilah«, sage ich.

»Was machst du hier?«, fragt sie.

Ich grinse, wieder ganz und gar bezaubert von ihrem Anblick. »Ich bin hier, um zu reden.«

»Ist alles okay hier?«, fragt der Hipster-Nerd und wedelt mit dem Zeigefinger zwischen uns hin und her.

Delilah und ich sehen uns in die Augen, und die Sekunden, bis sie antwortet, vergehen langsam.

»Ja«, sagt sie. »Alles in Ordnung, Hayden.«

»In Ordnung, dann bin ich mal nebenan. Klopf an die Wand,

falls du mich brauchst …« Er drängt sich an mir vorbei durch die Tür und verschwindet hinter Tür 3A.

»Kann ich reinkommen?«, frage ich.

Sie tritt zurück und nickt, den Blick abgewandt und die Arme um die Mitte geschlungen. Wir stehen wortlos da, nachdem sie die Tür geschlossen hat.

»Du bist so still«, sage ich. »Ich war gefasst auf eine Delilah Rosewood, die auf mich losgeht, aber du stehst nur da und siehst aus, als hättest du einen Geist gesehen.«

»Ich habe erst heute erfahren, dass du nach Chicago gezogen bist. Und jetzt bist du hier. Ich bin immer noch dabei, das alles zu verarbeiten.« Sie tritt einen Schritt zurück und hält wachsam Distanz zu mir.

»Bevor ich alles sage, weswegen ich hergekommen bin«, fange ich an, »gibt es da nur eins, das ich loswerden muss. Und ich will es jetzt sagen, bevor es untergeht in all den Dingen, die aus unserem Mund kommen, wenn wir erst angefangen haben.«

Sie verschränkt die Arme und sieht mich kurz an. »Okay.«

»Ich liebe dich«, platze ich heraus, bevor mich ihre konzentrierte, finstere Miene davon abhalten kann, zu tun, weswegen ich hier bin.

Delilahs Miene wird sanfter, und ihr bleibt der Mund offen stehen. »Was?«

»Als ich dir zum ersten Mal begegnet bin, warst du mir ein Stachel im Fleisch. Eine richtige Nervensäge«, sage ich. »Und du warst total sexy auf diese Collegestudentinnenart, und ich wollte unbedingt eine Kostprobe von dir.«

»Wie nett.« Sie verdreht die Augen.

»Ich weiß, welche Vereinbarung wir hatten, Delilah. Ich weiß, dass wir uns darauf geeinigt hatten, dass es nur um Spaß und Sex geht …« Ich seufze. »Aber ich muss gestehen: Irgendwann auf dem Weg ist mehr daraus geworden.«

Delilah geht rückwärts, sinkt auf den Rand ihres Sofas, die Arme schlaff über den Knien und dunkelbraune Strähnen im Gesicht.

Sie hebt eine Hand. »Das ist ja toll, dass du nach Chicago gezogen bist und jetzt hier stehst und mir deine Liebe gestehst, als wären wir in einem Film von Nicholas Sparks, aber das ändert nichts an der Tatsache, dass du mich *belogen* hast, Zane.«

»Ich habe nie gelogen.« Ich mache ein Kreuzzeichen über mein Herz. Dann atme ich tief durch und setze mich auf den Stuhl ihr gegenüber. »Carissa hat mich damals im Juni im Gym bedrängt.«

»Es war Carissa?«

»Lass mich ausreden. Jedes Jahr gibt ihr Vater eine große Party kurz vor Beginn des Trainings …«

Ich erzähle Delilah alles, ohne etwas auszulassen. Ich erzähle ihr, dass Carissa mich erpresst hat mit der Drohung, mich aus dem Team werfen zu lassen, von ihrem Versprechen, mich nach dem Date in Ruhe zu lassen, und von ihrem Verhalten auf der Party.

Delilah hört zu, hält sich an jedem Wort von mir fest und versucht wahrscheinlich, zwischen den Zeilen zu lesen, aber das muss sie nicht. Ich habe ihr nichts als die Wahrheit erzählt.

Ungelogen.

Ungeschminkt.

»Und da habe ich sie angeschrien«, sage ich. »Vor allen Partygästen. Vor ihrem Vater.«

Delilah zuckt zusammen.

»Ein paar Tage später wurde ich in das Büro von Coach Roberts gerufen. Carissas Vater war da.« Meine Lippen werden schmal. »Sie sagten mir, dass ich aus dem Team fliege. Sie haben in letzter Minute einen Typen aus Texas unter Vertrag genommen. Mich brauchten sie nicht mehr. Ich bin sicher, das war es zum Teil, aber ich bin überzeugt, dass der wahre Grund nur sehr wenig damit und sehr viel mit Carissas Einmischung zu tun hatte.«

»Und jetzt bist du hier.« Sie zupft an einem losen Faden am Sofapolster. »Alles hat sich für dich gefügt. Freut mich, dass du dein glückliches Ende bekommen hast.«

»Wie kommst du darauf, dass ich mein glückliches Ende bekommen habe?«

Ihre warmen Augen richten sich auf mich. »Scheint einfach so, als hättest du alles bekommen, was du wolltest. Du hattest deinen Spaß mit mir, hast einen Vertrag bei einem Team in deiner Heimatstadt … Glückwunsch.«

»Delilah, hör auf.« Ich lege meine Hand auf ihre, und sie versteift sich bei meiner Berührung.

»Ich verstehe nicht, warum du mir nicht von Carissa erzählt hast.« Ihr Tonfall ist jetzt lauter, und in ihren dunklen Augen braut sich ein Sturm zusammen. »Ich hätte es verstanden.«

»Das konnte ich nicht wissen. Ich war nur auf eins konzentriert, nämlich darauf, unsere letzten gemeinsamen Wochen so wundervoll zu gestalten wie nur möglich. Ich wollte nicht, dass du dir Sorgen machst. Ich wollte nicht, dass du an mir zweifelst. Ich wollte nicht, dass diese dunkle Wolke über unseren Köpfen hängt.« Ich drücke ihre Hand. »Ich wollte nicht, dass sich etwas ändert. Und wenn du dich wegen Carissa gesorgt hättest, hätte das alles geändert.«

Sie schüttelt den Kopf. »Das sehe ich anders.«

»Nun ja, ich habe getan, was ich für richtig hielt. Und es tut mir leid. Ich habe Mist gebaut. Ich habe nur die ganze Zeit daran gedacht, wie ich mich fühlen würde, wenn es andersherum wäre«, erkläre ich ihr. »Schon der Gedanke, dass du einen Samstagabend mit einem anderen Mann verbringst, selbst wenn du sagst, dass es nichts bedeutet, hat mich verrückt gemacht.«

»Schau«, sagt sie. »Wir waren kein Paar. Du warst nicht mein Freund. Du hast mich nicht betrogen. Das Entscheidende daran war, wie ich es erfuhr. Meine Schwester, die mir sagte, dass sie dich mit einer anderen Frau gesehen hat, dass du eine andere Frau geküsst hast … das hat mich auf eine Weise fertiggemacht, wie ich es nie erwartet hätte.«

»Ich hasse es, dass du es so herausgefunden hast.«

»Hättest du es mir denn je gesagt?«

Ich zögere und versuche, eine Antwort zu finden auf eine Frage, die ich mir selbst nie gestellt habe.

»Hättest du nicht«, sagt sie trocken.

»So weit habe ich nie gedacht.« Ich nehme meine Hand weg von ihrer, beuge mich vor, stütze die Ellbogen auf die Knie und starre auf eine flackernde Kerze auf ihrem Beistelltisch. »Mir kam es nicht wie eine große Sache vor, weil es nichts bedeutete. Es ging nur um die Arbeit. Nicht um sie. Und falls es irgendein Trost ist: Ich konnte an diesem Abend nur an dich denken. Jedes Mal, wenn ich sie ansah, sah ich dein Gesicht. Ich habe den ganzen Abend auf die Uhr geschaut und die Minuten gezählt, bis ich, wie ich annahm, dich wiedersehe.«

»Das ist ja alles ganz süß.« Sie schiebt sich eine dunkle Strähne hinters Ohr. »Aber es ändert nichts. Der Schaden ist angerichtet. Dieser wunderschöne Sommer, den wir hatten, wird auf ewig ruiniert sein durch diese eine Nacht.«

»Ich wollte dich nie verletzen, Schönheit.« Ich drehe mich zu ihr um. »Das war nie meine Absicht, und es tut mir leid. Ich werde mich den Rest meines Lebens dafür entschuldigen. Hölle, ich werde den Rest meines Lebens damit verbringen, es wiedergutzumachen, falls du mich lässt.«

Ihre Augen werden groß.

»Ich will es noch einmal versuchen.« Ich räuspere mich und blicke ihr in die Augen. »Lass uns noch einmal neu anfangen. Neue Stadt. Unbeschriebenes Blatt.«

»Nein.« Sie schüttelt den Kopf und wendet den Blick ab. »Ich habe wirklich kein Interesse daran, wieder Sexfreunde zu sein. Das war eine einmalige Sache für mich und …«

»Nein«, unterbreche ich sie. »Ich will nicht deinen Körper, Delilah. Ich will *alles* von dir.«

Langsam sieht Delilah mich wieder an. Ich spüre ihr Widerstreben.

»Zane …« Sie leckt sich über die Lippen und macht sich bereit für Widerstand, aber das lasse ich nicht zu.

»Ich habe ernst gemeint, was ich gesagt habe. Ich liebe dich. Und das habe ich sehr lange nicht mehr zu jemandem gesagt.« Ich greife nach ihr und ziehe sie auf meinen Schoß, sodass wir Auge in Auge dasitzen. Ich atme ihren süßen Duft ein und sage: »Ich hasse es, dass es ein Missverständnis zwischen uns gab. Ich hasse es, dass ich dich verletzt habe. Und ich werde dir nie mehr etwas verheimlichen, solange ich lebe.«

Delilah atmet aus und verzieht das Gesicht, als wäre sie tief in Gedanken.

»Und ich weiß, dass wir den Sommer damit verbracht haben, uns einzureden, dass das, was wir hatten, keine Beziehung wäre«, sage ich. »Aber wir haben uns etwas vorgemacht, Delilah. Wir hatten die ganze Zeit eine Beziehung. Mit echten Gefühlen. Meine waren echt. Deine auch?«

Sie presst die Lippen zusammen und nickt. »Ja.«

»Gib mir noch eine Chance. Gib *uns* noch eine Chance.« Meine Hände umfassen ihre Taille, und meine Fingerspitzen spielen am Saum ihres Shirts, als sie sich entspannt und ich auf ihren Schmollmund blicke.

Sie lässt mich warten, jede schmerzhaft verstreichende Sekunde, und dann hebt sie die Hand an mein Gesicht, streicht mit der Fingerspitze über mein Kinn und dann über meine Lippen.

»Ich habe dich vermisst«, flüstert sie. »So. Sehr.«

»Ich habe dich auch vermisst, Schönheit.«

»Und es tut immer noch weh.« Ihre Stimme ist leise, und ihre Augen zucken. »Und ich will dir noch eine Chance geben, aber ich habe ein Problem damit, hier und jetzt Ja zu sagen.«

Ihre Worte zerschmettern das bisschen Hoffnung, an dem ich mich noch festgeklammert hatte. Ich war überzeugt, wenn sie mich wiedersieht, wenn ich es nur erklären kann … dass dann alles wieder in Ordnung wäre.

»Küss mich«, befehle ich.

Sie runzelt die Stirn. »Was?«

Ich verschwende keine Zeit damit zu erklären, dass ich will, dass sie sich daran erinnern soll, wie es sich anfühlte, als die Dinge noch anders waren. Stattdessen umfasse ich ihr Gesicht und hebe ihre geöffneten Lippen an meine. Und zu meiner Erleichterung akzeptieren ihre weichen Lippen meinen Kuss.

»Du gehst mit niemandem aus, oder? Nicht mit diesem Nerd im karierten Hemd, der vorhin an deine Tür ging?«

»Er ist mein Nachbar«, antwortet sie. »Und er steht nicht auf Mädchen.«

»Gut«, sage ich, lasse meine Hände über ihre Hüften gleiten und umfasse ihren Po. Ich ziehe sie enger zu mir, bis unsere Lippen nur noch Zentimeter voneinander entfernt sind. »Ich wollte ihm nicht in den Hintern treten müssen, weil er mein Mädchen anfasst.«

Delilah verdreht die Augen und kämpft gegen ein Lächeln an. »Wer sagt denn, dass ich immer noch dein Mädchen bin?«

»Psst. Du wirst immer mein Mädchen sein«, ziehe ich sie auf. »Ob du willst oder nicht.«

»Das ist gruselig«, sagt sie. »Aber nicht so gruselig, wie wenn du mitten in der Nacht Kiesel an mein Fenster wirfst wie ein Stalker.«

»Egal. Insgeheim hast du es geliebt. Und ein Stalker hätte keine Kiesel geworfen. Er hätte einfach in dein Fenster geguckt und dich beobachtet.«

»Gott sei Dank gibt es Vorhänge.«

Zum ersten Mal, seit ich hier bin, schenkt sie mir ein sanftes Lächeln, und meine Hand gleitet unter ihrem Shirt nach oben, denn ich bin auch nur ein Mann und kann mich nicht ewig davon abhalten, sie zu berühren.

»Was machst du da?« Ihre Stimme wird zu einem Flüstern, aber in einer Art wortlosen Einladung drückt sie sich an mich.

»Ich kann nicht aufhören, dich zu berühren.« Meine Zähne schrammen über meine Unterlippe. »Du bist zu unwiderstehlich, Delilah, und du machst mich ganz heiß, wenn du mir widerstehen willst. Es erinnert mich an den Abend unserer ersten Begegnung. Du in deinem Pyjama, mit bösem Blick, während du unbedingt so tun willst, als wärst du hart drauf. Total liebenswert.«

»Du willst es tun?« Sie hisst die weiße Fahne in Form eines Seufzens, und ihre Hände schlingen sich um meinen Nacken. »Schön. Lass es uns tun.«

Ich schiebe die Hände weiter unter ihr Shirt, umfasse ihre vorlauten Brüste, drücke meine Lippen auf ihre, und wir lassen unsere Zungen tanzen. Mein Schwanz drückt sich gegen meine Boxershorts. Zu viel Stoff zwischen uns, und wenn sich das in der sehr nahen Zukunft nicht ändert, verliere ich noch den Verstand.

Delilah, die meinen Druck spürt, zieht sich das Shirt über den Kopf, und ich widme mich ihrem BH, bevor ich ihr die Yogahose über die wohlgeformten Beine ziehe. Ihre Finger ziehen schnell und präzise den Reißverschluss meiner Jeans auf, und sobald ich befreit bin, kommt sie über mich.

Sie senkt sich auf mich, bis ich ganz in ihr bin, und ihre Hüften bewegen sich vor und zurück, wiegen sich, kreisen und heben ihre pinken Brustwarzen bei jeder Bewegung an meine Lippen.

»Zeig mir, wie sehr du mich vermisst hast«, grolle ich und tauche die Finger in ihr Haar, das ihr über den Rücken fällt. Ich führe ihr Gesicht an meins, und einen Moment lang hört sie auf, sich zu bewegen. »Liebe mich, als hättest du nie aufgehört, mich zu vermissen.«

Ich gebe ihr einen harten Kuss, und sie macht weiter. Meine Hände gleiten über ihre Seiten nach unten, mit gieriger Begeisterung über ihre geschwungenen Rundungen.

»Ich kann noch was Besseres«, flüstert sie in mein Ohr, mit von meinem Kuss geschwollenen Lippen. »Ich werde dich lieben, als hätte ich nie aufgehört, dich zu lieben.«

# EPILOG

## *Delilah*

*Drei Monate später …*

»Vergiss nicht, Delilah, du hast dich eingetragen für die Erdnussbutterbrownies.« Krissy Caldwell hält mich an, als ich am Samstagnachmittag das Treffen der Thunder Girls verlasse. Es ist ein Club, den ein paar Spielerfrauen aufgebaut haben, um die Art Kameradschaft zu schaffen, die man nur hat, wenn man Teil einer Footballfamilie ist.

Natürlich bin ich nur Zanes Freundin, aber er hat mit Krissy gesprochen, und sie haben mich mit offenen Armen aufgenommen. Ihr Mann ist der Starting Quarterback bei den Chicago Thunder, und er und Zane sind in den letzten paar Monaten schnell Freunde geworden.

»Der Kuchenverkauf ist in zwei Wochen, ihr alle!«, ruft Krissy über das Geplauder der Spielerfrauen hinweg. »Vierzehn Uhr. Saint Michael's Cathedral. Vergesst nicht, seid in Bestform. Alle Erlöse dieses Jahr gehen an die Finanzierung des Weihnachtsessens für Obdachlose.«

»In Ordnung, ich bin weg«, sage ich zu ihr. »Danke, dass du das alles auf die Beine stellst. Ich bin so dankbar, dass ich dabei sein darf.«

»Natürlich.« Sie streicht über meinen Arm. »Was machen du und Zane dieses Jahr zu Weihnachten? Seid ihr in der Stadt? Wir haben Freunde am Heiligabend eingeladen. Wir würden uns freuen, wenn du und Zane vorbeischauen könntet.«

»Das ist so lieb von dir, aber tatsächlich nehme ich ihn zu Weihnachten mit nach Hause«, antworte ich. »Er wird endlich den Rest meiner Familie kennenlernen, also wünsch ihm Glück.«

Ich zwinkere ihr zu, und sie kichert.

»Oh, falls sie in irgendeiner Weise wie du sind, dann sind sie gute Menschen.« Sie streicht über meinen Arm und hält dann noch eine Frau an. »Hilary, vergiss nicht, du stehst auf meiner Liste für Cranberry-Walnuss-Kekse.« Sie wendet sich wieder an mich. »Wir sehen uns nächstes Wochenende. Thunder gegen Rivets. Tja, *das* sind die Spiele, für die ich lebe.«

»Hey, Schönheit.« Zane blickt von einem Umzugskarton auf, als ich in mein Apartment komme. »Nur noch ein paar, und alles ist gepackt.«

»Danke, de la Cruz.« Ich zwinkere und gehe zu ihm. »Manchmal bist du ein ziemlich guter Typ …«

Seine Hand gleitet mein Bein hinauf, umfasst dann meinen Po, und dann zieht er mich nach unten auf seinen Schoß.

»Es wird merkwürdig sein, mir dir zusammenzuwohnen«, sage ich. »Ich habe noch nie mit einem Mann zusammengelebt. Ich habe meinen Eltern noch nicht davon erzählt. Nicht dass sie superkonservativ wären oder so, aber das passiert alles so schnell.«

»Na ja, können wir es ihnen nach Weihnachten erzählen? Ich habe irgendwie kein gutes Gefühl dabei, mich ihnen vorzustellen und dann zu erzählen, dass ihre Tochter jede Nacht in meinem Bett schläft. Eins nach dem anderen.«

»Ich verstehe gar nicht, warum du dir solche Sorgen machst,

dass sie dich nicht mögen könnten.« Ich lege die Handfläche an seinen Brustkorb. »Sie werden dich *lieben*.«

»Ich habe nicht gerade die beste Erfolgsbilanz mit Eltern.« Er verzieht die Mundwinkel. »Sie sehen einen tätowierten, großen und dunklen Footballspieler mit zu viel Geld und Freiheit, und dann wollen sie eher nicht, dass ihre Töchter mit ihm ausgehen.«

»Sei nicht albern.« Ich küsse ihn. Ich küsse meinen *Freund*. »Hör auf, dir Sorgen zu machen. Sie werden dich lieben. Ich verspreche es. Und Derek und Demi auch. Du wirst alle kennenlernen, und sie werden dich einfach lieben.«

Er küsst mich zurück, und seine großen Hände umfassen meine Taille. »Wenn du das sagst.«

»Ich weiß es.« Ich schiebe ihn von mir und stehe langsam auf. »Komm schon. Lass uns zu Ende packen. Ich warte schon seit Monaten auf diesen Tag.«

Ich gehe zur Kitchenette, wickele Teller in Zeitungspapier und summe dabei eine leise Melodie vor mich hin, als ich sehe, wie Zane auf sein Handy schaut.

»Was gibt es?«, frage ich.

»Baufirma, wegen Magdalenas Haus«, sagt er. Vor ein paar Monaten wurde Magdas altes Haus endlich zum Kauf angeboten, und er gab am selben Tag ein Kaufangebot ab. Nach und nach hat er Baufirmen angeheuert, um es instandsetzen zu lassen. Es war schwer, ihm die nötige Aufmerksamkeit zu widmen, wenn man mitten in der Footballsaison steckt, aber bis zum Frühling wird es vollständig restauriert und das schönste Haus im Block sein. »Hat gerade gesagt, dass die Trockenbauer am Montag kommen.«

»Perfekt.« Ich strahle. »Alles läuft nach Zeitplan.«

Zane ist nicht sicher, was er mit dem Haus anfangen will, wenn es fertig ist. Er könnte es vermieten oder für wohltätige Zwecke spenden. Und er wälzt die Idee hin und her, einen Footballverein für benachteiligte Jugendliche aufzubauen, eine Möglichkeit, »etwas zurückzugeben«, und sie könnten das Haus als Hauptquartier nutzen. Ich habe ihm erklärt, dass das eine geniale Idee ist, und ihm angeboten, alles Nötige zu tun, um das auf den Weg zu bringen.

Er klebt den Karton auf dem Boden zu, steht auf und stapelt ihn auf die beiden anderen an der Tür.

»Fast fertig«, rufe ich.

»Dann fange ich mit Einladen an.« Er hebt zwei Kartons auf, die in seinen kräftigen Armen federleicht aussehen, und ich öffne ihm die Tür. »Je früher wir losfahren, desto früher kann unser ›glücklich bis ans Lebensende‹ beginnen.«

»Und da irrst du dich, de la Cruz.« Ich seufze glücklich. »Das begann an dem Tag, als du vor meiner Tür standest.«

Leseprobe

WINTER RENSHAW

# *Breathless*

*Daphne*

Wein ist vermutlich das Einzige, was mich heute retten kann.

Oder eins dieser kleinen Wodkafläschchen, wie man sie im Flugzeug bekommt.

In meiner aktuellen Verfassung würde ich den glatt pur trinken.

Nach einem Blick auf meine Uhr rechne ich aus, dass ich in weniger als einer Stunde im Flieger sitzen werde, ungeduldig darauf wartend, dass die Flugbegleiterin mit dem Getränkewagen vorbeikommt.

Ich konnte mir Schöneres vorstellen, als den Silvesterabend Seite an Seite mit missmutigen Urlaubern in einem kleinen Flughafen in Südkalifornien zu verbringen, aber heute Morgen bekam ich einen Anruf von meiner Zwillingsschwester Delilah. Obwohl ihr Entbindungstermin erst in zwei Wochen ist, glaubt der Arzt, es könnte jederzeit losgehen. Sie hat eine Menge über Zentimeter und Kontraktionen geredet und dabei ziemlich hysterisch geklungen. Ich habe den Teil über den aktuellen Zustand ihres Gebärmutterhalses ausgeblendet, und gerade rechtzeitig wieder zugehört, um die Panik in ihrer Stimme zu bemerken. Sie befürchtete, dass ich es womöglich nicht rechtzeitig zurück nach Hause schaffen würde.

»Keine Angst, ich werde da sein«, habe ich ihr versprochen. »Egal, was passiert. Ich setze Himmel und Hölle in Bewegung, damit ich die Geburt nicht verpasse. Kneif einfach bis dahin die Beine ganz fest zusammen.«

Sie hat gelacht, aber trotzdem klang ihre Sorge durch. Unsere älteste Schwester Demi wird da sein, und natürlich Delilahs Ehemann Zane, aber als Zwillinge haben wir einfach immer alles gemeinsam gemacht. Wir stehen uns sehr, sehr nah. Es würde mir das Herz brechen, nicht dabei zu sein.

Ich sehe mich in dem überfüllten Flughafen um und schätze die Länge der Schlange vor mir ab. Mindestens acht Leute stehen vor mir, und die Frau, die uns gerade alle aufhält, hat den Inhalt ihres Koffers auf dem Fliesenboden verteilt und stopft einen riesigen Fön und mehrere Bücher von Stephen King aus ihrem Koffer in ihr Handgepäck.

Gemeinsam mit meinen Mitreisenden sehe ich seufzend zu, wie sie ihren Koffer verschließt und ihn zurück auf die Waage wuchtet. Die Miene der Angestellten von Jet Stream Airways sagt alles. Widerwillig zerrt die Frau ihren Koffer herunter und beginnt erneut einen Umpackversuch.

Wie es aussieht, werden wir hier wohl noch eine Weile stehen.

Gelangweilt werfe ich einen weiteren Blick auf die Leute in der Schlange hinter mir. Wie es aussieht, befinde ich mich hauptsächlich in der Gesellschaft von Senioren und Eltern mit kleinen Kindern, denen diese Herumreiserei überhaupt nicht gefällt. Vermutlich sind alle in meinem Alter irgendwo da draußen unterwegs und läuten mit billigem Champagner und schlechten Entscheidungen das neue Jahr ein.

Wie gern hätte ich heute Abend die Gelegenheit zu einer schlechten Entscheidung gehabt …

Nächstes Jahr dann wieder.

Vor zwei Jahren habe ich Silvester in Paris mit meinem französischen Lover verbracht, der sich anschließend als riesiger Mistkerl herausgestellt hat.

Letztes Jahr war ich Silvester zu Hause bei meiner Familie, um über die frische Trennung von einem Profi-Footballer namens Weston hinwegzukommen. Er war immer noch völlig verrückt nach seiner Ex, behauptete aber hartnäckig das Gegenteil, bis ich ihm die unwiderlegbaren Beweise dafür präsentierte. Und das war das Ende einer Beziehung, die richtig gut hätte werden können.

Ein Vorstellungsgespräch bei einem kleinen, privaten Kunst-College hat mich diese Woche nach Seaview geführt, und eigentlich wollte ich mich heute Abend mit einigen alten Freunden aus Collegezeiten in Las Vegas treffen. Doch dann hat sich Delilahs Gebärmutterhals verdünnt oder so etwas in der Art, und deshalb bin ich nun am Flughafen.

Gerade will ich erneut den aktuellen Status am Check-in-Schalter überprüfen, als ich einen großen Mann in ungefähr meinem Alter entdecke. Er hat dunkle, verwuschelte Haare, und sein laserscharfer Blick ist geradewegs auf mich gerichtet. Mein Herz setzt einen Schlag lang aus, und ich blicke hastig nach vorn. Keine Ahnung, ob es überhaupt möglich ist, körperlich zu spüren, dass einen jemand ansieht, aber mein gesamter Rücken kribbelt und fühlt sich warm an. Nicht meine Vorderseite, nur mein Rücken. Mein verlängerter Rücken, um genau zu sein.

Ich fühle mich zu fünfzig Prozent geschmeichelt und zu

fünfzig Prozent genervt, aber ich bin einhundertprozentig entschlossen, dieses schamlose Benehmen zu ignorieren, als plötzlich ein lautes Geräusch das Stimmengewirr der nervösen Reisenden übertönt.

»Dies ist eine Durchsage für die Passagiere des Fluges 802 von Seaview nach Dulles International Airport in Washington, D.C.«, höre ich die gedämpfte, undeutliche Stimme einer Frau durch die Lautsprecheranlage im Seaview International Airport. »Zu unserem Bedauern müssen wir Ihnen mitteilen, dass Ihr Flug ersatzlos gestrichen wurde. Bitte wenden Sie sich für weitere Informationen an den nächsten Schalter von Red Jet Airways.«

Mir tun die mehr als hundert Menschen leid, die das neue Jahr in einem anderen Teil des Landes einläuten wollten und nun enttäuscht werden.

Die Schlange vor mir bewegt sich; ich schnappe mir den Griff meines Rollkoffers und rücke ganze zehn Zentimeter nach vorne.

Wow. Fortschritt.

Ein Mann vor mir blickt stirnrunzelnd auf sein Handy.

»Hier steht, dass an manchen Orten beinahe sechzig Zentimeter Schnee gefallen sind«, höre ich ihn zu seiner Frau sagen. »Und morgen soll es sogar noch mehr schneien.«

Die Frau legt eine Hand vor ihren Mund; in ihren Augen steht Sorge. »Ich hatte gehofft, wir wären rechtzeitig vor dem Sturm zurück. Glaubst du, dass unser Flug auch ausfällt?«

Der Mann zuckt mit den Schultern und scrollt mit dem Daumen weiter über sein Handy. »Möglich wäre es. Der Sturm zieht inzwischen Richtung Norden. In manchen Teilen von Maryland gibt es schon keinen Strom mehr. Ganz Baltimore ist mit einer Eisschicht bedeckt.«

Sie legt eine Hand an ihre goldene Kette und zieht die Mundwinkel herab. »Aber dann hätte es inzwischen bestimmt eine Durchsage gegeben. Das Boarding für unseren Flug beginnt schon in einer Stunde.«

»Du hast recht, Margaret«, bestätigt er, steckt sein Handy ein und legt einen Arm um die Schultern seiner Frau. »Wir haben nichts zu befürchten. Wenn unser Flug gestrichen wäre, hätten wir es erfahren.«

Die Warteschlange bewegt sich wieder ein Stück, und ich schaue noch mal auf die Uhr, ehe ich erneut die Anzeigetafel überprüfe. Während ich mir eine Strähne meiner weißblonden Haare hinter ein Ohr stecke, fällt mein Blick versehentlich wieder auf *ihn*.

Den dunkelhaarigen Kerl.

Er starrt mich immer noch an.

Schnell wende ich meine Aufmerksamkeit wieder dem vorderen Teil der Warteschlange zu und bemerke einen ungefähr einen Meter großen Abstand zwischen mir und dem Paar vor mir. Das habe ich nun davon, dass ich mich mehr für den Adonis hinter mir als die Leute vor mir interessiere.

Räuspernd schnappe ich mir mein angeschlagenes Ego und meine Tasche und schließe auf. Die Dame mit dem Übergepäck scheint endlich fort zu sein, was auch erklärt, warum sich die Schlange bewegt.

Mit einem tiefen Atemzug greife ich nach meinem Ausweis in der vorderen Jeanstasche. Dort habe ich ihn hingesteckt, bevor ich mich angestellt habe, denn ich will auf keinen Fall zu den Frauen gehören, die vorne am Schalter ihre lächerlich vollgepackten Handtaschen auskippen müssen, weil sie aufgrund mangelnder Vorbereitung ihren Ausweis nicht finden können.

Ich bin eine angehende Weltreisende und ich liebe Flugreisen. Es gefällt mir einfach, über Ozeane und Kontinente, Länder und Staaten hinwegzudüsen. Allein während der letzten Jahre bin ich Dutzende Male geflogen. Und ich genieße es, immer vorbereitet zu sein.

Mein Herz setzt einen Schlag aus, als meine Fingerspitzen nichts weiter ertasten als das Innenfutter meiner Jeans. Leicht panisch suche ich in der Tasche auf der anderen Seite. Die Schlange bewegt sich wieder, und ich bin die Nächste. Ich stelle meine Handtasche ab, schiebe beide Hände in die Vorder- und Gesäßtaschen meiner Jeans, suche alles ab, finde aber lediglich einen Fussel. Sicherlich wirke ich wie eine Irre, aber ich muss unbedingt meinen Ausweis finden.

Er ist hier drin.

Hundertprozentig.

In rasender Geschwindigkeit gehe ich in Gedanken alles durch, was ich heute bis jetzt getan habe, um zu sehen, ob die Möglichkeit besteht, dass ich nur glaube, ich hätte meinen Ausweis eingesteckt. Ich denke an mein Hotelzimmer zurück. Meine Tasche war gepackt. Meine Handtasche lag auf einem Tischchen neben der Tür. Ich habe ausgecheckt und mir ein Taxi gerufen …

Nichts.

Ich könnte schwören, dass ich den Ausweis aus meiner Brieftasche genommen habe, nachdem ich den Taxifahrer bezahlt hatte.

Ja.

Ich stand auf dem Gehweg vor der Abflughalle.

Da bin ich mir sicher.

Jemand tippt mir auf die Schulter. Erschrocken fahre ich herum, um zu sehen, wer es wagt, mich in diesem schrecklich unpassenden Moment aus meinen Gedanken zu reißen.

»Das hier ist Ihnen runtergefallen … Daphne.« Der attraktive Fremde grinst mich an und dreht meinen Ausweis zwischen den Fingern, ehe er ihn mir reicht.

Schnell nehme ich ihn an mich. »Gott sei Dank! Danke.«

»Tut mir leid, dass ich Sie angestarrt habe«, entschuldigt er sich, doch seine Augen funkeln, als täte es ihm nicht wirklich leid. »Ich wollte sichergehen, dass Sie wirklich die Frau auf dem Foto sind. Sie sollten vorsichtiger sein. Wenn der Ausweis in die falschen Hände fällt, könnte alles Mögliche passieren.«

Ich runzle die Stirn und zwinge mich, nicht zu antworten. Obwohl ich ihm für seine gute Tat sehr dankbar bin, hab ich keine Lust auf einen Vortrag.

»Der Nächste!«, ruft die Frau am Schalter.

Sein Blick wandert über meinen Kopf dorthin, und als ich mich umdrehe, stelle ich fest, dass ich tatsächlich dran bin.

»Das bin ich«, sage ich und wende mich wieder zu ihm um. »Danke für …«

Doch er ist bereits zu seinem Platz in der Warteschlange zurückgegangen.

Ich gebe mein Gepäck auf, lasse meine Bordkarte scannen und eile hinüber zur Sicherheitskontrolle. Der Wartebereich ist voller Menschen, die nebeneinanderstehen wie die Ölsardinen. Mit Mühe quetsche ich mich durch die Massen und atme erleichtert auf, als ich die Rolltreppe erreiche. Die tatsächliche Warteschlange für die Sicherheitskontrolle ist nicht halb so lang, wie ich befürchtet habe. Die meisten Leute sind vermutlich gestrandete Passagiere, und sie tun mir schrecklich leid.

Ich möchte keinesfalls an ihrer Stelle sein.

Vermutlich würde ich in Tränen ausbrechen.

Als ich es endlich bis nach vorne geschafft habe, ziehe ich mir die Schuhe von den Füßen und lege alle meine Sachen in einen grauen Behälter. Ich überprüfe meine Jeanstaschen und bin erleichtert, als ich die harten Kanten meines Ausweises in der linken vorderen Tasche ertaste.

Bei all den Reisen, die ich während der vergangenen Jahre unternommen habe, sollte ich inzwischen abgebrühter sein. Momentan fühle ich mich überhaupt nicht wie ich selbst. So unorganisiert bin ich normalerweise nicht, und ich lasse mich üblicherweise auch nicht so schnell aus der Ruhe bringen.

»Der Nächste!«, ruft der Sicherheitsbeamte. Wir blicken uns an und er winkt mich nach vorne, den Mund zu einem Strich zusammengepresst.

Ich stelle mich in das Gerät, lasse meinen Körper scannen und erhalte sofort das Okay in Form eines grünen Lichts. Danach warte ich am Fließband auf meine Sachen und erblicke dabei zufällig den großen, mysteriösen Fremden an der Sicherheitskontrolle. Er trägt eng anliegende Bluejeans und ein einfaches graues T-Shirt, das sich an seinen muskulösen Oberkörper schmiegt. Ich sehe, wie er den Sicherheitsbeamten näher winkt, um ihm etwas zu sagen. Der dreht sich daraufhin zu einem Kollegen um und macht eine Art Handsignal. Wie aus dem Nichts taucht ein dritter Sicherheitsbeamter auf und zieht den Fremden zur Seite, um ihn abzutasten.

Merkwürdig.

Endlich kommen meine Sachen durch und ich schnappe mir meine Handtasche und meine Lederhalbschuhe. Dann gehe ich hinüber zu einer Bank, um sie mir wieder anzuziehen. Leider bekommt man sie zwar schnell vom Fuß, aber nur sehr mühsam wieder an. Eigentlich hätte ich wissen müssen, dass sie sich für eine Flugreise nicht eignen, aber wenigstens muss ich sie ab jetzt nicht mehr ausziehen. Schließlich fliege ich nonstop von Seaview, Kalifornien, zum JFK International Airport in New York.

Ich biege das Leder auseinander, manövriere meinen linken

Fuß in den Schuh und will gerade das Prozedere mit dem rechten wiederholen, als neben mir eine männliche Stimme ertönt.

»Sie müssen das nicht tun, das wissen Sie, oder?«

Ich blicke auf.

*Er*. Schon wieder.

»Sie müssen sich nicht durchleuchten lassen«, erklärt er genauer. Mit zusammengezogenen Brauen blickt er hinüber zu dem Körperscanner. »Ich mag das nicht. Es ist übergriffig. Man kann verlangen, dass man abgetastet wird.«

»Weil es weniger übergriffig ist, wenn man von einem Fremden überall angefasst wird?«, erwidere ich schnaubend.

»Ich hab nichts dagegen, wenn mich jemand professionell über der Kleidung berührt«, sagt er. »Allerdings hab ich etwas dagegen, dass mich jemand nackt sieht, nur weil die Regierung behauptet, das wäre in Ordnung.«

Ich schiebe den rechten Fuß in den Schuh und stehe auf, um die Hebelwirkung zu verbessern. Dabei stütze ich mich auf einem Fenstersims in der Nähe ab. Draußen scheint die Sonne und der kalifornische Himmel ist wolkenlos und babyblau. Kaum vorstellbar, dass gleichzeitig ein Schneesturm über der Nordostküste tobt.

»Gut zu wissen«, antworte ich milde lächelnd und tue so, als würde ich auch seinen zweiten ungebetenen Rat schätzen. Mir persönlich ist es völlig schnuppe, ob mich jemand nackt sieht. Ich habe vor genügend Kunststudenten als Aktmodell posiert, weshalb es mir inzwischen überhaupt nichts mehr ausmacht, mich auszuziehen.

Ein Blick aufs Handy verrät mir, dass in einer Viertelstunde mein Boarding beginnt und ich mir immer noch ein Buch und einen Kaffee für den Flug besorgen muss.

»Ich wünsche Ihnen einen guten Flug.« Mit diesen Worten schiebe ich mir den Träger meiner Handtasche über die Schulter und mache mich auf den Weg zum Kaffeestand, der sich ungefähr in der Mitte von Terminal A befindet. Nach einem Blick auf die Angebotskarte entscheide ich mich für einen halb entkoffeinierten Soja-Latte mit Zimt und zuckerfreiem Vanillesirup, denn schon allein beim Gedanken an die Schneeflocken, die ich in nicht mal fünf Stunden auf dem Gesicht spüren werde, ist mir nach etwas Warmem und Tröstlichem im Magen.

Ich gebe meine Bestellung auf und lege einen Fünfdollarschein sowie das abgezählte Kleingeld auf den Tresen.

»Danke«, verabschiede ich mich anschließend vom Verkäufer, richte noch mal den Träger auf meiner Schulter und verstärke den Griff um den Kaffeebecher. Er fühlt sich angenehm warm in meiner Hand an, und ich spüre praktisch schon den aromatischen, kräftigen Geschmack auf der Zunge.

Als ich mich umdrehe, steht der Dunkelhaarige wieder vor mir. Und zwar sehr nah. Sein angenehm sauberer Geruch steigt mir in die Nase. Der Abstand zwischen unseren Gesichtern beträgt nur noch Zentimeter. Ich bleibe abrupt stehen, um ihn nicht anzurempeln, wodurch der kochend heiße Kaffee aus dem Loch im Deckel hinausschwappt und die braune Flüssigkeit auf meine Schuhe tropft.

»Wunderbar.« Seufzend mache ich einen Schritt zur Seite.

Er legt sanft seine Hand auf meinen Unterarm. »Das tut mir sehr leid.«

Seine Entschuldigung klingt ernst gemeint, nicht wie vorhin, als er sich dafür »entschuldigt« hat, dass er mich anstarrte. Diesmal ist sein Blick sanfter und ich entdecke kein Anzeichen eines mutwilligen Funkelns darin.

»Ich habe gerade die Angebote durchgelesen. Ich stand nicht absichtlich so nah hinter Ihnen …«, erklärt er.

Links von uns ist ein kleiner Tresen mit Strohhalmen, Milch- und Zuckerpäckchen, und ich beobachte, wie er ein halbes Dutzend Papierservietten aus dem Ständer zieht, sich vor mich hinhockt und mit dem fruchtlosen Versuch beginnt, meine Lederschuhe durch das Abtupfen der Flüssigkeit zu retten.

»Ist schon gut«, behaupte ich, obwohl ich das eigentlich nicht so empfinde.

Mir ist klar, dass es ein Missgeschick war.

Ich weiß, dass ich großzügig sein und kichernd so tun sollte, als wäre das eine dieser schicksalhaften Begegnungen, wie sie in romantischen Komödien so gern vorkommen, aber die Schuhe waren teuer.

Und es sind meine Lieblingsschuhe.

Jetzt sind sie ruiniert, und mein anderes Paar liegt im Koffer im Bauch des Flugzeuges.

Jetzt muss ich also mindestens fünf Stunden lang den sicher bald ranzigen Milchkaffeegeruch von meinen Schuhen ertragen.

Bestimmt gibt es hier irgendwo einen Souvenirladen, der Flip-Flops verkauft, aber ich fliege nicht unbedingt in Flip-Flop-freundliches Wetter.

»Nein«, widerspricht er, richtet sich auf und streckt eine Hand aus. Er ist groß, und seine Schultern sind sehr breit. Verwirrend breit. Und so muskulös, dass sie sein enges Shirt hervorragend ausfüllen. Ich versuche, nicht auf die Adern zu starren, die über seinen Bizeps verlaufen. Es gibt keine gute Erklärung, warum ich mich gerade auf diese Dinge konzentriere, aber es ist so. »Es ist nicht gut. Es tut mir wirklich leid. Ziehen Sie die Schuhe aus. Ich versuche, die Flecken mit Wasser rauszuwaschen.«

»Nein, bloß nicht. Ich meine, wirklich nicht«, wiegele ich ab und blicke hinüber zum Terminal. »Das Boarding für meinen Flug beginnt gleich. Ich muss los.«

»Welcher Flug ist das?«

»Fünfhundertzwölf«, antworte ich mit zusammengezogenen Brauen, weil ich keine Ahnung habe, was das für eine Rolle spielt.

»Den nehme ich auch.« Er schenkt mir ein kleines Lächeln und ich verliere mich für einen Moment in den goldenen Tupfern in seinen braunen Augen, denn offensichtlich ist es um meine Selbstbeherrschung heute schlecht bestellt.

Vermutlich ist das seine Masche. Mit der er normalerweise garantiert sehr erfolgreich ist.

Er vergeigt etwas, zeigt sein strahlendes Grübchenlächeln, zwinkert mit den honigbraunen Augen, spannt seinen Bizeps an und alles ist wieder gut. Ich wette, er muss sich für nichts verantworten, weil er unverschämt gut aussieht und weiß, wie er sich mit seinem Charme aus jeder unangenehmen Situation herauswindet.

Sein Pech, dass ich für so etwas keine Zeit und keine Nerven habe.

»Stellen Sie das auch manchmal ab?«, will ich wissen.

Verwirrung spiegelt sich in seinem Gesicht. »Äh, was denn?«

»Das hier.« Ich mache eine Geste, die ihn von Kopf bis zu den Füßen umfasst.

»Ich habe nicht die geringste Ahnung, was Sie meinen«, behauptet er und blickt mich forschend an.

Eine bissige Erwiderung liegt mir schon auf der Zunge. Keine Ahnung, ob es an den Feiertagsreisenden liegt, dem überfüllten Flughafen, der Tatsache, dass ich spät dran bin oder meiner Angst, es nicht rechtzeitig nach Hause zu meiner Schwester zu schaffen, aber meine Laune kann kaum noch weiter sinken. Und dann ist dieser Typ auch noch so dreist und macht auf süß und charismatisch.

»Das Lächeln«, erkläre ich. »Die Blicke. Das Anstarren. Mir zu folgen und charmant und hilfreich tun. Sie glauben, ich merke es nicht, aber ich hab Sie durchschaut. Hören Sie, ich will nach Hause und ich habe kein Interesse an Ihrem Angebot, also lassen Sie mich bitte in Ruhe.«

Ich werfe die Überreste meines Kaffees in einen nahe stehenden Müllbehälter und schiebe mich an ihm vorbei.

Normalerweise bin ich nicht so eine blöde Kuh, das schwöre ich.

Ich hab einfach einen schlechten Tag. Einen richtig, richtig schlechten Tag.

Während ich davonstürme, bedauere ich schon, dass ich so unfreundlich zu ihm war. Erst recht, weil wir die nächsten fünf Stunden gemeinsam im selben Flieger verbringen werden.

Ups.

Bleibt mir nur zu hoffen, dass wir in völlig unterschiedlichen Abschnitten des Flugzeuges sitzen werden.

Ich erreiche das Gate C1 und sehe auf der Anzeige, dass das Boarding bald beginnt. Ich suche mir einen Platz neben einer Ladestation und nutze die Gelegenheit, mein Handy aufzuladen.

Eine Nachricht von Delilah geht ein. Sie will wissen, ob ich gut zum Flughafen gekommen bin. Schnell antworte ich, dass ich rechtzeitig zum Abendessen da sein werde. Als ich mich erkundige, wie es ihr geht, erwidert sie, dass sie das Gefühl hat, jeden Moment zu platzen. Delilah neigt nicht zu Übertreibungen oder Dramatik. Ich weiß, dass sie nicht versucht, das Stereotyp einer Schwangeren im neunten Monat zu erfüllen. Bei ihr können tatsächlich jeden Moment die Wehen einsetzen und diese Tatsache mindert meine Sorge kein bisschen.

Um mich herum füllen sich die Sitzplätze. Alle Passagiere beschäftigen sich mit ihren Handys. Links von mir wiegt eine Mutter ihr Baby zu einer gesummten Melodie, die für mich nach *Bad Romance* von Lady Gaga klingt und ich muss schmunzeln, weil ich vermutlich genau dasselbe tun würde – auf Brahms *Wiegenlied* pfeifen und mir stattdessen etwas mit einer Melodie suchen, mit der ich auch etwas anfangen kann.

Dabei bin ich kein Babymensch. Natürlich liebe ich alle meine Nichten und Neffen, aber ich träume nicht unbedingt von eigenen Kindern.

Okay, eins wäre *vielleicht in Ordnung*.

Eventuell, wenn ich straff auf die vierzig zugehe und meine biologische Uhr allmählich abläuft. Und wenn ich eine langfristige Beziehung mit einem Mann habe, der mich anfleht, ihm ein Baby zu schenken, bevor es zu spät ist, und ich ein tiefes, sehnsuchtsvolles Ziehen in mir spüre, sobald mich ein pausbäckiges Kind in der Schlange im Supermarkt anlächelt. Dann, und nur dann werde ich schwanger werden. Bis dahin genieße ich meine Freiheit und Unabhängigkeit, denn ich lebe schließlich nur einmal.

Ein Blick auf mein Handy verrät mir, dass sich meine Akkuleistung um ganze zwei Prozent verbessert hat, seit ich hier sitze. Mein Herz macht einen kleinen Satz, als ich feststelle, dass das Boarding laut der Uhrzeit jetzt jede Minute beginnen müsste. Das würde bedeuten, dass ich meiner kleinen Flasche Flugzeugwodka schon viel näher wäre.

»Achtung, eine Durchsage«, ertönt einen Moment später eine nuschelige Stimme gedämpft über die Lautsprecher. »Der Direktflug 512 von Seaview nach JFK International Airport in New York City ist leider aufgrund der schlechten Wetterlage gestrichen. Bitte melden Sie sich beim nächstgelegenen Schalter von Jet Stream Airways oder am Gate C1 für weitere Informationen.«

Mir rutscht das Herz in die Hose.

Nein …

*Nein, nein, nein!*

*Sie hat einen Prinzen verdient. Doch Royal Lockhart ist alles, nur kein Prinz*

Winter Renshaw
RIXTON FALLS
– SECRETS
Aus dem amerikanischen
Englisch von
Silvia Gleißner
352 Seiten
ISBN 978-3-7363-1440-5

Sieben Jahre ist es her, dass Royal verschwand und Demis Herz in tausend Scherben zerbrach. Er war ihr erster Kuss, ihre erste Liebe, alles, was sie jemals wollte. Dabei wussten sie von Anfang an, dass sie nicht zusammen sein können. Denn als Tochter der angesehensten Familie von Rixton Falls hatte Demi einen Prinzen verdient und keinen Jungen aus einfachen Verhältnissen. Seit Royals plötzlichem Verschwinden versucht sie daher ihre erste große Liebe zu vergessen. Doch gerade als sie glaubt, endgültig über ihn hinweg zu sein, ist Royal zurück in Rixton Falls!

»Ein hart verdientes Happy End. Winter Renshaw ist fantastisch!«
THE BOOK HOOKUP

LYX

*... als ginge die Sonne mit einer Regenwolke spazieren*

Winter Renshaw
HEARTLESS
Aus dem amerikanischen Englisch von Jeannette Bauroth
336 Seiten
ISBN 978-3-7363-0708-7

Als Aidy ein Tagebuch findet und es seinem rechtmäßigen Besitzer zurückgeben will, ahnt sie nicht, dass diese Begegnung ihr Leben verändern wird: Denn der berühmte, schlecht gelaunte – und unheimlich attraktive – Ex-Baseballspieler Alessio »Ace« Amato macht ihr unmissverständlich klar, was er von aufdringlichen Fans wie Aidy hält. So sehr sie weiß, dass sie sich von ihm fernhalten sollte, zieht seine Traurigkeit sie jeden Tag tiefer in seinen Bann ...

»Die perfekte Mischung aus Angst, Herzschmerz und Hoffnung!«
USA TODAY

LYX

**Triggerwarnung**

Dieses Buch enthält Elemente, die triggern können.

*Diese sind:*
*Slutshaming nach Sexvideo, Suizidversuch mit bleibenden geistigen und körperlichen Beeinträchtigungen, Stalking.*